위대한 개츠비

일러두기
- 이 책은 Francis Scott Key Fitzgerald 『*The Great Gatsby*』(A Distributed Proofreaders Canada E-book)를 참고했습니다.
- 이 책은 원작을 완역했습니다.

The Great Gatsby

위대한 개츠비

프랜시스 스콧 피츠제럴드 지음

『위대한 개츠비』를 집필 중이던 1924년의 F. 스콧 피츠제럴드

피츠제럴드는 1896년 미네소타주 세인트폴에서 태어났다. 중·고등학교 시절부터 단편을 발표하는 등 문학에 심취해 있던 그는 1922년까지 여러 편의 작품을 발표한다. 그는 1924년 프랑스로 이주해서 『위대한 개츠비』 집필에 착수해서 10월부터 이탈리아 등지를 여행하며 완성한 후 1925년 출간한다. 출간 당시 『위대한 개츠비』에 대한 독자들의 반응은 대단하지 않았고, 그는 자신의 작품이 곧 잊힐 것이라 생각하며, 1940년 세상을 떠난다.

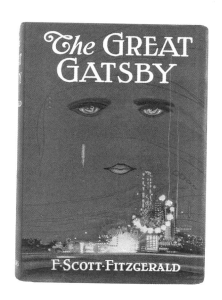

1925년 출간된 『위대한 개츠비』 초판 표지

피츠제럴드가 사망한 후에 『위대한 개츠비』는 엄청난 성공을 거둔다. 1942년부터 최근까지 매년 50만 부이상 팔리는 가장 인기 있는 소설이 되었으며 20세기의 가장 위대한 미국 소설 중의 하나로 꼽히기에 이른다.

『위대한 개츠비』 시대 여성의 본을 딴 복고풍 스타일

『위대한 개츠비』 시대의 미국은 이른바 '재즈 에이지'였다. 자유분방한 당시의 여성들은 단발에 짧은 스커트를 입었으며 술을 즐겼고 혼전 섹스를 마다하지 않았다. 『위대한 개츠비』의 등장인물은 미국 '재즈 에이지' 시대의 젊은이들의 모습을 그대로 보여준다.

위대한 개츠비 **차례**

이제 황금 모자를 써라.

그녀의 마음을 움직일 수만 있다면.

그녀를 위해 높이 뛰어올라라.

높이 뛰어오를 수만 있다면.

그러면 그녀는 외치리라.

'내 사랑! 황금 모자를 쓰고 높이 뛰어오른 내 사랑!

당신은 내 거예요!'

- 토마스 파크 딘빌리어스

(피츠제럴드의 첫 장편소설 『낙원의 이쪽』에 등장하는 가상의 인물-옮긴이 주)

제1장

　쉽게 상처를 받을 수 있던 어린 시절 아버지는 내게 한마디 충고를 해주셨고 이후 나는 그 충고를 계속 마음에 새겨두고 있다.

　아버지는 말씀하셨다.

　"누군가를 비판하고 싶어질 때면 네가 가진 장점을 이 세상 모든 사람이 갖고 있는 것은 아니라는 사실을 먼저 염두에 두어라."

　아버지는 그뿐 더 이상 말씀이 없으셨다. 하지만 아버지와 나는 이상할 정도로 말없이도 서로 통하는 사이였고 나는 그 말씀에 숨어 있는 보다 깊은 뜻을 이해할 수 있었다. 이후 나는 매사에 판단을 유보하는 버릇이 생겼다. 그 때문에 내게 호기심을 가진 사람들에게 무방비로 열려 있는 꼴이 되었고 따분하기 그지없는 사람들에게 적잖이 시달려야만 했다. 비정상적인 성격을 가진 사람들은 정상적인 사람에게서 그런 자질이 보이면 재빨리 그 자질을 포착하고 거기 매달린다. 그 결과 대학 시절 나는 정치적이라는 부당한 비난을 받았다. 다른 친구들과 왕래도 별로 없고 눈에도 띄지 않는 친구들의 은밀한 걱정거리에 대해 내가 잘 알고 있다는 이유에서였다. 그들은 내가 원치도 않는데 자주 속내 이야기를 내게 털어놓았다. 나는 누군가 은밀한 이야기를 털어놓을 것 같은 기미가 분명하게 보이면 잠든 척하거나 뭔가에 몰두해 있는 척했고, 그도 아니면 경박할 정도로 쌀쌀맞게 대했다. 젊은이들의 은밀한 고백, 혹은 최소한 그때 사용하는 표현들은 대개 남의 말을 표절한 경우가 많으며 이런저런 금기에 의해 왜곡되기 마련이기 때문이었다.

판단을 유보한다는 것은 무한한 희망을 갖게 된다는 것을 의미한다. 그 사실을 잠시 깜빡하면 뭔가 놓친 것 같은 기분이 든다. 아버지가 점잔을 빼며 말씀하셨듯이 나도 점잔을 떨며 말하자면 기본적인 품위란 사람마다 태생적으로 고르게 타고나지 않는 법이다.

내가 너그러운 사람이었다는 것을 자랑했으니 이제는 그런

식의 관용에도 한계가 있음을 인정해야겠다. 하나의 행동은 단단한 바위 같은 것에 토대를 둘 수도 있고 축축한 늪에 근거한 것일 수도 있다. 하지만 나는 그런 것에 대해서는 별로 신경을 쓰지 않은 셈이었다.

지난해 가을 내가 동부로부터 돌아왔을 때 나는 이 세상이 제복을 차려입고 있기를 원하고 있었던 것 같다. 말하자면 부동(不動)의 도덕적인 차렷 자세를 취하고 있기를 바라고 있었던 것이다. 나는 사람들의 마음을 흘낏 들여다볼 수 있는 나만의 특권을 요란하게 발동하고 싶지 않았다. 하지만 나는 이 책에 그 이름을 제공해준 개츠비에 대해서만은 예외적인 반응을 했다. 내가 경멸해 마지않는 것을 온통 다 대변하고 있는 것 같은 개츠비에 대해서 말이다.

한 사람의 개성이라는 것이 부단(不斷)한 일련의 성공적인 제스처를 뜻하는 것이라면 개츠비에게는 무언가 눈부신 점이 있다. 마치 1만 5,000킬로미터 이상 되는 곳에서 일어나는 지진을 감지하는 정교한 지진계 같은 것에 연결되어 있는 것처럼 그는 삶의 성공에 대해 고도로 민감했다. 그가 지닌 민감성은 '창조적 기질'이라는 이름하에 대접받고 있는 맥빠진 감수성 따위와는 달랐다. 그것은 희망을 향한 비범한 재능이었으며 낭만적 신속함이었다. 다른 사람에게서는 결코 발견할 수 없었던 자질이었으며 앞으로도 결코 발견할 수 없을 것이다.

그렇다, 결국 개츠비는 옳은 것으로 판명되었다. 나는 개츠비를 괴롭히고 먹이로 삼은 것들, 그의 꿈이 지나간 자리에 떠도는 더러운 먼지 같은 것들 때문에 인간의 그 속절없는 슬픔과 숨가쁜 환호에 대한 흥미를 잃는 잘못을 범했던 것이다.

우리 집안은 이곳 중서부 도시에서 3대에 걸쳐 꽤 이름이 알려진 유복한 가문이다. 캐러웨이가(家)는 일종의 문중(門中)을 이루고 있었으며 우리가 영국 버클루 공작의 후예라는 말도 전해진다. 하지만 실제로 우리 가문을 세운 분은 나의 큰할아버지이다. 그는 1851년에 이곳으로 와서 남북 전쟁 때 다른 사람을 대신 전쟁에 내보내고 철물 도매상을 창업했다. 지금은 나의 아버지가 그 사업을 이어받고 있다.

큰할아버지를 한 번도 뵌 적이 없지만 나는 그분을 닮은 것 같다. 특히 아버지 사무실에 걸려 있는 다소 완고해 보이는 초상화를 보면 더욱 그렇다. 나는 1915년에 뉴헤이번에 있는 대학(예일 대학)을 졸업했다. 아버지보다 정확히 25년 늦게 졸업한 셈이다. 얼마 후 나는 제1차 세계 대전이라고 알려진, 뒤늦은 게르만 민족의 대이동에 참가했다. 반격을 실컷 즐기고 돌아온 나는 들떠 있었다. 중서부 지방은 세계의 따뜻한 중심이기는커녕 너절하기 짝이 없는 세상의 변두리 같았다. 나는 동부로 가기로 결심하고 채권 사업에 대해 공부했다. 주변에 아는 사람들은 온통 채권 사업을 하고 있었기에 그 일을 하면 독신 남자 한 명 정도는 그럭저럭 먹고 살 수 있으리라 생각했다. 집안 어른들은 마치 대학 예비 학교를 내게 골라주듯 논의에 논의를 거듭하더니 마침내 마지못한 듯 심각한 얼굴로 "그래, 뭐, 괜찮겠지"라고 말했다. 아버지가 1년 동안 자금을 조달해주기로 했다. 이런저런 사정으로 몇 차례 출발이 연기된 끝에 나는 1922년 봄 동부로 왔다. 어쩌면 이곳에 영원히 정착하게 될지도 모른다고 나는 생각했다.

　무엇보다 시급한 일은 도시 안에 방을 구하는 문제였다. 하지만 날씨도 따뜻한 데다 널찍한 잔디밭과 친근한 나무들에게 방금 작별을 고한 터였기에 사무실의 한 친구가 통근이 가능한 변두리에 집을 얻어 함께 지내는 게 어떻겠느냐고 제안했을 때 아주 좋은 생각으로 여겨졌다. 그는 비바람에 시달린 방갈로를 월세 80달러에 구했다. 하지만 막상 이사하려는 순간 그가 워싱턴으로 발령이 나는 바람에 나는 변두리 집에 혼자 입주할 수밖에 없었다. 나는 개 한 마리와—적어도 그놈이 며칠 후 어디론가 도망가 버리기 전까지는—낡은 다지 자동차 한 대, 그리고 핀란드 출신 가정부와 함께 지냈다. 그녀는 내 잠자리를 봐주었고 아침 식사를 준비해주었다. 그녀는 전기난로 위에 몸을 구부리고 핀란드 격언들을 혼자 중얼거리곤 했다.

하루 이틀 정도 쓸쓸하게 지내던 차에 어느 날 아침 최근에 이사 온 사람이 길에서 나를 불러 세웠다.

"어떻게 해야 웨스트에그로 갈 수 있지요?" 그는 난감한 표정으로 물었다.

나는 그에게 길을 가르쳐주었다. 그런 뒤 다시 길을 걷다 보니 나는 더 이상 외롭지 않았다. 나는 안내자가 된 것이고 개척자가 된 것이며 초기 정착민이 된 것이다. 그는 내게 우연히 스스럼없는 이웃의 자격을 부여해준 것이다.

그리하여 나는 햇살과 더불어, 또한 마치 영화에서 사물들이 자라듯 나무에서 쑥쑥 자라는 나뭇잎들과 더불어 이 여름과 함께 내 삶이 다시 시작되었다는 확신을 갖게 되었다.

우선 읽어야 할 책이 많았고 신선한 공기를 마시며 건강을 챙겨야 했다. 나는 은행 업무와 채권, 보험 투자에 관한 책을 열 권 이상 구입했다. 그 책들은 조폐창에서 갓 나온 지폐처럼 붉

은빛과 황금빛을 뽐내며 서가에 꽂혀 있었다. 마치 오직 미다스 왕과 J.P. 모건, 마이케나스(예술인들을 후원한 로마의 정치가—옮긴이 주)만이 알고 있는 비밀을 내게 펼쳐 보여주겠다고 약속하는 것 같았다. 그 외에도 나는 다른 분야의 책들도 많이 읽을 작정이었다. 대학에 다닐 때 내게는 어느 정도 문학적 소양이 있었다. 어느 해엔가 예일대 학보에 꽤 진지하고 명쾌한 논설을 연재한 적도 있었다. 나는 그 모든 것들을 내 삶에 도입해서 전문가로서는 아주 드문 존재, 즉 '균형 잡힌 사람'이 되고자 했다. 하긴 '인생이란 단 하나의 창문을 통해서 보아야만 제대로 보일 수 있다'라는 경구에는 어긋나는 일이었지만 말이다.

내가 북아메리카에서 가장 유별난 지역에 세 들어 살게 된 것은 우연이었다. 그 지역은 뉴욕 정동 쪽에 길게 뻗어 있는 시끌벅적한 섬에 속해 있다. 그 섬이 지니고 있는 여러 가지 흥밋거리 중에서도 무엇보다 섬의 형태가 눈길을 끌 만했다. 뉴욕시로부터 30킬로미터 정도 떨어진 곳에 있는 그 섬은 거대한 한 쌍의 달걀이 맞붙어 있는 것 같은 모양이다. 두 달걀은 허울뿐인 만(灣)에 의해서 분리되어 있을 뿐 실은 테두리를 공유하고 있는 하나의 섬이다. 그 섬은 서반구의 바다 중에서 가장 사람 손길을 많이 탔다고 할 수 있는 롱아일랜드 해협의 큼지막

한 마당 앞으로 쭉 뻗어 있다. 섬의 두 지역은 완전한 달걀 모양은 아니다. 마치 콜럼버스의 이야기에 나오는 달걀처럼 둘다 접점 부분이 납작하게 으스러져 있다. 하지만 겉모양이 너무 닮아서 그 위를 날아다니는 갈매기들은 언제나 헷갈릴 것이다. 날개가 없는 존재인 인간들은 모양과 크기만 제외하고는 둘이 모든 면에서 서로 다르다는 점에 흥미를 느낀다.

나는 웨스트에그에 살았다. 그곳은 글쎄 뭐랄까, 둘 중에 그래도 덜 상류층 분위기를 풍겼다. 하지만 둘 사이의 야릇하면서도 약간은 으스스한 차이점을 그런 식으로 표현한다는 것이 너무 피상적이긴 하다. 내 집은 해협으로부터 겨우 50미터 정도밖에 떨어져 있지 않은 계란 끄트머리에 있었다. 그 집은 한철에 1만 2,000 내지 1만 5,000달러를 줘야 빌릴 수 있는 거대한 두 집 사이에 있었다.

오른쪽에 있는 집은 어느 면으로 보건 그야말로 으리으리했다. 노르망디 지방의 시청 건물을 그대로 본뜬 집으로서 한쪽편으로 가느다란 수염 같은 담쟁이덩굴들에 뒤덮인 탑이 있었다. 탑도 새로 지었고 담쟁이덩굴도 심은 지 얼마 안 된 것 같았다. 또한 그 집에는 대리석 풀장이 있었고 어마어마하게 큰 잔디밭과 정원이 있었다. 바로 개츠비의 저택이었다. 아니, 아직 내가 개츠비를 모르던 때였으니 그런 이름을 가진 신사의 집이라고 하는 것이 옳겠다. 그 저택에 비하면 내 집은 눈엣가시 같았다. 하지만 워낙 보잘것없어서 너그럽게 눈감아 줄 만했을 것이다. 덕분에 나는 한 달에 80달러만 내고도 바다와 이웃집 잔디밭 한 모퉁이를 보며 살 수 있었고 백만장자들과 이웃이라는 위안도 얻을 수 있었다.

허울뿐인 만 건너편에는 상류사회인 이스트에그의 궁궐 같은 하얀 대저택들이 해변을 따라 반짝이며 줄지어 서 있었다. 그리고 그해 여름의 이야기는 내가 톰 뷰캐넌 부부와 저녁 식사를 하려고 그곳으로 자동차를 몰고 가는 것으로부터 시작된다. 데이지는 나와 먼 친척 여동생이었고 톰은 대학 시절부터 알고 지내던 사이였다. 전쟁 직후 나는 시카고에서 이틀간 그들 집에 머문 적이 있었다.

톰은 온갖 운동에 뛰어난 소질이 있었으며 예일 대학교 역사상 가장 뛰어나 미식축구 선수 중의 한 명이었다. 스물한 살의 나이에 그 정도로 뛰어난 재능을 보인, 어떻게 보면 전국적인 유명 인사였기에 이후의 모든 것은 내리막길로 보일 정도였다. 그의 집은 어마어마한 부자였다. 그는 대학생일 때 돈을 하도 물 쓰듯 하는 바람에 사람들의 빈축을 사기도 했다. 그는 시카고를 떠나 동부로 왔다. 얼마나 호사스러웠는지 보는 사람의 숨이 턱 막힐 정도였다. 예를 들어 그는 폴로 경기를 즐기기 위해 레이크포리스트로부터 한 떼의 말들을 몰고 왔다. 나와 비슷한 연배의 사람이 그 정도로 부자라는 것은 납득하기 힘들 정도이다.

그들이 왜 동부로 왔는지 나는 모른다. 그들은 별다른 이유 없이 프랑스에서 1년간 지냈고 부자들끼리 폴로 경기를 하는 곳이면 어디든 빠지지 않고 떠돌았다. 데이지는 전화로 이번이 마지막이라고 했지만 나는 믿지 않았다. 데이지의 마음속을 들여다볼 수는 없었지만 나는 톰이 미식축구가 주는 극적인 흥분을 부러운 듯 좇으며 영원히 방황하리라고 느꼈다.

나는 따뜻한 저녁 바람을 맞으며 두 옛 친구를 만나려고 이스트에그를 향해 차를 몰았다. 옛 친구라고는 했지만 실은 두 사람에 대해 별로 아는 것이 없다고 하는 것이 옳았다.

그들의 저택은 내 예상보다도 훨씬 더 화려했다. 조지 왕조 식민지 시대풍의 붉고 하얀 쾌적한 저택은 만을 굽어보고 있었다. 해변으로부터 시작한 잔디밭이 현관까지 400미터나 달려오고 있었으며 해시계와 벽돌로 꾸며진 산책길과 불타오르는 듯한 정원을 뛰어넘어 계속 이어졌다. 이어서 저택에 이르러서는 마치 달려온 탄력에 힘을 받은 듯 밝은색 덩굴 식물로 변해 저택 양쪽으로 갈라져 올라갔다. 저택 정면은 프랑스식 창문에 의해 양쪽으로 갈라져 있었고 창문은 황금빛 햇살을 받아 반짝이며 바람 부는 따사로운 오후를 향해 활짝 열려 있었다. 승마복을 입은 톰 뷰캐넌이 두 다리를 떡하니 벌린 채 현관에 서 있었다.

그는 뉴헤이번 시절과 달라져 있었다. 밀짚 색깔 머리카락을 한 30세의 건장한 남자가 되어 있었으며 입모습이나 태도에는 오만함이 넘치고 있었다. 거만하게 번쩍이는 두 눈이 얼굴 전체를 지배하고 있었기에 마치 공격적으로 몸을 앞으로 기울이고 있다는 인상을 풍겼다. 여성적인 느낌을 주는 승마복을 입고 있었음에도 불구하고 그의 몸에서 뿜어져 나오는 남성적인 힘을 감출 수는 없었다. 맨 위 끈까지 팽팽하게 조이고 있는 번쩍이는 부츠도 그 힘으로 부풀어 올라 있는 것 같았으며 얇은 상의에 덮여 있는 어깨가 움직일 때마다 근육이 꿈틀거리는 것이 보였다. 거대한 지렛대 작용을 할 수 있는 몸, 한마디로 잔혹한 몸이었다.

굵고 탁한 테너 목소리가 그렇지 않아도 까다롭게 보이는 그의 인상에 일조했다. 그의 목소리에는 남들에 대한 가부장적인 경멸감이 드러나 있었으며 심지어 그가 좋아하는 사람을 대할 때도 마찬가지였다. 뉴헤이번에서는 그의 그런 배짱 두둑한 태도를 사람들이 싫어했다.

마치 "뭐, 이 문제에 관한 한, 내가 자네들보다 강하고 남자답다고 해서 내 의견이 결정적이라고 생각하지는 말게"라고 말하는 것 같았다. 우리는 대학에서 동급생이었지만 나와 그는 별로 친하지 않았다. 하지만 그 친구 특유의 거칠고 도전적인 태도에서 나는 그가 나를 인정하고 있으며 내가 자기를 좋아하기를 원하고 있다는 인상을 받았다.

우리는 햇살이 비치는 현관에서 몇 분 동안 이야기를 나누었다.

"여긴 정말 좋은 곳이야." 그가 번쩍이는 눈으로 끊임없이 주변을 둘러보며 말했다. 그는 한 손으로 내 몸을 돌려세우더니 커다란 손을 펼쳐서 눈앞에 길게 뻗어 있는 풍경을 가리켰다. 푹 꺼진 이탈리아식 정원, 광활하다고 말할 수밖에 없는 향기 그득한 장미 정원, 물결에 흔들리고 있는 끝이 뭉툭한 수상 비행기가 한눈에 들어왔다.

"이 집은 석유 재벌 드메인 소유였다네." 그가 품위 있게, 하지만 급작스럽게 내 몸을 다시 돌리면서 말했다. "자, 안으로 들어가지."

우리는 천장이 높은 복도를 지나 밝은 장밋빛 공간으로 들어갔다. 창문이 약간 열려 있어 바깥쪽 파릇한 잔디를 향해 흰빛을 어렴풋이 내보내고 있었다. 잔디들은 마치 집 안으로 통하는 작은 길로 변해 있는 것 같았다. 방 안으로 미풍이 불어와 커튼 양쪽 끝자락이 마치 창백한 흰 깃발처럼 창밖과 안쪽으로 펄럭였으며 하얀 웨딩 케이크 같은 천장을 향해 말려 올라가기도 했다. 포도주 빛깔의 양탄자 위에는 잔물결 같은 그림자가 일렁였다. 마치 바람이 바다 위에 그림자를 만드는 것 같았다.

방 안에서 유일하게 꼼짝도 않고 있는 것은 엄청나게 큰 소파뿐이었다. 소파 위에는 두 여자가 마치 풍선 위에 앉아 있듯 두둥실 떠 있는 모습으로 눕다시피 앉아 있었다. 두 여자는 모두 흰 드레스를 입고 있었다. 그녀들이 입고 있는 옷은 마치 잠시 집 주변을 날아다니다가 방금 돌아와 날개를 접은 듯 잔물결을 일으키며 팔락거리고 있었다. 나는 잠시 동안 커튼이 펄럭거리는 소리와 벽에 걸린 그림 액자가 내는 신음 소리에 귀를 기울이며 서 있었던 것 같다. 곧이어 톰 뷰캐넌이 문을 쾅하고 닫는 소리가 들렸고 방 안에 갇힌 바람은 방과 커튼과 양탄자 주위로 사그라들었고 두 여인도 사뿐하게 마루 위로 천천히 내려앉았다.

두 여자 중 젊은 쪽은 초면이었다. 그녀는 소파 끝까지 몸을 쭉 뻗은 채 꼼짝 않고 누워 있었다. 그녀는 마치 턱 위에 금방이라도 떨어질 것 같은 물건을 올려놓은 듯 턱 끝을 약간 추켜올리고 있었다. 그녀가 곁눈질로라도 나를 보았는지 아닌지는 정말로 모르겠다. 나는 하마터면 이렇게 불쑥 들어와서 미안하다고 사과의 말을 중얼거릴 뻔했다.

다른 한 명은 데이지였다. 그녀는 몸을 일으키려 했다. 그녀는 신중한 표정으로 몸을 앞으로 약간 기울이더니 약간은 흐리멍덩하게 매력적인 웃음을 살짝 지었다. 나도 미소를 지으며 방 안으로 들어갔다.

"나는 행복에 마, 마비될 정도예요."

그녀는 마치 아주 재치 있는 말이라도 한 듯 다시 미소 지으며 내 손을 잡고는 내 얼굴을 똑바로 바라보았다. 마치 이 세상에 이 이상 보고 싶었던 사람은 없었다는 듯한 표정이었다. 그녀는 늘 그런 식이었다. 그녀는 턱으로 균형을 잡고 있는 여자 이름이 베이커라고 속삭이듯 말해주었다.

어쨌든 베이커 양의 입술이 실룩거렸고 나를 향해 거의 알아보지 못할 정도로 고개를 끄덕이고는 재빨리 머리를 다시 뒤쪽으로 기울였다. 마치 그녀가 균형을 유지시키고 있는 물건이 약간 비틀거려서 놀란 것 같은 동작이었다. 다시 한번 내 입술에 사과의 말이 떠오를 뻔했다. 그렇게 자족감에 빠진 사람을 보게 되면 나는 나도 모르게 입 밖으로 찬사를 내뱉곤 한다.

내 친척 여동생이 나지막하게 떨리는 음성으로 내게 이런저런 질문을 던졌다. 나는 몸을 돌려 그녀를 바라보았다. 그녀의 목소리는 마치 다시는 연주될 기회를 얻지 못할 음정을 배열해 놓은 듯 오르락내리락했다. 반짝이는 눈과 역시 반짝이는 정열적인 입을 비롯해 온통 빛을 발하고 있는 것 같은 그녀의 얼굴은 슬프면서도 사랑스러워 보였다. 하지만 그녀의 목소리에는 그녀를 좋아했던 남자라면 결코 잊기 어려운 일종의 흥분 상태가 깃들어 있었다. 노래하고 싶다는 충동, '자, 들어보세요'라는 속삭임, 방금 뭔가 즐겁고 신나는 일을 했으며 곧바로 또 다른 즐겁고 신나는 일이 기다리고 있으리라는 약속이 담겨 있는 목소리였다.

나는 그녀에게 동부로 오는 길에 시카고에서 하루 묵었다며 수많은 사람들이 그녀에게 안부를 전하더라고 말했다.

"그 사람들이 나를 보고 싶어 해요?" 그녀가 황홀한 듯 외쳤다.

"도시가 아예 텅 빈 것 같아. 모든 차들이 마치 장례식 화환처럼 뒷바퀴를 검게 칠하고 있고 거리를 따라 밤새도록 통곡

소리가 들리더군."

"어머, 굉장해요! 여보, 우리 돌아가요. 내일 당장이요!" 그런 후 그녀는 엉뚱하게 덧붙였다. "오빠. 우리 아이를 봐야지요."

"그래, 보고 싶어."

"잠들었어요. 세 살이에요. 그 애를 본 적이 없지요?"

"아직 못 봤어."

"그럼 꼭 봐야 해요. 그 애는요……."

방 안을 쉬지 않고 서성이던 톰 뷰캐넌이 걸음을 멈추더니 내 어깨에 손을 얹고 말했다.

"닉, 자네 무슨 일을 하고 있나?"

"채권 일을 하고 있어."

"어디서?"

나는 그에게 회사 이름을 말해주었다.

"못 들어본 덴데." 그가 단정적으로 말했다.

나는 화가 났다.

"알게 될 거야." 내가 짧게 말했다. "자네가 동부에 계속 머물러 있다면 알게 될 거야."

"오, 염려 말게. 이곳 동부에 계속 머물 거야." 그는 뭔가 경계하는 듯한 눈길로 흘끗 데이지를 바라보더니 내게로 다시 눈

길을 돌렸다. "바보가 아닌 다음에야 이곳 말고 다른 데서 살

리가 있나."

　바로 그 순간 베이커 양이 느닷없이 "그럼요!"라고 말하는

바람에 나는 놀랐다. 내가 이 방에 들어온 이래 그녀의 입에서

나온 첫마디 말이었다. 그녀도 느닷없이 나온 자신의 말에 나

만큼 놀란 것이 분명했다. 그녀는 하품을 하고는 빠르고 능숙

한 동작으로 몸을 일으키더니 방 한가운데 섰다.

　"몸이 다 굳었네." 그녀가 툴툴거렸다. "얼마나 오래 누워 있

었는지 모르겠어."

　"나를 그런 눈으로 보지 마." 데이지가 받아쳤다. "오후 내내

뉴욕으로 가보자고 그렇게 말했잖니."

　"사양하겠어요." 베이커 양이 방금 저장실에서 내온 넉 잔의

칵테일을 바라보며 말했다. "지금 엄격한 트레이닝 중이거든요."

　톰은 믿을 수 없다는 듯 그녀를 바라보았다.

　"그러시구먼!" 톰은 단숨에 술잔을 죽 들이켰다. "당신이 그

런 일을 해낼 줄은 몰랐는데 말씀이야."

　나는 '그런 일'이 무슨 일인지 의아해하며 베이커 양을 바라

보았다. 그녀를 바라보는 일이 즐거웠다. 그녀는 호리호리하고

가슴이 작았다. 그녀는 마치 젊은 사관생도처럼 어깨를 뒤로

쭉 펴고 있었기에 꼿꼿한 자세가 돋보였다. 그녀는 내 시선에 응답하듯 반짝이는 잿빛 눈을 들어 은근한 호기심이 깃든 눈길로 나를 바라보았다. 창백하고 매력적인 얼굴이었지만 어딘가 불만에 차 있는 것 같았다. 그러자 어디선가 그녀를 만났거나 아니면 사진으로라도 본 것 같다는 생각이 들었다.

"웨스트에그에 사신다고요." 그녀가 경멸하는 투로 말했다. "제가 아는 사람도 거기 살아요."

"저는 아직 한 명도 아는 사람이……."

"개츠비라고는 아실 텐데요."

"개츠비?" 데이지가 물었다. "어떤 개츠비?"

내가 내 이웃이라고 미처 대답하기도 전에 저녁 식사 준비가 되었다는 전갈이 왔다. 톰은 그의 딱딱한 팔을 강압적으로 내 팔 아래 끼우더니 마치 체스판의 말을 옮기듯 나를 방에서 몰고 나갔다.

두 젊은 여자는 손을 가볍게 엉덩이에 얹은 채 호리호리한 몸을 흐느적거리며 우리들보다 앞서서 석양을 향해 열려 있는 장밋빛 현관을 향해 걸어갔다. 현관에 놓인 탁자 위에서 네 개의 촛불이 약해진 바람에 흔들리면서 깜빡이고 있었다.

"촛불은 왜 켜놓은 거야?" 데이지가 이맛살을 찌푸리며 비난하듯 말했다. 그녀는 촛불들을 손가락으로 비벼 껐다. "이제 이 주만 지나면 하지예요." 그녀는 환한 얼굴로 우리를 바라보았다. "모두들 언제나 1년 중 낮이 제일 긴 날을 기다리다가 그냥 깜빡 지나쳐버리지요? 나도 그러기 일쑤예요."

"뭔가 계획을 세워야 해요." 베이커 양이 하품을 하며 말했다. 그녀는 마치 잠자리에라도 드는 사람처럼 탁자 앞에 앉았다.

"좋아." 데이지가 말했다. "그런데 무슨 계획을 세우지?" 그녀가 난감한 표정으로 나를 바라보았다. "오빠, 사람들은 어떤 계획을 세워?"

내가 미처 대답도 하기 전에 그녀는 자신의 작은 손가락을 바라보며 두려운 표정을 지었다.

"이걸 봐요! 여길 다쳤단 말이에요." 그녀가 툴툴거렸다.

우리는 모두 그곳으로 시선을 돌렸다. 검푸른 멍이 들어 있었다.

"여보, 당신이 한 짓이에요." 그녀가 책망하는 투로 말했다. "일부러 그러지 않은 건 알아요. 하지만 분명 당신이 한 짓이에요. 짐승 같은 사람하고 결혼한 대가이지요. 몸집이 무지막지하게 큰 사내와……."

"그 무지막지하게 크다는 표현은 쓰지 말랬잖아. 아무리 농담이라도······."톰이 즉각 반박했다.

"무지막지한걸 뭐." 데이지가 지지 않고 말했다.

데이지와 베이커 양은 가끔 둘이 이야기를 나누었다. 별로 중뿔날 것도 없고 앞뒤도 맞지 않는 이야기로서 잡담이라고 할 수조차 없었다. 그들의 이야기는 그들이 입고 있는 하얀 옷이나 아무런 욕망도 들어 있지 않은 그들의 몰개성적인 눈처럼 썰렁할 뿐이었다. 그들은 그저 그 자리에 있으면서 톰과 나를 받아들이고 있었으며 그저 예의 바르고 유쾌하게 대접하고 대접받으려 애쓰고 있었다. 그녀들은 곧 저녁 식사가 끝날 것이며 조금 더 있으면 저녁 시간 또한 지나갈 것임을, 그리하여 그럭저럭 하루가 마감될 것임을 알고 있었다. 하지만 서부에서는 완전히 딴판이었다. 그곳에서의 저녁 시간은 결말을 향해 치달으며 마치 쫓기듯 한 단계에서 한 단계로 넘어가는 국면의 연속이었다. 그곳에서의 저녁 시간에는 끊임없는 기대와 실망, 그리고 이어지는 또 다른 기대감이 지배하고 있었으며 순간순간에 대한 두려운 긴장감이 넘치고 있었다.

"데이지, 너와 있으니까 나는 꼭 야만인이라도 된 것 같은 느낌이다." 나는 코르크 냄새가 나는 꽤 괜찮은 적포도주를 두 잔째 마시며 고백했다. "너는 농작물이나 뭐 그 비슷한 이야기는 할 수 없니?"

별 의도 없이 던진 말이었다. 그런데 전혀 예상치 않은 방향에서 반응이 왔다.

"문명이 산산조각나고 있어." 톰이 느닷없이 격하게 내뱉었다. "난 매사에 지독한 비관주의자가 되었어. 자네 고다드가 쓴 『유색인종 제국의 발흥』이라는 책 읽어보았나?"

"아니, 못 읽어봤는데." 나는 그의 어투에 약간 놀라며 대답했다.

"아주 좋은 책이야. 모두들 읽어봐야 해. 만일 우리 백인종이 조심하지 않으면 우리 백인종은 완전히 침몰하고 만다는 거야. 모두 과학적인 내용이야. 전부 증명된 거야."

"저이는 점점 심오해지고 있어요." 데이지가 아무 생각 없이 슬픈 표정으로 말했다. "저이는 아주 긴 단어들이 나오는 심각한 책을 읽고 있어요. 그게 무슨 단어였지요? 우리가……."

그러자 톰이 참기 어렵다는 표정으로 데이지를 바라보며 말을 잘랐다.

"글쎄, 모두 과학적인 책들이라니까. 모든 문제를 다 해명해 놓았어. 모든 것은 지배 인종인 우리들에게 달려 있어. 우리가 정신 바짝 차리지 않으면 다른 종족들이 모든 것을 지배하게 될 거란 말씀이야."

"우리가 그들을 짓눌러버려야 해요." 데이지가 태양에 눈이 부신 듯 눈을 깜빡이며 속삭였다.

"두 사람은 캘리포니아에 살아야 하는데……." 베이커 양이 입을 열었다. 그러자 톰이 의자에서 무겁게 자세를 바로잡으며 그녀의 말을 가로막았다.

"이 책에서는 우리가 모두 북유럽 인종이라고 말하고 있어. 나도 당신도, 또 자네도, 그리고……." 그는 잠시 망설이더니 고개를 끄덕여 데이지도 포함시켰다. "…… 그리고 우리는 문명을 이루고 있는 모든 것들을 만들어낸 거야. 과학과 예술과 기타 모든 것을. 알겠어?"

그의 집중하는 모습에서는 뭔가 비장함마저 느껴졌다. 마치 전보다 더 심해진 자족감만으로는 더 이상 충분하지 않은 것 같았다. 그때 갑자기 안에서 전화벨이 울렸다. 집사가 현관에서 사라지자 데이지는 그 틈을 타서 내게로 몸을 기울였다.

"오빠에게 우리 집 비밀을 한 가지 말해줄게요." 그녀는 신이 나서 속삭였다. "집사의 코에 관한 거예요. 집사 코 이야기 듣고 싶지 않으세요?"

"오늘 밤 그 이야기 들으려고 여기 온 거야."

"그런데, 저 사람은 원래 집사가 아니었대요. 뉴욕에서 은그 릇을 닦았대요. 그런데 그 주인이 무려 200인분의 은그릇을 갖 고 있었대요. 아침부터 밤까지 내내 매일 은그릇을 닦다 보니 까 코에 이상이 와서⋯⋯."

"설상가상으로⋯⋯," 베이커 양이 끼어들었다. 하지만 마무 리는 데이지가 했다.

"그래요. 설상가상으로 이런저런 일이 있었고 결국 그 자리 를 잃게 된 거예요."

저무는 해의 낭만적인 햇살이 그녀의 반짝이는 얼굴을 잠시 비추었다. 내가 귀를 기울이고 있는 동안 그녀의 목소리가 숨 가쁘게 나를 끌어들였다. 이윽고 해가 지기 시작했다. 마치 날이 저물자 아이들이 재미있게 놀던 거리를 마지못해 떠나듯 마지 막 햇살이 자못 아쉬운 듯 서서히 그녀의 얼굴에서 사라져갔다.

집사가 돌아와 톰의 귀에 대고 뭔가 속삭였다. 톰은 이맛살 을 찌푸리더니 의자를 뒤로 밀고는 한마디 말도 없이 안으로 들어갔다. 그가 사라지자 데이지는 마치 기분이 고무된 듯 내 게 다시 몸을 기울이고 달아오른 목소리로 노래하듯 말했다.

"오빠랑 이렇게 한 식탁에 앉으니 기뻐요. 오빠를 보면 생각 나는 게 있어요. ⋯⋯ 장미, 그래요, 정말 장미 그 자체예요. 얘,

그렇지 않니?"

그녀는 베이커 양에게로 몸을 돌리더니 다짐하듯 말했다. "정말 그렇지 않니? 완벽한 장미 아니니?"

그건 사실이 아니었다. 내게는 장미와 닮은 구석이라고는 없었다. 그녀는 그저 즉흥적으로 그렇게 말했을 뿐이었다. 그런데도 뭔가 감동적인 따사로움이 그녀로부터 내게로 흘러들어왔다. 마치 그녀의 마음이 그 숨가쁘고 아슬아슬한 말들 사이에 몸을 숨기고 밖으로 뛰쳐나오려는 것 같았다. 그런데 갑자기 그녀가 냅킨을 식탁 위에 휙 던지더니 실례한다고 말하고는 집 안으로 들어가버렸다.

베이커 양과 나는 아무 의미 없는 시선을 의식적으로 주고받았다. 내가 무슨 말을 하려고 하자 그녀가 의자에서 일어나더니 경고라도 하는 듯 "쉿!"이라고 말했다. 집 안에서 감정을 억누르는 듯한 속삭임이 들려왔다. 베이커 양은 뻔뻔스럽게도 몸을 숙여 그 이야기를 들으려 했다. 중얼거리는 소리는 알아듣기 어려울 정도로 떨리더니 착 가라앉았다가 흥분으로 격앙되기도 하더니 이윽고 뚝 그쳐버렸다.

"당신이 말한 개츠비 씨는 내 이웃입니다만……." 내가 말했다.

"쉿, 아무 말 마세요. 무슨 일이 있는지 들어봐야겠어요."

"무슨 일이 있는 겁니까?" 내가 순진하게 물었다.

"아니, 아무것도 모르신단 말씀이세요?" 베이커 양이 정말 놀랍다는 듯 물었다. "다들 알고 있는 줄 알았는데요."

"모릅니다."

"어쩜……," 그녀가 망설이듯 말했다. "톰에게 여자가 있어요. 뉴욕에요."

"여자가 있다고요?" 내가 멍청하게 되물었다.

그녀가 고개를 끄덕였다.

"저녁 시간에 전화를 하지 않을 정도의 예의는 있어야 하는데…… 그렇지 않아요?"

그녀의 말뜻을 미처 깨닫기도 전에 드레스 자락 펄럭이는 소리와 가죽 부츠 발소리가 들리더니 톰과 데이지가 식탁으로 돌아왔다.

"어쩔 수 없었어요." 데이지가 짐짓 명랑한 체하며 말했다.

그녀는 자리에 앉으며 베이커 양과 내 눈치를 살피면서 계속 말했다.

"잠시 바깥을 내다보았어요. 아주 낭만적이에요. 잔디밭에 새가 한 마리 앉아 있었어요. 그 새는 커나드(미국 서부의 자치구-옮긴이 주)에서 왔거나 화이트스타 해운 회사 기선을 타고 대서양을 건너온 나이팅게일이 분명했어요. 노래를 신나게 하고 있었어요." 그녀의 목소리는 마치 노래하는 것 같았다. "여보, 그렇지 않아요? 낭만적이지요?"

"아주 낭만적이야." 그는 대답한 뒤 비참한 목소리로 내게 말했다. "저녁 후에도 어둡지 않으면 자네에게 마구간을 구경시켜주고 싶네."

다시 집 안에서 전화벨이 요란하게 울렸다. 데이지가 마구간 이야기는 꺼내지도 말라는 듯 고개를 단호하게 흔들자 마구간뿐만 아니라 모든 화제가 허공으로 증발해버렸다. 그날 식탁에서 마지막 5분간 일어났던 단편적인 일들 중에서 기억나는 것이라고는 쓸데없이 촛불을 다시 켜놓았다는 사실뿐이었다. 나는 모든 사람들을 의식적으로 똑바로 바라보아야 한다고 생각하고 있었지만 실은 모두의 눈길을 피하고 있었다. 나는 톰과 데이지가 무슨 생각을 하고 있는지 짐작조차 할 수 없었다. 심지어 그 어떤 완고한 회의(懷疑)주의도 완벽하게 정복해버린 것처럼 보이는 베이커 양조차도 이 다섯 번째 손님의 날카로운 금속성 소리를 머릿속에서 완전히 떨쳐낼 수 있었을지 의심이 든다. 이런 상황에 흥미를 느끼는 기질의 사람도 있을지 모른다. 하지만 나는 차라리 당장 경찰에 전화라도 걸고 싶은 심정이었다.

두말할 필요도 없거니와 마구간 이야기는 더 이상 나오지 않았다. 톰과 베이커 양은 황혼 속에서 몇 걸음 떨어진 채 서재로 걸어 들어갔다. 마치 시체 가까이서 밤샘을 하려고 안으로 들어가는 사람들 같았다. 나는 짐짓 쾌활한 척하면서, 또한 반쯤 귀머거리인 척하면서 데이지를 따라 베란다를 돌아 정문 현관으로 나갔다. 우리는 으슥한 어둠 속에서 고리버들가지 껍질로 엮은 의자에 나란히 앉았다.

데이지는 자신의 아름다운 얼굴을 다시 느껴보려는 듯 두 손으로 얼굴을 감싸고는 벨벳 같은 황혼 속으로 천천히 시선을 옮겼다. 그녀가 격렬한 감정의 동요에 휩싸여 있는 것을 느낄 수 있었다. 나는 그녀의 마음이라도 진정시킬 요량으로 그녀의 딸에 대해 물어보았다.

"오빠, 우리는 서로에 대해 아는 게 별로 없어요." 그녀가 갑자기 말했다. "우리가 친척 오누이 간인데도 말이에요. 내 결혼식에도 오지 않았지요."

"전쟁에서 돌아오기 전이었어."

"맞아요." 그녀가 잠시 망설였다. "그런데 오빠 그동안 너무 힘들었어요. 그래서 매사에 이렇게 냉소적이 되었어요."

그녀의 말에 일리가 있어 보였다. 나는 기다렸지만 그녀는 아무 말이 없었다. 잠시 뒤에 나는 약간은 무기력한 기분으로 다시 화제를 그녀의 딸 쪽으로 돌렸다.

"이제 말을 할 줄 알겠지? 그리고…… 혼자 밥도 먹고 온갖 것을 다 하겠지?"

"그럼요." 그녀는 얼빠진 듯 나를 바라보았다. "오빠, 그런데, 그 애를 낳았을 때 내가 뭐라고 했는지 알아요? 한번 들어볼래요?"

"그래, 어서 말해봐."

"그 이야기를 들으면 내가 왜 이렇게 되었는지 알 거예요. 글 쎄, 아이가 태어난 지 채 한 시간도 안 되었는데 톰이 어디 있 는지 모르겠는 거예요. 완전히 버림받은 기분으로 마취에서 깨 어났을 때 간호사에게 아들인지 딸인지 물어봤어요. 그녀가 딸 이라고 대답하자 나는 고개를 돌리고 울었어요. 나는 중얼거렸 어요. '잘됐어. 딸이라서 기뻐. 나는 그 애가 커서 바보가 되었 으면 좋겠어. …… 여자에게는 그게 제일 좋은 일이니까. …… 아름답고 작은 바보.' 내가 세상을 끔찍하게 생각한다는 걸 알 겠지요?" 데이지는 점점 확신에 찬 목소리로 이야기를 이어나 갔다. "다들 그렇게 생각해요. …… 가장 진보적인 사람들도 말 이에요. 나도 알고 있어요. 안 가본 데가 없고 안 본 게 없으며 안 겪어본 일이 없거든요."

그녀는 도전적인 눈길로 주변을 돌아보았다. 어딘가 톰과 비슷해 보였다. 그녀는 웃음을 터뜨리며 경멸을 담아 외치듯 말했다.

"맙소사! 때가 묻은 거예요! 나는 때가 묻었어요!"

그녀의 목소리가 뚝 끊겼다. 나는 비로소 그녀에게 집중하느라 멍해졌던 자신을 추스를 수 있었다. 나는 그녀가 방금 한 말에 기본적으로 그녀의 진심이 담겨 있지 않다고 느꼈다. 나는 심기가 불편했다. 마치 오늘 저녁 있었던 모든 일이 나로부터 동조의 감정을 이끌어내기 위해 벌인 사기극 같았다. 나는 잠자코 기다렸다. 그러자 아니나 다를까, 그녀는 어느새 아름다운 얼굴에 부자연스러운 미소를 띠고 나를 바라보고 있었다. 마치 자기와 톰이 특별한 비밀 결사 단체의 회원이라는 것을 주장하고 있는 것 같았다.

집 안에 들어서자 불이 환하게 밝혀져 있었다. 톰과 베이커 양은 긴 소파의 양 끝에 앉아 있었고 베이커 양은 톰에게 큰 소리로 「새터데이 이브닝 포스트」지를 읽어주고 있었다. 중얼거리듯 높낮이가 없이 차분한 목소리였고 마음을 진정시키는 억

양이었다. 램프 불빛이 그의 부츠 위에서 반짝거렸고 그녀의
낙엽 색깔 머리카락을 흐릿하게 비추었으며, 그녀가 가냘픈 팔
근육을 가볍게 떨며 잡지 페이지를 넘길 때마다 종이 위에서
반짝 빛을 발했다.

우리가 안으로 들어서자 그녀가 잠시 가만히 있으라는 듯 손
을 들어 올렸다.

"다음 호에 계속됩니다." 그녀는 그 말과 함께 잡지를 탁자
위에 던졌다.

그녀의 무릎이 쉬지 않고 떨리고 있었다. 마치 그를 통해 그
녀의 몸이 자신의 존재를 과시하고 있는 것 같았다. 그녀는 자
리에서 일어났다.

"벌써 10시네." 천장에 매달린 시계를 본 것이 분명했다. "이
착한 아가씨가 이제 잠자리에 들 시간이네요."

"조던은 내일 시합이 있어요." 데이지가 설명했다. "웨스트
체스터 골프장에서요."

"아, 당신이 바로 조던 베이커로군요."

그제야 나는 왜 그녀가 낯이 익은 것처럼 여겨졌는지 알 수
있었다. 저 유쾌하면서도 오만한 표정을 애슈빌과 핫스프링스,
그리고 팜비치에서 열린 골프 경기를 보도한 스포츠 잡지의 사

제1장

39

진에서 본 적이 있었던 것이다. 그녀를 비판하는 별로 유쾌하지 않은 소문도 들은 적이 있었지만 무슨 내용인지는 이미 잊어버린 지 오래였다.

"잘들 자요." 그녀가 부드럽게 말했다. "아침 8시에 깨워줘."

"깨우면 일어나기나 해."

"일어날 거야. 캐러웨이 씨, 안녕히 가세요. 또 봬요."

"물론 다시 만날걸." 데이지가 확인하듯 말했다. "사실, 내가 중매를 서고 싶어요. 오빠, 자주 들르세요. 그러니까…… 내가, 두 사람을…… 그래요, 엮어보겠어요. 있잖아요…… 두 사람을 그냥 옷장에 집어넣고 문을 잠근 다음 바다에 띄워 보낸다거나…… 아니면 뭐, 그 비슷한 거라도……."

"잘들 주무세요!" 베이커 양이 계단에서 소리쳤다. "한마디도 안 들은 거로 하겠어!"

"멋진 여자야." 잠시 후 톰이 말했다. "저런 여자를 시골에서 이런 식으로 떠돌게 하면 안 되는데."

"누가 그런다는 거예요?" 데이지가 차갑게 물었다.

"가족이지 누구야."

"가족이라야 천 살이나 먹은 숙모밖에 없는데요. 게다가 앞으로는 오빠가 보살펴줄 건데요, 뭐. 그렇지요, 오빠? 올여름에는 거의 주말마다 우리 집에서 보내게 될 거예요. 이런 가정적인 분위기가 그녀에게 큰 도움이 될 거예요."

데이지와 톰은 잠시 아무 말없이 서로의 얼굴을 쳐다보았다.

"뉴욕 출신인가?" 내가 재빨리 물어보았다.

"루이빌 출신이에요. 거기서 순수했던 소녀 시절을 함께 보냈어요. 아름답고 순수했던……."

"당신, 베란다에서 닉에게 온갖 이야기 다 털어놓은 거 아니야?" 톰이 갑자기 물었다.

"내가요?" 데이지가 나를 바라보았다. "무슨 이야기를 했는지 기억이 안 나지만…… 아마, 북유럽 인종에 대해 이야기했지요? 맞아요, 그런 것 같아요. 어쩌다 그런 화제가 슬그머니 떠올랐는지 몰라요. 그러니까 당신은……."

"이보게 닉, 무슨 이야기를 들었건 전부 다 믿으면 안 돼." 톰이 내게 충고했다.

나는 아무 소리도 들은 게 없다고 가볍게 말하고는 집으로 돌아가려고 자리에서 일어났다. 그들은 나를 문까지 배웅해주었다. 그들은 밝은 빛이 비추는 문가에 나란히 서 있었다. 내가 자동차에 시동을 걸자 데이지가 "잠깐만요!"라고 소리쳤다.

"오빠에게 물어본다는 걸 깜빡했어요. 중요한 일인데…… 오빠가 서부에 있을 때 약혼했다는 이야기를 들었어요."

"맞아." 톰이 친절하게도 맞장구를 쳤다. "자네가 약혼했다고 하더군."

"중상모략이야. 게다가 돈도 없어."

"하지만 분명히 들은걸요." 데이지가 우겼다. 놀랍게도 그녀의 얼굴이 다시 꽃처럼 환하게 피어올랐다. "세 사람에게나 들었어요. 그러니 사실인 게 분명해요."

물론 나는 그들이 무슨 이야기를 하는지 잘 알고 있었다. 하지만 나는 약혼 비슷한 것도 해본 적이 없었다. 내가 곧 결혼하리라는 헛소문이 퍼진 것도 내가 동부로 오게 된 이유 중의 하나였다. 소문 때문에 오래된 친구와의 관계를 끊을 수는 없는 노릇이었으며 소문대로 결혼할 생각은 전혀 없었다.

그들이 보여준 관심에 나는 다소 감동했다. 그리고 그들이 내가 가까이할 수 없을 정도로 엄청난 부자라는 느낌도 어느 정도 줄어들었다. 하지만 차를 몰고 오면서 나는 혼란스러웠고 약간은 불쾌했다. 내 생각에 데이지는 당장에라도 아이를 안고 그 집에서 뛰쳐나와야 할 것 같았다. 하지만 그녀에게는 그럴 의도가 조금도 없는 것 같았다. 또한 톰에게 '뉴욕에 여자가 있다'라는 사실보다 그가 단 한 권의 책 때문에 의기소침해 있다는 사실이 내게는 더 놀라웠다. 마치 자신의 강인한 육체에 대한 자부심이 그의 단단한 마음에 더 이상 자양분을 대줄 수 없게 된 듯, 그의 낡은 사상의 가장자리를 그 무언가가 조금씩 갉아먹고 있었던 것이다.

도로변 여관 지붕들에도, 붉은색 주유기들이 불빛을 받으며 서 있는 길가 주유소 앞에도 이미 깊은 여름이 다가와 있었다. 웨스트에그의 집에 도착하자 나는 차를 차고에 세워둔 다음 마당에 팽개쳐 있는 잔디 고르는 기계 위에 잠시 앉아 있었다. 바람이 불어오는 소란스럽고 밝은 밤이었다. 바람에 나무들이 날갯짓하는 소리를 냈고 오르간 소리 같은 것이 끊임없이 울려 퍼졌다. 마치 대지가 힘차게 울부짖으며 개구리들에게 생기를 불어넣어주는 것 같았다. 달빛에 고양이 어른거리는 모습이 보이는 것 같았다. 자세히 보려고 고개를 돌렸을 때 나는 나 혼자가 아님을 깨달았다. 15미터 정도 떨어진 곳에 사람 모습이 이웃집의 그림자 속에서 보였다. 그는 두 손을 주머니에 넣은 채 은빛 후춧가루를 뿌려놓은 듯한 별들을 바라보고 있었다. 그 집 주인 개츠비였다. 한가롭게 보이는 동작과 잔디를 굳게 딛고 있는 자세가 마치 이 지역 하늘 중 어디까지가 자기 하늘인지 어림해보고 있는 것 같았다.

나는 그를 부르려 했다. 베이커 양이 저녁 식사 때 그에 대해 언급했으니 그것으로 인사말을 건네기에 충분할 것 같았다. 하지만 나는 그를 부르지 않았다. 그가 갑자기 혼자 있고 싶다는 암시를 보낸 것 같았던 것이다. 그는 이상한 방식으로 어두운 바다를 향해 두 팔을 뻗고 있었다. 그와는 상당한 거리를 두고 있었지만 그가 몸을 부르르 떨고 있었다고 나는 맹세할 수 있다. 나는 나도 모르게 바다 쪽을 바라보았다. 저 멀리 작은 초록색 불빛이 깜빡이고 있을 뿐 아무것도 보이지 않았다. 부두 끝에서 비추는 불빛 같았다. 내가 다시 고개를 돌렸을 때 개츠비는 이미 사라지고 없었다. 나는 다시 그 불안하고 떠들썩한 어둠 속에 홀로 남았다.

제2장

　　웨스트에그와 뉴욕 중간쯤에서 자동차 도로는 철로와 만나 400미터 정도를 나란히 달린다. 황량한 지역을 피해 가기 위해 만든 길이다. 이곳이 이른바 '재의 계곡'이라 불리는 환상적인 정원이다. 그곳에는 재들이 마치 밀처럼 자라서 산마루와 언덕 및 기괴한 정원 모습을 이루고 있다. 이곳에서 재들은 집과 굴뚝, 피어오르는 연기 모양을 하고 있다가 마침내 혼신의 힘을 다해 잿빛 인간의 형상을 띤다. 그 인간의 형상은 희미하게 움직이는 듯하다가 이내 자욱한 대기 속에서 무너져 내린다. 이따금 잿빛 차들의 행렬이 보이지 않는 트랙을 따라 기어오르다가 오싹 소름이 끼치는 소리를 내면서 멈춰 선다. 그 즉시 잿빛 인간 형상들이 묵직한 삽을 들고 떼 지어 나타나 빽빽한 구름들을 휘저어 놓는다. 그리고 그들의 그 흐릿하고 이상한 작업도 시야에서 사라진다.

그런데 그 잿빛 땅과 그 위에서 발작적으로 끊임없이 피어오르는 그 황폐한 먼지들 너머에서 곧바로 T.J. 에클버그 의사의 눈을 알아볼 수 있다. T.J. 에클버그 의사의 푸른 두 눈은 거대하기 이를 데 없다. 망막의 높이가 무려 1미터에 달한다. 얼굴은 보이지 않지만 역시 눈에 보이지 않는 거대한 코 위에 걸친 거대한 안경을 통해 이곳을 바라본다. 누군가 무모하고 게으른 안과 의사가 퀸스에서 재미 좀 보려고 그 광고판을 내걸었다가 자신의 눈이 영원히 멀어버렸거나 아니면 까맣게 잊어버리고 이사를 가버렸음이 분명하다. 오랫동안 햇빛과 비 때문에 색이 바래긴 했지만 그의 두 눈은 생각에 잠긴 듯 장엄한 쓰레기 매립지를 내려다보고 있었다.

'재의 계곡' 한쪽은 작고 더러운 강과 면하고 있어서 바지선을 통과시키기 위해 도개교(跳開橋)가 올라가면 기차는 멈춰 서고 승객들은 30분 정도 그 황량한 광경을 바라보아야 한다. 그리고 그렇지 않은 경우에도 기차는 늘 그곳에서 최소한 1분가량 멈춰 서는데 내가 톰 뷰캐넌의 정부(情婦)를 처음 만난 것은 바로 그 때문이었다.

그에게 정부가 있다는 사실은 그의 이름이 알려진 곳 어디서나 사람들 입에 오르내렸다. 그의 지인들은 그가 그녀와 함께 카페에 들어와서는 그녀를 자리에 앉혀둔 채 어슬렁거리면서 아는 사람과 잡담을 나누곤 한다는 사실에 분개했다. 나는 호기심에 그녀가 보고 싶기는 했지만 정식으로 만나고 싶은 생각은 없었다. 그런데 그녀를 만나게 된 것이다.

어느 날 오후 나는 톰과 함께 기차를 타고 뉴욕으로 향하고 있었다. 기차가 그 재의 계곡에서 멈춰 서자 톰은 자리에서 벌떡 일어나더니 내 팔을 붙잡고 나를 억지로 기차에서 끌어냈다.

"여기서 내리세." 그가 고집을 부렸다. "내 애인을 소개해줄게."

나는 점심 식사 때 그가 과할 정도로 술을 마신 게 틀림없다고 생각했다. 나를 데리고 가겠다는 그의 결심은 거의 폭력에 가까울 정도로 단호했다. 건방지게도 일요일 오후에는 내게 별로 할 일이 없으리라고 제멋대로 생각한 것이다.

나는 회반죽을 칠해놓은 철로 변의 담 너머로 그를 따라갔다. 우리는 에클버그 의사의 시선을 끊임없이 받으며 길을 따라 100미터 정도 되돌아 걸어갔다. 보이는 건물이라고는 쓰레기 처리장 끝에 서 있는 노란 작은 건물뿐이었다. 일종의 중심가인 셈이었지만 주변에 아무것도 없이 혼자 덜렁 놓여 있었다. 그 건물에는 상점이 셋 있었다. 그중 하나는 세를 내놓고 있었으며 다른 하나는 24시간 영업 음식점으로서 재의 계곡 끝자락과 맞닿아 있었고 나머지 하나는 자동차 정비소였다. 정비소에는 '조지 B. 윌슨 자동차 정비소. 자동차 사고팝니다'라는 팻말이 붙어 있었다. 나는 톰을 따라 정비소 안으로 들어갔다.

정비소 안은 썰렁했다. 눈에 들어오는 차량이라고는 어두운 구석에서 먼지를 뒤집어쓰고 있는 망가진 포드 자동차뿐이었다. 순간 왜 그런지 이 어두컴컴한 정비소는 눈가리개일 뿐임에 틀림없다는 생각이 불현듯 들었다. 화려하고 낭만적인 아파트가 그 뒤에 숨어 있는 것 같았다. 바로 그때 주인이 사무실 문을 열고 헝겊 조각에 손을 문지르며 나타났다. 무기력한 모습의 사내였지만 금발에 그런대로 잘생긴 편이라고 할 만했다. 우리를 보자 그의 푸른 눈에 희미한 희망의 빛이 떠올랐다.

"잘 있었나, 윌슨 영감." 톰이 그의 어깨를 툭 치며 쾌활하게 말했다. "장사는 잘되나?"

"그저 그렇지요, 뭐." 윌슨이 시큰둥하게 대답했다. "그 차는 언제 파실 겁니까?"

"다음 주에. 지금 손을 보게 하고 있는 중이야."

"그 친구 꽤나 굼뜨네요."

"아니, 그렇지 않아." 톰이 냉정하게 말했다. "자네 생각이 그렇다면 다른 곳에 팔아야 하겠군."

"아니, 뭐, 그렇다는 게 아니고요. 제 말씀은 다만……."

그가 기어들어가는 목소리로 말했고 톰은 초조한 듯 정비소 안을 둘러보았다. 그때 계단에서 발걸음 소리가 들렸다. 잠시 후 약간 통통한 몸매의 여자 모습이 나타나더니 사무실 문으로부터 나오는 불빛을 가로막고 섰다. 삼십 대 중반의 여자로서 약간은 건장하다고 할 수 있는 편이었으며 어딘가 육감적이었다. 물방울무늬가 있는 검푸른 비단 드레스 위에 놓인 그녀의 얼굴에서 결코 아름다운 구석이라고는 찾아볼 수 없었다. 하지만 그녀에게서는 생기가 넘치고 있음을 금세 느낄 수 있었다. 마치 그녀의 육체 신경 전체에서 생동감을 발산하고 있는 것 같았다.

그녀는 천천히 미소를 지으며 마치 남편이 유령이라도 되는 듯 곁을 스쳐 지나더니 톰과 악수를 하며 그의 눈을 똑바로 바라보았다. 그녀는 입술에 침을 바르더니 등을 돌리지도 않은 채 남편에게 낮은 목소리로 함부로 말했다.

"왜 의자를 가져오지 않는 거예요? 좀 앉으셔야 할 거 아니에요?"

"아, 맞아." 윌슨은 서둘러 대답하고는 작은 사무실로 들어갔다. '재의 계곡' 근처에 있는 모든 것들과 마찬가지로 그의 검은 양복과 윤기 없는 머리카락에도 재 먼지가 뽀얗게 덮여 있었다. 다만 그의 아내만은 예외였다. 남편이 사라지자 그녀는 톰에게 가까이 왔다.

"보고 싶었소. 다음 열차를 타지." 톰이 열띤 어조로 말했다.

"좋아요."

"지하, 신문 가판대에서 기다릴게."

그녀는 고개를 끄덕이더니 조지 윌슨이 사무실에서 의자 두 개를 갖고 나타나자 톰에게서 떨어졌다.

우리는 지하로 내려가서 눈에 띄지 않는 곳에서 그녀를 기다렸다. 독립 기념일을 며칠 앞둔 참이어서 창백하고 깡마른 이탈리아계 소년이 철로를 따라 폭죽을 늘어놓고 있었다.

"끔찍한 곳이야." 톰이 에클버그 의사와 찡그린 얼굴을 교환하며 말했다.

"정말 끔찍하군."

"이곳을 잠시라도 떠나는 게 그녀에게 좋아."

"남편이 반대하지 않을까?"

"윌슨? 그 친구는 그녀가 뉴욕에 사는 여동생을 만나러 가는 줄 알고 있어. 자기가 살아 있는지조차 모르는 우둔한 인간이야."

　그렇게 해서 톰과 그의 정부, 그리고 나는 함께 뉴욕으로 갔다. 정확히 말하자면 함께는 아니었다. 윌슨 부인은 우리와 떨어져 다른 열차 칸에 탔기 때문이다. 톰은 혹시 그 열차에 타고 있을지 모를 이스트에그 사람들의 감수성을 그 정도쯤은 존중할 줄 알았다.

　그녀는 갈색 무늬가 있는 모슬린 옷으로 갈아입고 있었는데, 뉴욕역 플랫폼에서 그녀가 열차에서 내리는 것을 톰이 도와주었을 때 그 옷은 그녀의 널찍한 엉덩이에 착 달라붙어 있었다. 그녀는 신문 판매대에서 영화잡지 한 권을 샀고 역내 매점에서 콜드크림과 작은 향수 한 병을 샀다. 지상으로 올라온 뒤 그녀는 자동차들 소리가 육중하게 울려 퍼지는 길가에서 네 대의 택시를 그냥 보내버린 후 회색 시트의 라벤더색 새 차를 골라 잡았다. 우리는 그 택시에 올라타고 붐비는 역을 빠져나와 햇빛 반짝이는 거리로 나섰다. 그런데 거리로 나선 즉시 그녀는 재빨리 창으로부터 눈길을 돌리더니 다급하면서도 간절한 목소리로 말했다.

　"저 개를 한 마리 갖고 싶어요. 아파트에서 키우고 싶어요.

그렇게 되면 얼마나 좋을까!"

우리는 어느 백발노인을 향해 차를 후진시켰다. 노인은 어이 없게도 백만장자 록펠러를 닮아 있었다. 노인이 목에 걸고 있는 광주리 안에는 종자를 알 수 없는 강아지 열두 마리 정도가 몸을 웅크리고 있었다.

"무슨 종이에요?" 노인이 택시 창가로 다가오자 윌슨 부인이 열띤 목소리로 물었다.

"온갖 종류가 다 있습죠. 어떤 종류를 원하십니까, 부인?"

"경찰견 같은 걸 갖고 싶어요. 그런 건 없겠지요?"

노인은 미심쩍은 눈길로 광주리 안을 살피더니 손을 집어넣고는 발버둥치는 강아지 한 마리의 목덜미를 잡아끌어 올렸다.

"그건 경찰견이 아닌데." 톰이 말했다.

"네, 딱히 경찰견이라고 할 수는 없습죠." 노인이 실망이 담긴 목소리로 말했다. "에어데일에 가깝지요." 노인은 갈색 수건 같은 강아지의 등을 쓰다듬었다. "이 털 좀 보십시오. 정말 멋지지 않습니까? 감기 따위로 주인을 성가시게 만들지 않을 놈입니다요."

"정말 귀여워요." 윌슨 부인이 들뜬 목소리로 말했다. "얼마예요?"

"이놈이요?" 노인은 감탄의 눈길로 강아지를 바라보았다. "10달러는 주셔야지요."

그 에어데일은—비록 다리가 놀랄 만큼 희기는 했지만 에어데일의 피가 섞여 있는 게 틀림없었다—주인이 바뀌었고 곧바로 윌슨 부인의 무릎 사이로 파고들었다. 그녀는 그 방한모(防寒毛)를 황홀한 듯 쓰다듬었다.

"수놈이에요, 암놈이에요?" 그녀가 우아하게 물었다.

"그놈이요? 수컷입니다요."

"암컷이야." 톰이 단호한 어조로 말했다. "자, 여기 돈이 있소. 그 돈이면 열 마리는 더 살 수 있을 거요."

우리는 5번가로 차를 몰았다. 거의 목가적이라고 할 만큼 따뜻하고 부드러운 여름날 일요일 오후였고 길모퉁이에서 한 무리의 양 떼가 나타난다 할지라도 놀라지 않을 정도였다.

"차 좀 세워줘. 난 여기서 내리겠어." 내가 말했다.

"아니, 내리지 마." 톰이 재빨리 가로막았다. "자네가 함께 아파트로 가지 않으면 머틀이 섭섭해 할 거야. 안 그래, 머틀?"

"함께 가요." 그녀가 재촉했다. "동생 캐서린을 전화로 부를게요. 주변에서 다들 미인이라고 해요."

"글쎄, 그러고 싶긴 하지만……."

제2장

53

우리는 센트럴파크를 지나 웨스트 100번 대(帶)를 향해 달렸다. 158번가에 이르자 택시는 하얀 케이크를 잘라놓은 것처럼 죽 늘어서 있는 아파트들 중 한 조각 앞에서 멈추었다. 윌슨 부인은 마치 자신의 왕궁으로 돌아온 왕녀 같은 눈길로 주위를 둘러보며 강아지를 비롯해 그 밖에 구입한 물건들을 들고 당당하게 안으로 들어갔다.

"맥키 부부를 올라오라고 하겠어요." 그녀가 엘리베이터 안에서 말했다. "물론 동생에게도 전화해야지."

아파트는 꼭대기 층에 있었다. 아담한 거실과 작은 부엌, 욕실이 딸린 작은 침실이 있었다. 거실에는 태피스트리를 씌운 가구 한 세트가 거의 문간까지 꽉 채운 채 들어서 있었다. 가구가 방에 비해 너무 커서 방 안을 돌아다니다 보면 자꾸 발에 걸려 넘어져 베르사유 궁전 정원에서 그네를 타고 있는 그림 위로 코를 박을 것만 같았다. 벽에는 달랑 그림 한 장이 걸려 있었다. 흐릿한 바위 위에 앉아 있는 암탉을 지나치게 확대한 그림이 분명했다. 하지만 조금 멀리 떨어져서 보니 암탉은 모자처럼 보였고 방을 내려다보며 빙그레 미소 짓고 있는 뚱뚱한 노부인의 모습 같기도 했다. 탁자 위에는 낡은 영화잡지 몇 권과 저속한 소설 한 권, 브로드웨이 스캔들이 실린 하찮은 잡지

들이 놓여 있었다.

월슨 부인은 온통 강아지에 정신이 팔려 있었다. 엘리베이터 보이가 짚을 가득 채운 상자와 우유를 들고 내키지 않는 표정으로 나타났다. 그는 시키지 않았는데도 크고 딱딱한 강아지 과자를 한 통 사 왔다. 그중 한 개를 우유와 함께 접시에 담아 주었지만 강아지는 거들떠보지도 않았고 과자는 오후 내내 썩어갔다. 톰이 잠긴 옷장을 열고 위스키를 한 병 꺼내 왔다.

나는 평생 딱 두 번 취한 적이 있었는데 그중 한 번이 바로 그날 오후였다. 저녁 8시가 될 때까지 아파트는 밝은 햇살로 가득 차 있었음에도 불구하고 그곳에서 일어난 모든 일들이 흐릿하고 몽롱하게 남아 있는 것은 그 때문이었다. 월슨 부인은 톰의 무릎에 앉아 여러 사람에게 전화를 걸었다. 집 안에 담배가 떨어졌기에 나는 밖으로 나가 길모퉁이 약국에서 담배를 샀다. 돌아와 보니 두 사람이 보이지 않았다. 나는 거실에 얌전히 앉아 손에 잡히는 대로 소설을 집어 들었다. 내용이 형편없어서였는지, 아니면 술에 취해 정신이 멍했기 때문이었는지 도무지 무슨 소리인지 알 수 없었다.

톰과 머틀이—한잔하고 난 뒤에 월슨 부인과 나는 경칭을 생략하고 편하게 이름을 부르기로 했다—다시 나타났을 때 손님

제2장

55

들이 하나둘씩 아파트에 나타나기 시작했다. 머틀의 여동생 캐서린은 서른쯤 되어 보이는 호리호리한 몸매에 속물기가 물씬 풍기는 여자였다. 그녀는 뻣뻣한 붉은 머리 단발에 얼굴에는 뽀얀 분을 덕지덕지 바르고 있었다. 눈썹을 뽑아내고 그 위에 날씬하게 눈썹을 다시 그려 넣었지만 뽑힌 자리에서 자연적 복원력이 되살아나는 바람에 얼굴이 지저분해 보였다. 그녀가 몸을 움직일 때마다 그녀의 팔에서 자기(瓷器)로 만든 팔찌가 위아래로 흔들거리며 끊임없이 쩔렁거리는 소리를 냈다. 주인인 양 거침없이 방으로 들어서서 가구들을 마치 제 소유인 양 둘러보는 바람에 그녀가 이곳에 살고 있다는 착각이 들 정도였다. 나는 그녀에게 이 집에 살고 있느냐고 물었다. 그녀는 깔깔 웃으면서 내 질문을 큰 소리로 되풀이하더니 자신은 여자 친구와 함께 호텔에서 지내고 있다고 대답했다.

　아래층에 살고 있는 맥키 씨는 창백한 얼굴에 여자 같은 남자였다. 광대뼈에 하얀 비누 거품 자국이 남아 있는 것으로 보아 방금 면도를 한 것 같았다. 그는 방 안의 모든 사람들에게 공손하게 인사를 했다. 그는 내게 자신이 '예술 작업'에 종사하고 있다고 말했다. 나는 나중에 그가 사진사라는 사실과 벽에 마치 유령이 떠돌 듯 걸려 있는 윌슨 부인 어머니의 흐릿한 확대 사진이 그의 작품이라는 사실을 알 수 있었다. 그의 부인은 날카로운 목소리에 활기라고는 없어 보이는 여자였다. 그녀는 제법 미인이었지만 어딘가 사람을 오싹하게 만드는 구석이 있었다. 그녀는 내게 결혼 이래 남편이 자기 사진을 백 번 하고도 스물일곱 번이나 찍어주었다고 자랑했다.

월슨 부인은 조금 전부터 옷을 갈아입고 있었다. 그녀는 공들여 만든 크림색 모슬린 천의 이브닝드레스를 입고 있었으며 드레스 자락으로 방 안을 쓸고 다니면서 끊임없이 바스락거리는 소리를 냈다. 옷 덕분인지 인품 자체가 변한 것 같았다. 자동차 정비소에서 두드러져 보이던 생명력은 오만함으로 완연히 바뀌어 있었다. 그녀의 웃음과 몸짓, 그녀의 말투는 점점 더 가식적으로 변했으며 그녀가 그렇게 부풀어 오르면 오를수록 그녀를 둘러싸고 있는 방은 점점 더 좁아지는 것 같았고 마침내 그녀는 연기 자욱한 공기 속에서 시끄럽게 삐걱거리는 회전축을 중심으로 빙글빙글 돌고 있는 것 같았다.

"캐서린," 그녀는 점잖을 떨며 동생에게 높은 목소리로 외치듯 말했다. "그런 놈들은 대개 늘 너를 속이려 들 거야. 온통 돈밖에 모르는 놈들이야. 지난주에 내 발을 좀 봐달라고 어떤 여자를 불렀는데 계산서를 보니까 맹장 수술이라도 받았나 싶더라니까."

"그 여자 이름이 뭔데요?" 맥키 부인이 물었다.

"에버하트 부인이요. 사람들 발을 봐준다고 집집마다 돌아다니는 여자예요."

"옷이 정말 좋아요. 너무 멋져요." 맥키 부인이 지적했다.

윌슨 부인은 경멸하듯 눈썹을 치켜올리며 그녀의 칭찬을 물리쳐버렸다.

"그냥 형편없이 낡은 거예요. 별로 남들 눈을 신경 쓸 필요가 없을 때 가끔 걸치는 옷이에요."

"하지만 당신에게 정말 잘 어울려요. 내 말이 무슨 뜻인지 아시잖아요." 맥키 부인이 계속 말했다. "만일 제 남편 체스터가 당신의 그 포즈를 잡아낼 수 있다면 멋진 작품을 만들어낼 수 있을 것 같은데요."

우리는 모두 말없이 윌슨 부인을 주시하고 있었다. 그녀는 머리카락을 위로 쓸어 올리며 밝은 미소를 띤 채 눈길로 우리에게 응답했다. 맥키 씨는 고개를 옆으로 기울인 채 그녀를 열심히 주시했다. 그리고 손을 그의 눈앞에서 천천히 앞뒤로 움직였다.

"빛을 좀 바꾸었으면 좋겠습니다." 잠시 후 그가 말했다. "얼굴의 입체감을 좀 더 드러내고 싶습니다. 뒤쪽 머리도 살리면서 말이죠."

"조명은 이대로가 좋은 것 같아요." 맥키 부인이 외쳤다. "제 생각에는……."

그러자 그녀의 남편이 "쉿"이라고 말했고 우리는 다시 모델에 시선을 집중했다. 그러자 톰이 소리 내어 하품을 하더니 자리에서 벌떡 일어났다.

"맥키 부부에게 뭔가 마실 걸 좀 대접해야 해. 머틀, 다들 잠자러 가겠다고 하기 전에 얼음하고 탄산수를 더 가져오지."

"엘리베이터 보이에게 얼음을 더 가져오라고 했는데." 머틀은 하층민의 게으름에 질렸다는 듯 눈썹을 치켜올렸다. "하여튼 그런 사람들이란! 계속 잔소리를 해야만 한다니까!"

그녀는 나를 바라보더니 실없는 웃음을 보냈다. 이어서 그녀는 강아지에게 달려가 맹렬히 입을 맞추더니 휭 하니 부엌으로 들어갔다. 마치 한 다스쯤의 요리사가 부엌에서 자기 명령을 기다리고 있는 것 같았다.

"롱아일랜드에서 멋진 것들을 건졌습니다." 맥키 씨가 역설했다.

톰은 멍하니 그를 쳐다보았다.

"그중 둘은 액자에 끼워 아래층에 걸어놓았습니다."

"둘이라니요? 뭘 말하는 겁니까?" 톰이 물었다.

"작품 말입니다. 하나는 '몬턱 포인트 – 갈매기'라는 제목이고 다른 하나는 '몬턱 포인트 – 바다'라고 제목을 붙였습니다."

캐서린이 소파 내 옆에 앉았다.

"당신도 롱아일랜드에 사시지요?" 그녀가 내게 물었다.

"웨스트에그에 삽니다."

"정말이세요? 한 달 전쯤에 그곳 파티에 간 적이 있어요. 개 츠비라는 사람 집이었어요. 혹시 그 사람 아세요?"

"바로 이웃에 삽니다."

"아, 그래요. 그 사람은 빌헬름 황제의 조카나 사촌이래요. 돈도 전부 거기서 나온대요."

"정말입니까?"

그녀가 고개를 끄덕였다.

"전 그 사람이 무서워요. 그 사람하고는 어떤 식으로건 얽히 고 싶지 않아요."

내 이웃에 관한 이 흥미로운 정보는 맥키 부인이 갑자기 캐 서린을 가리키며 한마디하는 바람에 도중에 끊기고 말았다.

"여보, 당신, 캐서린 양과도 괜찮은 작품을 만들 수 있을 것 같아요."

하지만 맥키 씨는 느닷없는 그녀의 말을 고개를 한 번 끄덕이는 정도로 무시하고는 톰에게 다시 말했다.

"롱아일랜드에서 좀 더 일하고 싶습니다. 받아들여지기만 한다면 말입니다. 그곳 사람들이 제게 시작할 기회를 줄 것인지 알고 싶을 뿐입니다."

"머틀에게 한번 부탁해 봐요." 윌슨 부인이 쟁반을 들고 들어오는 것을 보고 톰이 너털웃음을 터뜨리며 말했다. "머틀이 당신에게 소개장을 써줄 거요. 그렇지, 머틀?"

"뭘요?" 그녀가 놀라서 물었다.

"당신 남편에게 맥키 씨 소개장을 좀 써주라고. 당신 남편을 모델로 작품을 할 수 있게 말이야."

그는 제목을 궁리하는 듯 잠시 입술을 움직였다.

"그래, '주유기 앞의 조지 B. 윌슨'이면 되겠군. 아니면 그 비슷한 다른 제목으로."

캐서린이 내게 바짝 몸을 기울이더니 내 귀에 대고 속삭였다.

"저 두 사람 다 자기 배우자를 못 견뎌 해요."

"그래요?"

제2장

61

"참아낼 수가 없대요." 그녀는 머틀과 톰을 번갈아 바라보았다. "내 말은, 그렇게 참아낼 수 없으면서 왜 함께 사느냐는 거예요. 나 같으면 당장 이혼하고 둘이 결혼할 텐데."

"머틀도 남편 윌슨을 안 좋아하나요?"

이 질문에 대한 대답은 예기치 않은 곳에서 왔다. 그 질문을 엿들은 머틀이 직접 그렇다고 대답한 것이다. 그 대답은 난폭했고 추잡했다.

"보셨지요?" 캐서린이 의기양양하게 외쳤다. 그녀는 다시 목소리를 낮추었다. "두 사람 사이를 갈라놓고 있는 건 사실은 톰의 부인이에요. 그녀가 가톨릭이라서 이혼은 생각조차 못 하고 있어요."

데이지는 가톨릭이 아니었다. 나는 이 교묘한 거짓말에 약간 충격을 받았다.

"두 사람이 결혼하면 얼마 동안 서부로 가서 살 거예요. 모든 게 잠잠해질 때까지 말이에요."

"유럽으로 가는 게 나을 텐데요."

"어머, 유럽을 좋아하시나 봐." 그녀가 놀라서 외쳤다. "전 몬테카를로(도박장으로 유명한 모나코의 해안 도시-옮긴이 주)에서 얼마 전에 돌아왔어요."

"정말입니까?"

"바로 작년이에요. 여자 친구와 함께 갔었어요."

"유럽에 오래 계셨습니까?"

"아뇨, 그냥 몬테카를로에만 갔다가 바로 돌아왔어요. 가는 길에 마르세유에 들렀지요. 출발할 때 1,200달러 이상 갖고 갔는데 이틀 만에 다 날려버렸어요. 돌아올 때 얼마나 고생했는지 몰라요. 맙소사, 그놈의 몬테카를로는 이름만 들어도 지긋지긋해요!"

늦은 저녁 하늘이 마치 지중해 푸른 바다처럼 창문에 한순간 펼쳐졌다. 그때 맥키 부인의 날카로운 소리가 들려오는 바람에 다시 시선을 방 안으로 향했다.

"나도 하마터면 실수할 뻔했어요." 그녀가 힘차게 선언하듯 말했다. "나를 몇 년간 따라다니던 키 작은 유대인과 결혼할 뻔했다니까. 내게 격이 떨어지는 사람인 걸 난 알고 있었어요. 사람들이 모두 '루실, 너하고는 안 어울려!'라고 말했어요. 하지만 체스터를 만나지 않았다면 그 남자가 나를 차지했을 거예요."

그러자 머틀이 고개를 아래위로 끄덕이며 말했다.

"하지만 들어봐요. 적어도 당신은 그 머저리와 결혼하지 않았잖아."

"그래요, 안 했지요."

"그런데 나는 했다니까요." 머틀이 애매하게 말했다. "그게 바로 당신과 내가 다른 점이에요."

그러자 캐서린이 끼어들었다.

"그런데 언니, 왜 그런 거야? 아무도 강요하지 않았는데."

머틀은 잠시 생각에 잠겼다가 입을 열었다.

"그 사람이 신사인 줄 알고 결혼한 거야. 뭔가 교양이 있는 사람이라고 생각했어. 그런데 내 신발을 핥을 자격도 없는 사람이었어."

"언니, 한동안 그 사람에게 미쳐 있었잖아." 캐서린이 말했다.

"미쳐 있었다니!" 머틀이 당치않다는 듯 소리쳤다. "내가 미쳐 있었다고 누가 그래? 차라리 저기 있는 저 사람에게 미쳐 있다고 하는 게 낫지!"

그녀는 갑자기 나를 가리켰다. 모두들 비난의 눈초리로 나를 쳐다보는 것 같았다. 나는 내가 그녀의 애정을 기대한 적이 없다는 표정을 지어 보이려 애썼다.

머틀이 계속 말을 이었다.

"설사 내가 미쳐 있었다고 해도 결혼했을 때 잠깐뿐이야. 하지만 나는 이내 내가 실수했다는 걸 깨달았어. 그 사람은 결혼식 예복을 누군가에게서 빌려 입었으면서도 내게 입도 뻥끗하지 않았어. 그런데 그 사람이 외출하고 없을 때 옷 임자가 찾아왔어. 내가 말했어. '어머, 당신 옷이에요? 전 처음 듣는 이야기거든요.' 나는 그 옷을 그에게 내주고는 드러누워서 오후 내내 정말 서럽게 펑펑 울었어."

"그때 정말 형부를 차버렸어야 해요." 캐서린이 다시 내게 말을 걸었다. "둘은 그 정비소에서 11년이나 함께 살았어요. 톰은 언니 첫 애인이에요."

그 방에 모인 사람들은 끊임없이 위스키병을 찾았다. 벌써 두 병째였다. '한 잔도 마시지 않아도 마신 사람 기분을 낼 줄 안다'는 캐서린만 예외였다. 톰은 벨을 눌러 아파트 수위를 부르더니 샌드위치를 사 오라고 심부름을 보냈다. 그것만으로도 충분히 저녁 요기가 될 만한 유명한 샌드위치였다.

나는 밖으로 나가서 부드러운 황혼에 휩싸인 동쪽 공원길을 산책하고 싶었다. 하지만 몸을 일으키려 할 때마다 뭔가 거칠고 귀에 거슬리는 이야기에 얽혀들어 그대로 눌러앉고 말았다. 마치 발목이 밧줄 같은 것에 묶여 있는 것 같았다. 하지만 우연히 어두운 거리를 걸어가며 도시 저 높은 곳에 줄지어 있는 이 집의 노란 창문들을 바라보는 사람에게는 마치 인간의 비밀을 은밀하게 속삭여주는 것처럼 보였으리라. 나는 그 행인을 내려다봄과 동시에 높은 곳을 올려다보며 궁금해하는 사람이었다. 나는 그 안에 속해 있으면서 동시에 국외자였다. 나는 이 무진장한 삶의 다양함에 매혹당하면서 동시에 그로부터 퇴출당한 사람이었다.

머틀은 의자를 내 가까이 잡아당기더니 갑자기 내게 뜨거운 입김을 내뿜으며 톰을 처음 만날 때 이야기를 해주었다.

"기차를 타다 보면 서로 마주 앉아야만 하는 자리밖에 남지 않는 경우가 있지요. 나는 동생을 만나 하룻밤을 지내려고 뉴욕으로 가는 길이었어요. 저이는 정장 차림에 가죽 구두를 신고 있었어요. 나는 저이에게서 눈을 뗄 수 없었어요. 하지만 저이가 나를 쳐다볼 때마다 저이 머리 위쪽에 있는 광고를 보는 척했어요. 역에 도착했을 때 저이는 내 옆자리에 있었고 그의 하얀 와이셔츠 앞가슴이 내 팔을 누르고 있었지요. 나는 경찰을 부르겠다고 했지만 저이는 내가 거짓말을 하고 있다는 걸 알고 있었어요. 나는 너무 흥분해 있었어요. 저 사람과 함께 택시에 올라탔으면서도 내가 지하철을 타지 않았다는 걸 깨닫지 못할 정도였어요. 나는 머릿속으로 줄곧 '영원히 살 것도 아니잖아. 영원히 살 것도 아니잖아'라는 말만 되뇌고 있었어요."

그녀는 맥키 부인 쪽으로 몸을 돌렸고 방 안 가득 그녀의 억지 웃음소리가 울려 퍼졌다.

"이봐요." 그녀가 큰 소리로 외쳤다. "이 옷을 벗자마자 당신에게 줄게요. 내일 다른 옷을 사면 되니까. 사야 할 물건들 목록을 만들어야겠어. 마사지 기구, 파마 기구, 개목걸이, 스프링이 달린 예쁜 재떨이, 어머니 무덤을 장식해줄 화환. 잊어버리지 않게 적어두어야겠어."

9시가 되었다. 방금 전에 시계를 본 것 같았는데 다시 들여다보니 10시가 되었다. 맥키 씨는 꽉 쥔 두 주먹을 무릎 위에 올려놓은 채 의자에 앉아 잠들어 있었다. 마치 활동적인 사람을 사진으로 찍어놓은 것 같았다. 나는 손수건을 꺼내 오후 내내 신경에 거슬렸던 뺨 위에 말라붙은 비누 거품 자국을 닦아주었다.

강아지는 탁자 위에 앉아 담배 연기 자욱한 방 안을 둘러보며 가끔 힘없이 낑낑거렸다. 사람들은 사라졌다가 다시 나타났고 어디론가 갈 계획을 세웠고 서로를 잃고 찾아다니다가 지척 간에서 다시 발견했다. 자정이 가까워질 무렵 톰 뷰캐넌과 윌슨 부인이 얼굴을 맞대고 열띤 목소리로 말다툼을 하고 있었다. 윌슨 부인에게 데이지의 이름을 언급할 권리가 있느냐 없느냐 하는 자못 진지한 주제였다.

"데이지! 데이지! 데이지!" 월슨 부인이 고함을 질렀다. "입 밖에 꺼내고 싶을 때면 언제고 말할 거예요! 데이지! 데이……."

톰 뷰캐넌은 능숙하게 손바닥으로 그녀의 코를 잽싸게 후려갈겼다.

잠시 후 욕실 바닥에는 피 묻은 수건들이 뒹굴고 여자들의 꾸짖는 소리가 들렸으며 이 모든 소란보다 훨씬 높은 목소리로 아프다고 울부짖는 소리가 들렸다. 잠에서 깨어난 맥키 씨는 어안이 벙벙한 채 문을 향해 걸어갔다. 그는 중간쯤 가다가 서서 몸을 돌리고 방 안 광경을 바라보았다. 그의 아내와 캐서린이 꾸짖기도 하고 위로하기도 하면서 구급약을 든 채 복잡한 가구 사이를 비틀거리며 뛰어다니고 있었고 머틀은 피를 철철 흘리며 절망한 표정으로 소파에 누워 행여 핏자국 얼룩이라도 생길까 봐 베르사유 장면이 수 놓인 태피스트리 위에 열심히 잡지를 펼쳐놓고 있었다. 맥키 씨는 몸을 돌려 문밖으로 나갔다. 나는 샹들리에에 걸어두었던 모자를 집어 들고 그의 뒤를 따랐다.

"언제 점심 한번 대접하겠습니다." 엘리베이터가 신음 소리를 내며 내려가는 동안 그가 제안했다.

"어디서 말입니까?"

"아무 데서나요."

"레버에서 손을 떼세요." 엘리베이터 보이가 말했다.

"미안하네. 만지고 있는 줄 몰랐어." 맥키 씨가 위엄 있게 말했다.

"좋습니다. 기꺼이 받아들이겠습니다." 내가 그의 초대에 응했다.

…… 나는 그의 침대 곁에 서 있었고 그는 속옷 차림으로 침대 시트에 앉아 있었고, 손에는 화첩을 들고 있었다.

"'미녀와 야수'……, '고독'……, '식료품 가게의 늙은 말'……, '브루클린 다리'……."

이어서 나는 반쯤 잠든 상태로 펜실베이니아 역의 지하 대합실에 누워 조간신문 「트리뷴」지를 보면 새벽 4시 열차를 기다리고 있었다.

제3장

이웃집에서는 여름 내내 밤마다 음악 소리가 들렸다. 개츠비의 집 푸른 정원에 남자와 여자들이 마치 불나방처럼 모여들어 별빛 아래에서 샴페인을 들고 속삭였다. 오후 만조 때면 나는 그 집 손님들이 부교(浮橋) 위에서 다이빙을 하거나 뜨거운 모래사장에서 일광욕을 하는 모습을 지켜보곤 했다. 또한 그의 모터보트 두 대가 수상스키를 매단 채 엄청난 물거품을 일으키며 롱아일랜드 해협을 갈라놓기도 했다. 주말이면 그의 롤스로이스가 셔틀버스 구실을 했다. 롤스로이스는 아침 9시부터 자정이 훨씬 넘도록 도시로부터 오가는 사람들을 실어 날랐다. 또한 그의 스테이션왜건은 마치 노란 딱정벌레처럼 부지런히 기차역을 오갔다. 월요일이면 임시 고용 정원사를 비롯해 여덟 명의 하인들이 하루 종일 걸레와 바닥 닦는 솔, 망치, 정원용 가위 등을 들고 지난밤에 망가진 것들을 열심히 손보았다.

매주 금요일에는 뉴욕의 과일 가게에서 다섯 상자의 오렌지와 레몬이 배달되었다. 월요일이면 이 오렌지와 레몬은 산처럼 쌓인 껍질이 되어 뒷문으로 빠져나갔다. 부엌에는 집사가 엄지손가락으로 단추를 200번만 누르면 30분 안에 200잔의 오렌지 주스를 뽑아낼 수 있는 기계가 있었다.

최소한 2주일에 한 번씩 파티를 준비하는 사람들이 와서 백미터가 넘는 텐트와 갖가지 색깔의 전구로 개츠비의 거대한 정원을 마치 크리스마스트리처럼 만들었다. 길게 늘어선 테이블 위에는 화려한 전채 요리, 풍미가 가미된 햄, 다채로운 모양의 샐러드, 가루를 입혀 튀긴 돼지고기, 짙은 황금빛을 뽐내고 있는 칠면조 고기들이 즐비하게 차려져 있었다. 중앙 홀에는 진짜 바 같은 것을 설치해 놓고 그 위에 진을 비롯해 각종 술들을 늘어놓았다. 어떤 술들은 오래된 진귀한 술이라서 대부분의 여성 손님들은 제대로 구분조차 할 수 없었다.

7시가 되면 오케스트라가 도착한다. 보잘것없는 5인조 악단이 아니라 오보에와 트롬본, 색소폰, 비올라, 코넷, 피콜로를 비롯해 저음과 고음의 드럼까지 갖춘 완벽한 오케스트라였다. 해변에서 마지막까지 수영하던 사람들이 들어와서 이층에서 옷을 갈아입는다. 뉴욕에서 온 차들이 길에 다섯 줄로 주차해 있고 홀과 살롱과 베란다는 번쩍이는 원색 옷차림에 최신 유행 단발머리를 하고 고급 숄을 두른 여자들로 붐빈다. 바가 흥청거리고 빙글빙글 돌아다니던 칵테일 쟁반이 바깥 정원까지 진출하면 이윽고 잡담과 웃음과 즉흥적인 농담으로 분위기가 활기를 띤다. 누군가 소개를 받고 즉시 그 이름을 잊어버리는가 하면 이제까지 이름도 모르던 여자들끼리 흥겹게 어울리기도 한다.

지구가 태양으로부터 비틀거리며 멀어지면 불빛이 더욱 밝아지고 오케스트라가 노란 칵테일 음악을 연주하면 사람들의 목소리로 이루어진 오케스트라는 음이 한결 높아진다. 시간이 지날수록 유쾌한 말 한마디에도 한바탕 웃음이 마구 쏟아진다. 손님들이 점점 더 빨리 바뀌고 새로 온 사람들은 흩어져 있다가 같은 식으로 다시 모인다. 이윽고 여기저기 돌아다니는 사람이 생기고 제자리를 지키고 있는 사람들 사이를 비집고 돌아다니는 대담한 여자들도 있다. 그녀들은 그룹의 중심이 되어 한순간 즐거운 시간을 갖다가 끊임없이 변화하는 불빛 아래 다양하게 변화하는 얼굴들과 목소리들과 색깔들 사이를 의기양양하게 미끄러지듯 누비고 다닌다.

그렇게 집시처럼 떠돌아다니던 여자들 중 한 명이 갑자기 칵테일 잔을 높이 들더니 대담하게 잔을 쏟아버린다. 그리고 재미있는 손놀림을 하며 텐트 연단 위에서 춤을 춘다. 잠시 모두들 숨을 죽인다. 오케스트라의 지휘자가 그녀의 춤에 맞추어 리듬을 바꾼다. 그녀가 꽤 유명한 대역 배우라는 잘못된 소문이 순식간에 나돌고 사람들이 수군거리기 시작한다. 파티가 시작된 것이다.

내가 개츠비 저택을 처음으로 방문한 날 나는 정식으로 초대받은 몇 안 되는 손님 중의 하나였다. 대부분의 사람들은 초대받지 않은 채 그곳에 온 것이었다. 그들은 롱아일랜드행 자동차에 몸을 싣고 와서 개츠비의 저택 문 앞에서 내렸다. 거기서일단 개츠비와 안면이 있는 사람이 그들을 소개하면 그들은 이놀이공원의 행동 준칙에 따라 행동했다. 그중에는 가끔 개츠비를 만나지도 못한 채 돌아가는 사람들도 있었다. 그들은 단순한 마음으로 파티에 온 것이며 그런 마음이 바로 초대장이나다름없었다.

나는 정식으로 초대를 받았다. 토요일 아침 일찍 개똥지빠귀알처럼 푸른색 제복을 입은 운전기사가 나의 집 잔디밭을 가로질러 오더니 놀랍게도 주인의 정식 초대장을 내게 건네주었다. 그날 밤 열리는 '작은 파티'에 참석해준다면 더없이 큰 영광으로 생각하겠다는 내용이었다. 나를 여러 번 보았고 오래전부터 나를 방문하고 싶었지만 상황이 여의치 않았다는 내용이 덧붙여 있었고 끝에는 위엄 있는 필체로 '제이 개츠비'라는 서명이 있었다.

나는 흰 플란넬 양복을 차려입고 7시 조금 넘어서 그의 잔디밭으로 건너갔다. 나는 우글우글하는 낯선 사람들 사이를—비록 통근 열차에서 간혹 본 듯한 얼굴이 있기는 했지만—약간은 안절부절못하는 기분으로 어슬렁거렸다. 손님들 중에 영국 젊은이들이 상당수 있는 것을 곧 알아보고 나는 놀랐다. 모두들 잘 차려입었지만 약간은 굶주린 것 같았으며 나지막하면서도 진지한 목소리로 부유한 미국인들과 이야기를 나누고 있었다. 분명히 채권이나 보험, 혹은 자동차를 열심히 팔고 있는 것 같았다. 최소한 그들은 가까운 곳에 돈이 있다는 것을 잘 알고 있었고 몇 마디 말만 제대로 잘하면 그 돈이 자신의 손에 들어오리라고 확신하고 있었다.

그 집에 도착하자마자 나는 주인을 찾으려 해보았다. 나는 한두 사람에게 주인이 어디 있느냐고 물어보았다. 그러자 그들은 놀란 눈으로 나를 똑바로 바라보더니 모른다고 딱 잘라 말했다. 나는 칵테일이 놓여 있는 탁자 쪽으로 슬그머니 꽁무니를 뺐다. 이 정원 안에서 외톨이인 사람이 하릴없거나 혼자라는 것을 들키지 않고 어슬렁거릴 수 있는 유일한 장소였다.

나는 당혹감에서 벗어나기 위해 술이나 거나하게 취해야겠다고 마음먹고 잔을 집어 들었다. 그때였다. 조던 베이커 양이 집 안에서 나오더니 대리석 계단 꼭대기에 서서 몸을 뒤로 약간 젖힌 채 정원 쪽을 내려다보았다. 비웃는 듯하면서도 흥미롭다는 표정이었다.

환영을 받건 말건 지나가는 사람에게 친근한 말을 건네려면 그 전에 그 누군가와 어울려 있어야만 한다는 사실을 나는 깨달은 참이었다.

"안녕하세요!" 나는 그녀 쪽으로 다가가면서 큰 소리로 외쳤다. 내 목소리가 정원을 가로질러 부자연스러울 정도로 크게 울렸다.

"여기 계시리라고 생각했어요." 내가 다가가자 그녀가 무심한 듯 대답했다. "당신이 이웃에 산다고 한 걸 기억하고 있었거든요."

그녀는 아무런 감정도 담지 않은 채 내 손을 잡았다. 마치 당장 나를 돌봐주겠다고 약속이라도 하는 것 같았다. 이어서 그녀는 계단 아래서 발걸음을 멈춰 선 두 명의 노란 옷을 입은 여자들에게 귀를 기울였다.

두 여자가 함께 소리쳤다.

"안녕하세요! 지난 경기 우승하지 못해 유감이에요."

골프 시합 이야기였다. 그녀는 지난 주 경기 결승전에서 졌다.

"우리가 누군지 모르지요?" 두 여자 중 한 명이 말했다. "하지만 한 달 전에 여기서 만난 적이 있어요."

"머리 염색을 했네요." 조던이 말했고 나는 놀랐다. 하지만 그 여자들이 무심코 지나가 버리는 바람에 그녀의 말은 마치 때 이르게 떠오른 달에게 내뱉은 꼴이 되어버렸다.

조던의 황금빛 날씬한 팔이 내 팔을 감은 채 우리는 계단을 내려가서 정원을 산책했다. 황혼 속에서 칵테일 쟁반이 우리 눈앞에 어른거렸고, 우리는 노란 옷을 입은 두 여자와 세 명의 사내가 앉아 있는 식탁에 앉았다. 세 남자는 자기들 성(姓)이 모두 '멈블'이라고 자신들을 소개했다.

"이곳 파티에 자주 오세요?" 조던이 옆에 앉은 여자에게 물었다.

"지난번 당신을 만났을 때 이후 처음이에요." 그녀는 자신에 찬 목소리로 재빨리 대답했다. 그녀가 친구에게 고개를 돌렸다.

"루실, 너도 그렇지 않니?"

루실도 그렇다고 하면서 덧붙였다.

"여기 오는 게 좋아. 뭘 해야 할지 신경 쓰지 않으면서 즐길 수 있으니까. 지난번에 왔을 때 의자에 걸려 옷이 찢어졌는데 그분이 내 이름과 주소를 물었어요. 그런데 일주일 만에 의상실에서 새 이브닝드레스를 한 벌 소포로 붙여 왔어요."

"그래서 그 옷을 받았나요?" 조던이 물었다.

"그럼요. 오늘 입고 오려 했는데 가슴 부분이 너무 커서 수선을 맡겨야 했어요. 보라색 구슬이 달린 연푸른 드레스예요. 265달러나 해요."

"그런 식으로 호의를 베풀다니 재미있지 않아요?" 다른 여자가 열심히 말했다. "그 사람은 그 누구하고든 말썽이 생기는 걸 원치 않나 봐요."

"누가 말입니까?" 내가 물었다.

"개츠비 씨요. 누군가 하는 말로는……."

두 여자와 조던은 마치 은밀한 이야기를 나누듯 서로 몸을 기울였다.

"그 사람이 사람을 죽인 적도 있다는 거예요."

제3장

77

그 자리에 앉은 모든 사람들에게 짜릿한 전율이 흘렀다. 세 명의 멈블 씨도 몸을 앞으로 기울인 채 열심히 듣고 있었다.

"하지만 그런 것 같지는 않아." 루실이 의심스럽다는 투로 말했다. "그 사람이 전쟁 중에 독일 스파이였다는 말이 있는데 그게 더 그럴듯해요."

세 사내 중의 한 명이 동의하듯 고개를 끄덕였다.

"나도 그를 잘 아는 사람에게서 그런 이야기를 들었습니다. 독일에서 함께 자랐다는 사람입니다." 그가 단정적으로 말했다.

그러자 첫 번째 여자가 곧바로 반박했다.

"아니, 그럴 리 없어요. 그 사람은 전쟁 중에 미군으로 복무 중이었는데요."

우리가 그녀의 말을 믿는 기색을 보이자 그녀는 활기차게 몸을 앞으로 기울이며 덧붙였다.

"그가 아무도 보는 사람이 없다고 생각하고 있을 때 짓는 표정을 보세요. 살인을 저지른 게 틀림없어요."

그녀는 눈을 가늘게 뜨며 몸서리를 쳤다. 루실도 부르르 몸을 떨었다. 우리는 모두 고개를 돌려 개츠비가 어디 있는지 찾아보았다. 세상사에 대해 수군거릴 필요가 별로 없다고 생각하는 사람조차 그를 두고는 수군거리게 된다는 것은 개츠비가 자신에 대해 뭔가 낭만적인 추측을 불러일으키는 사람이라는 증거였다.

첫 번째 만찬이─자정 후에 두 번째 만찬이 나온다─나오기 시작했다. 조던은 자신의 일행들과 함께 식사하자며 나를 초대했다. 그들은 정원 다른 쪽 식탁에 자리 잡고 있었다. 그 식탁에는 세 쌍의 부부와 조던의 경호원 격으로 따라온 남자가 있었다. 그는 빈정거리는 말을 거칠게 내뿜는 끈질긴 대학생이었다. 그는 조만간 조던이 무릎을 꿇고 자신을 얼마간 그녀의 남자로 대접하리라고 생각하는 모양이었다. 이곳 식탁의 사람들은 여기저기 돌아다니는 대신 한결같이 위엄 있는 모습을 유지하고 있었다. 그들은 자기 지역의 차분한 품위를 대표하는 역할을 스스로 떠맡고 있는 듯 보였다. 이스트에그 사람들은 웨스트에그 사람들에게 겉으로는 겸손한 모습을 보여주면서도 웨스트에그 사람들이 보여주는 현란한 쾌활함에 대해 경계심을 품고 있었다.

"우리 밖으로 나가요." 어울리지 않는 분위기 속에서 30분 정도를 헛되이 보낸 뒤 조던이 내게 속삭였다. "제게는 너무 점잖은 자리 같아요."

우리는 자리에서 일어났다. 조던은 집주인을 찾아보러 가겠다고 말했다. 그녀는 앉아 있는 사람들에게 내가 집주인을 한 번도 만나본 적이 없다고 말했고 나는 왠지 심기가 불편했다. 대학생은 냉소적이면서도 침울한 표정으로 고개를 끄덕였다.

우리는 먼저 사람들이 붐비는 바로 갔다. 하지만 개츠비는 그곳에 없었다. 계단 꼭대기에도 베란다에도 그의 모습은 보이지 않았다. 우리는 우연히 서재에도 들어가 보았다. 참나무 조각으로 장식된 서재는 해외 유적을 고스란히 옮겨다 놓은 것 같았다.

서재에는 건장한 중년 남자 한 명이 올빼미 눈 모양의 커다란 안경을 낀 채 테이블 끄트머리에 앉아서 서가를 응시하고 있었다. 약간 술에 취해 있는 것 같았다. 우리가 들어가자 그는 힘차게 의자를 돌리더니 조던을 머리부터 발끝까지 훑어보았다.

"어때요?" 그가 느닷없이 물었다.

"뭐 말씀입니까?"

그는 서가를 향해 손을 흔들었다.

"저것 말이오. 뭐 확인해볼 필요도 없어요. 내가 다 확인했으니까. 진짜들이요."

"책들 말입니까?"

그가 고개를 끄덕였다.

"완전히 진짜요. …… 하나도 빼놓지 않고 전부 다. 나는 그냥 장식용이라고 생각했소. 그런데 완전히 진본인 거요. 페이지는 물론이고…… 보여드릴까?"

우리가 당연히 의심하리라고 생각했는지 그는 서가로 달려가더니 『스토더드 강연집』(미국 저술가 존 L. 스토더드의 열다섯 권에 이르는 강연집-옮긴이 주) 제1권을 들고 돌아왔다.

"자, 보시오!" 그가 의기양양하게 외쳤다. "이건 정말로 인쇄한 책이란 말이오. 대단해요! 완벽해! 정말 리얼리즘 그 자체야! 진짜 책들로 이런 서가를 꾸미다니! 게다가 도가 지나치지도 않고……, 페이지를 칼로 자르지도 않았소. 헌데 이곳에는 왜 들어온 거요? 뭐 찾는 거라도 있소?"

그는 내게서 책을 낚아채더니 급히 선반에 다시 꽂았다. 그는 마치 벽돌 한 장이 빠지면 서가 전체가 무너지기라도 할 듯 투덜거렸다.

그가 우리에게 물었다.

"누가 당신들을 데려온 거요? 아니면 제 발로 온 거요? 나는 누가 데려다준 거요. 대부분의 사람들은 다 누군가를 따라왔지."

조던은 대답하지 않은 채 재미있다는 표정으로, 하지만 약간의 경계심을 늦추지 않은 채 그를 바라보았다.

"나는 루스벨트라는 여자가 데려다주었소." 그가 계속 말했다. "클로드 루스벨트 부인 말이오. 혹시 아시오? 지난밤에 어디선가 만났소. 일주일 내내 술을 마셨기에 서재에 와 있으면 좀 깰 수 있을까 해서 와 있는 거요."

"그래, 효과가 있었나요?"

"뭐, 약간은. 하지만 아직 깬 건 아니요. 한 시간밖에 안 되었으니까. 책 이야기를 해드렸던가? 저건 진짜요. 전부 다⋯⋯."

"이미 다 말씀하셨어요."

우리는 정중하게 악수를 하고 밖으로 나왔다.

정원에서는 무도회가 벌어지고 있었다. 늙은이들은 염치없이 계속 원을 그리며 젊은 여자들을 밖으로 몰아내고 있었고 좀 나이가 든 양반들은 짝을 지어 한구석에서 비틀거리면서, 그러면서도 멋지게 춤을 추고 있었다. 대다수의 싱글 걸들은 혼자 춤을 추거나 오케스트라에서 밴조나 타악기 연주자의 짐을 덜어주고 있었다. 자정이 될 때까지 분위기는 점점 더 고조되었다. 유명한 테너 가수가 이탈리아어로 노래를 불렀고 악명 높은 콘트랄토 가수가 재즈풍의 노래를 불렀다. 정원 곳곳에서 사람들이 둘러보는 가운데 묘기가 벌어졌고 즐거우면서도 공허한 웃음소리가 허공으로 퍼져 나갔다. 무대에 오른 쌍둥이가—바로 노란 드레스의 아가씨들이었다—무대 복장을 하고 어린애 흉내를 내고 있었다. 엄청나게 큰 잔으로 샴페인이 돌았다. 달이 좀 더 높이 떠올랐고 해협에는 삼각형의 얇은 은비늘 같은 것이 바닷물에 출렁이면서 잔디 위에서 울리는 둔탁한 밴조 소리에 맞춰 조금씩 떨리고 있었다.

나는 여전히 조던 베이커와 함께 있었다. 우리 식탁에는 내 또래의 사내 한 명과 조금만 농담을 해도 주체할 수 없는 웃음을 터뜨리는 요란하고 키 작은 아가씨가 앉아 있었다. 그제야 나도 흥겨워지기 시작했다. 샴페인을 큰 잔으로 두 잔 마시자 눈앞에서 벌어지는 광경들이 뭔가 의미가 있고 중요하며 심오한 것으로 변했다.

떠들썩함이 잠시 가라앉았을 때 사내가 나를 바라보며 미소 짓더니 정중하게 말했다.

"어딘가 낯이 익은 것 같습니다. 전시에 제1사단에 근무하지 않으셨습니까?"

"맞습니다. 28보병연대 소속이었습니다."

"저는 1918년 6월까지 16보병연대에 있었습니다. 전에 어디선가 뵌 것 같았습니다."

우리는 습하고 음산한 어느 프랑스 작은 마을에 대해 잠시 이야기를 나누었다. 얼마 전에 수상비행기를 한 대 구입했고 아침에 타볼 생각이라고 말하는 것으로 보아 이웃에 살고 있는 게 틀림없었다.

"형씨. 나와 함께 타보지 않겠소? 이 해협 해안가 근처에서."

그가 갑자기 '형씨'라는 친근한 호칭을 사용했다.

"몇 시에요?"

"형씨 편할 때면 언제나요."

내가 막 그의 이름을 물어보려는 순간 조던이 주위를 둘러보며 미소 지었다.

"이제 기분이 좀 좋아졌나보지요?" 그녀가 물었다.

"훨씬 좋아졌습니다."

이어서 나는 다시 새롭게 알게 된 사람에게로 고개를 돌렸다.

"내게는 좀 유별난 파티입니다. 아직 주인 얼굴도 못 봤습니다. 나는 저곳에 살고 있습니다." 나는 손을 들어 저 멀리 눈에 보이지 않는 울타리를 가리켰다. "개츠비라는 주인이 운전기사를 통해 초대장을 보내 왔습니다."

그는 내 말을 이해할 수 없다는 듯 잠시 나를 쳐다보았다.

"내가 개츠비입니다." 그가 불쑥 말했다.

"뭐라고요!" 내가 소리쳤다. "아이고, 이거 죄송합니다."

"나는 형씨가 알고 있는 줄 알았습니다. 이거 주인 노릇을 제대로 못했군요."

그는 이해할 수 있다는 듯 미소를 지었다. 아니, 이해할 수 있다는 것 이상의 의미가 담겨 있는 미소였다. 일종의 영원한 확신이 담겨 있는 듯한 미소였으며 평생 서너 번밖에 만나볼 기회가 없는 그런 미소였다. 순간적으로 이 세상 전체와 맞서고 있는, 아니 맞서고 있는 것처럼 보이는 미소였으며 상대방에게 자기는 당신을 좋아하고 당신 편이라는 착각을 강하게 심어주기에 충분한 미소였다. 그 미소는 나는 당신이 이해받고 싶어 하는 만큼 당신을 이해하고 있으며 당신이 당신 자신을 믿고 있는 만큼 나도 당신을 믿고 있음을 확인시켜주는 미소였고 당신이 상대방에게 전하고 싶은 인상을 최대한 분명하게 전했음을 확인시키는 미소였다.

그런데 바로 그 순간 그 미소가 홀연 사라져버렸다. …… 내 앞에는 서른한두 살의 단정하면서도 우악스러운 젊은이가 있을 뿐이었다. 그의 격식을 차린 말투는 어리석다는 느낌에서 겨우 벗어나게 해줄 정도였을 뿐이었다. 그가 자신의 정체를 밝히기 전까지만 해도 나는 그가 말을 조심스럽게 골라서 쓰고

제3장

85

있다는 인상을 강하게 받았다.

개츠비가 자신의 정체를 밝히던 바로 그 순간 집사가 서둘러 그에게 다가오더니 시카고에서 전화가 왔다고 말했다. 그는 우리들 각각을 향해 차례로 고개를 살짝 숙이며 실례하겠다고 말했다. 이어서 그가 내게 말했다.

"뭐든 필요한 게 있으면 부탁해요, 형씨. 미안합니다. 잠시 갔다 오겠습니다."

그가 사라지자마자 나는 즉각 조던 쪽으로 고개를 돌렸다. 내가 얼마나 놀랐는지 확인시켜줘야만 할 것 같았다. 나는 개츠비 씨가 뚱뚱하고 혈색 좋은 중년의 사내이리라고 짐작하고 있었던 것이다. 내가 그녀에게 물었다.

"저 사람이 누구지요? 당신, 알고 있나요?"

"바로 개츠비라는 사람이지요."

"어디 출신이냐 이겁니다. 무슨 일을 하고 있지요?"

"이제 당신도 그 문제에 걸려들었군요." 그녀는 희미한 미소를 지으며 말했다. "언젠가 옥스퍼드 출신이라고 말하더군요."

개츠비의 배경에 어렴풋한 윤곽이라도 잡히는가 싶었는데 그녀의 다음 말에 그 윤곽마저 사라져버렸다.

"하지만 저는 안 믿어요."

“왜요?”

“모르겠어요. 그냥 거기 다닌 것 같지가 않아요.”

그녀의 말투는 “그가 사람을 죽인 것 같아요”라는 다른 여자의 말을 상기시켰다. 나는 호기심이 일었다. 만일 개츠비가 루이지애나 습지 출신이라든지 뉴욕 남단 지역 출신이라고 해도 나는 의심 없이 받아들였을 것이다. 얼마든지 그럴 수 있었다. 하지만 미천한 신분 출신으로 여기저기 떠돌다가 태연하게 롱아일랜드 해협에 궁전 같은 집을 살만한 젊은이란 없다. 혹은 최소한 내가 시골에서 겪은 경험에 의하면 그럴 수 있으리라고는 믿을 수 없다.

“어쨌든 성대한 파티를 열어주는 건 사실이에요.” 조던이 도시인답게 구체적인 이야기는 질색이라는 듯 화제를 돌렸다. “나는 성대한 파티를 좋아해요. 그런 파티에서는 은밀하게 즐길 수 있어요. 작은 파티에는 프라이버시가 없잖아요.”

갑자기 베이스 드럼 소리가 크게 울리더니 오케스트라 지휘자의 목소리가 시끌벅적한 정원 위로 울려 퍼졌다.

“신사 숙녀 여러분!” 그가 큰 소리로 외쳤다. “개츠비 씨의 요청으로 여러분을 위해 블라디미르 토스토프(작가가 허구로 지어낸 가상의 작곡가-옮긴이 주)의 최근 작품을 연주하도록 하겠습니다.

제3장

87

이 작품은 지난 5월 카네기 홀에서 성황리에 연주된 바 있습니다. 반응이 엄청났습니다. 이 곡의 제목은 「블라디미르 토스토프의 세계 재즈사」로 알려져 있습니다."

오케스트라의 연주는 전혀 내 귀에 들어오지 않았다. 연주가 시작되자마자 내 눈길은 개츠비에게로 쏠려 있었기 때문이다. 그는 대리석 계단 위에 서서 만족한 눈길로 모여 있는 사람들을 여기저기 둘러보고 있었다. 햇볕에 그을린 얼굴의 피부는 보기 좋게 탱탱했고 짧은 머리는 매일 손질을 하는 것 같았다. 사악하거나 불길한 모습은 조금도 찾아볼 수 없었다. 나는 그가 술을 한 방울도 입에 대지 않기 때문에 다른 사람들보다 돋보이는 것이나 아닌가 생각했다. 실제로 유쾌하고 떠들썩한 분위기가 점점 더 고조되어 갈수록 그는 더욱더 빈틈없이 되어 가는 것 같았다.

「세계 재즈사」 연주가 끝나자 강아지처럼 남자들의 어깨 위에 머리를 기대는 여자들도 있었고 심지어 누군가 붙잡아주려니 생각하며 남자들 쪽으로 몸을 젖히고 넘어지는 여자들도 있었다. 하지만 개츠비를 향해 몸을 쓰러뜨리는 여자는 없었고 개츠비의 어깨를 건드리는 프랑스식 단발머리 여자도 없었으며 개츠비를 둘러싸고 노래를 부르는 사중창단도 없었다.

"실례합니다."

개츠비의 집사가 갑자기 우리 앞에 나타났다.

"베이커 양이십니까?" 그가 물었다. "죄송합니다만, 주인 나리께서 단둘이 이야기를 나누고 싶어 하십니다."

"나하고요?" 조던이 놀라서 소리쳤다.

"네, 그렇습니다."

그녀는 놀랍다는 듯 나를 향해 눈썹을 치켜올리며 천천히 자리에서 일어나더니 집사를 따라 집 안쪽으로 걸어갔다. 그녀는 이브닝드레스를 입고 있었지만 꼭 스포츠 복장이 아니라도 그녀의 동작은 마치 맑고 상쾌한 아침에 처음으로 골프를 배우러 코스에 나선 것처럼 경쾌했다.

나는 홀로 남았고 시간은 어언 새벽 2시에 접어들고 있었다. 코러스 걸 두 명과 음담패설을 나누고 있던 대학생이 내게 오더니 자기들과 합류하자고 했다. 나는 그를 피해서 안으로 들어갔다.

안에도 사람들이 붐볐고 시끄러웠다. 술에 취한 채 피아노를 연주하다가 잠에 떨어진 여자도 있었고 그 옆에서 노래를 부르다가 남편과 말다툼을 벌이는 여자도 있었다. 나는 주위를 둘러보았다. 조던과 일행이었던 세 부부 중 두 부부가 안에 있었

제3장

89

다. 그들은 부부끼리 싸웠는지 남녀가 따로 떨어져 있었다.

여자들이 한쪽 구석에서 불평을 털어놓고 있었다.

"내가 좀 즐기는 모습을 보면 저 사람은 꼭 집에 가자고 해요."

"그렇게 이기적인 소리는 처음 듣네요."

"우리는 언제나 제일 먼저 집으로 돌아가요."

"우리도 그래요."

"이거 원, 우리가 제일 늦게까지 남은 손님이 되었네." 두 사내 중 한 사람이 잔뜩 풀이 죽은 목소리로 말했다. "오케스트라도 이미 30분 전에 떠났어."

남편들이 정말 심술궂고 믿을 수 없다고 부인들이 입을 모았지만 논쟁은 잠깐 동안의 승강이로 끝났고 두 부인은 발버둥을 치며 어둠 속으로 끌려 나갔다.

홀 안에서 하인이 모자를 가져오기를 기다리고 있자니 서재 문이 열리며 조던 베이커 양과 개츠비가 함께 밖으로 나왔다. 개츠비는 마지막으로 그녀에게 뭔가 말을 건네고 있었다. 하지만 손님 몇이 그에게 인사를 하러 다가가자 열성적이던 그의 태도가 갑자기 형식적으로 딱딱하게 굳었다.

조던 일행들이 현관에서 초조하게 그녀를 부르고 있었지만 그녀는 악수를 나누느라 잠시 지체했다.

"방금 정말 놀라운 얘기를 들었어요." 그녀가 내게 속삭였다. "우리가 저 안에 얼마 동안 있었지요?"

"글쎄요, 한 한 시간 정도?"

"정말……, 정말 놀라운 얘기예요." 그녀는 멍한 표정으로 반복했다. "하지만 입 밖에 내지 않겠다고 맹세했으니 당신을 감질나게 할 수밖에 없네요."

그녀는 내 면전에서 우아하게 하품을 했다.

"한번 나를 보러 오세요. …… 전화번호부에…… 시고니 하워드라는 이름으로…… 제 숙모예요."

그녀는 그 말과 함께 서둘러 밖으로 걸어 나갔다. 그녀는 갈색 손을 흔들어 쾌활하게 인사하더니 문간에 서 있던 일행 속으로 사라졌다.

이곳을 처음 방문했으면서 너무 늦게까지 남아 있다는 게 좀 쑥스러웠지만 나는 개츠비 주변에 모여 있는 마지막 손님들과 어울렸다. 개츠비에게 초저녁부터 그를 찾아다녔으며 아까 정원에서 미처 알아보지 못해 미안하다는 말을 하고 싶었던 것이다.

"무슨 말씀을……." 그가 내게 열심히 손사래를 쳤다. "형씨, 그렇게 신경 쓸 거 없어요."

그가 안심하라는 듯 내 어깨를 토닥거렸다. 그 손길이 '형씨'

라는 친근한 표현보다 더 다정하게 느껴졌다. 그가 덧붙였다.

"내일 아침 9시에 수상비행기를 타기로 한 것 잊지 말아요."

그때 집사가 와서 그의 등 뒤에서 말했다.

"나리, 필라델피아에서 전화가 왔습니다."

"알았어. 잠깐만 기다려. 곧 간다고 전해. …… 자, 잘 가시오."

"편히 주무세요."

"잘 가요." 그가 미소를 지었다. 갑자기 내가 마지막까지 남아 있는 손님들 중에 끼어 있다는 사실에 무슨 기분 좋은 의미가 들어 있는 것처럼 느껴졌다. 마치 그러기를 그가 내내 바라고 있었던 것 같았다.

그가 재차 내게 작별 인사를 했다.

"잘 가시오, 형씨…… 잘 가요."

그런데 계단을 내려가는 순간 나는 파티가 아직 완전히 끝나지 않았다는 것을 알았다. 정문으로부터 15미터 정도 떨어진 곳에서 십여 개의 자동차 헤드라이트가 떠들썩하고 기묘한 광경을 비추고 있었다. 신형 쿠페 자동차 한 대가 차의 오른쪽 부분을 위로 향한 채 길 옆 도랑에 처박혀 있었던 것이다. 주변에 대여섯 명의 사람들이 모여 있었고 뒤에 있는 차들이 신경질적으로 경적을 울려대는 바람에 그렇지 않아도 혼란스러운 광경에 일조를 하고 있었다.

그 혼란 가운데 사람들 사이에 오간 이야기를 자세하게 묘사하지는 않으련다. 다만 그 차에서 개츠비의 서재에 죽치고 앉아 있던 사내가 내렸고 그 차를 운전하고 있던 만취가 된 사람이 뒤따라 내렸다는 사실만 밝히겠다. "주유소가 어디 있나?" "기름이 떨어진 게 아니라 바퀴가 빠진 거야." "차를 우선 뒤로 빼라!" 등등 사람들이 떠드는 소리와 점점 커지는 경적 소리를 뒤로 한 채로 나는 잔디를 가로질러 집으로 향했다.

나는 뒤를 한번 돌아다보았다. 와플 과자처럼 둥근 달이 개츠비 저택 위를 환하게 비추고 있었고, 밤을 여전히 쾌청하게 만들어주었다. 아직 환하게 불을 밝히고 있는 정원에서 웃음소리와 말소리들이 사라진 뒤에도 달은 여전히 빛나고 있었다. 저택의 창문과 커다란 문으로부터 갑자기 공허함이 흘러나오는 것 같았다. 그 공허감에 휩싸인 채 현관에 서서 한 손을 들고 형식적인 작별 인사를 하고 있는 주인의 모습은 완벽한 고독 그 자체였다.

이제까지 쓴 글들을 읽어보니 몇 주일 간격으로 사흘 밤 동안 벌어진 그 집 파티에 내가 완전히 빠져 있었다는 인상을 줄지도 모르겠다. 하지만 사실은 그 반대이다. 그것들은 오로지 사람들로 붐비던 어느 여름날 우연히 일어난 사건들일 뿐이다. 나는 그때뿐 아니라 그 후로도 오랫동안 그 사건들보다는 내 개인적인 일에 더 몰두해 있었다.

대부분 시간을 나는 일을 하며 보냈다. 나는 이른 아침 해가 나의 그림자를 서쪽으로 길게 드리울 시각에 프로비티 신탁회사를 향해 뉴욕시 남부 하얀 건물들 사이를 급히 걸어 내려갔다. 나는 가까운 직원들이나 채권 세일즈맨들과 함께 사람들이 붐비는 어두컴컴한 식당에서 작은 소시지와 으깬 감자, 커피로 점심을 때웠다. 나는 저지시티에 사는 경리과 직원 아가씨와 짧게 연애를 하기도 했다. 하지만 그녀의 오빠가 나를 못마땅한 눈길로 바라보기 시작하자 그녀가 7월에 휴가를 떠난 것을 빌미로 조용히 관계를 정리했다.

나는 주로 예일 클럽에서 저녁을 먹었다―몇 가지 이유로 인해 하루 중 가장 우울한 때였다―저녁 식사 후 나는 클럽 위층 도서실로 올라가서 한 시간 정도 열심히 투자와 보험에 대해 공부했다. 내 주위에는 시끄러운 녀석들이 몇 명 있긴 했지만 그들은 절대로 도서실 출입을 하지 않았기에 공부하기에 적격인 장소였다. 공부를 끝낸 뒤 밤공기가 포근하면 나는 매디

슨가(街)를 어슬렁거리며 내려가 유서 깊은 머리 힐 호텔을 지나 33번가 너머의 펜실베이니아역까지 걸어갔다.

나는 뉴욕이 좋아지기 시작했다. 뉴욕의 밤이 주는 뭔가 외설적이면서 모험적인 느낌, 남자와 여자들과 자동차들이 명멸하면서 나의 들떠 있는 눈에 가져다주는 만족감이 좋아지기 시작한 것이다. 나는 5번가를 걸으면서 군중들 사이에서 로맨틱한 여자를 고른 후 내가 몇 분 만에 그 여자의 삶 속으로 들어가는 상상을 즐겨 하곤 했다. 어느 누구도 눈치채지 못할 것이고 질타하지도 않을 것이다. 때로는 마음속으로 숨어 있는 거리 모퉁이의 아파트까지 그녀를 따라가기도 했다. 그리고 그녀가 문을 열고 따뜻한 어둠 속으로 사라지기 전에 뒤돌아서서 나를 향해 미소 짓는 모습을 마음속으로 그려보기도 했다. 때로는 마법에 걸린 것 같은 대도시의 황혼녘에 고독에 사로잡히기도 했고 다른 사람들의 모습에서도, 가령 식당에서 홀로 식사할 시간이 되기를 기다리며 쇼윈도 앞에서 서성대는 젊은 사무원들, 밤과 삶에서 가장 짜릿한 순간들을 낭비하며 어스름 속을 헤매는 젊은 사무원들에게서도 그 고독을 느꼈다.

8시가 되면 40번가의 어두운 골목길에 극장가로 향하는 택시들이 부릉부릉 엔진 소리를 내며 다섯 줄로 서 있다. 그 모습을 보면 마치 가슴이 철렁 내려앉는 것 같은 느낌이다. 택시 안에서 출발을 기다리며 서로 몸을 기대고 있는 사람들, 노랫소리, 뭔가 농담을 하며 터뜨리는 웃음소리, 담배 불빛의 움직임으로 미루어 짐작할 수 있는 안쪽의 모습⋯⋯. 나는 나도 뭔가 즐거운 일을 눈앞에 두고 있다고 상상하면서 그들의 은밀한 흥분을 함께 나눈다. 그리고 그들에게 행운을 빌어준다.

나는 한동안 조던 베이커 양을 보지 못하다가 한여름에야 그녀를 다시 만났다. 그녀가 골프 챔피언인데다 모든 사람들이 그녀의 이름을 알고 있었기에 처음에는 우쭐한 기분으로 그녀와 함께 이곳저곳 나다녔다. 그런데 상황은 그 정도에서 그치지 않았다. 비록 그녀를 사랑한다고는 할 수 없었지만 그녀를 향한 일종의 애정 어린 호기심이 생긴 것이다. 그녀가 세상을 향해 보이고 있는 따분해하면서도 오만한 얼굴에는 그 무언가가 숨겨져 있었다.—짐짓 그 무언가를 꾸며댈 때는 결국 그 안에 그 무언가가 숨겨져 있기 마련이다. 비록 처음에는 그렇지 않더라도 말이다—그리고 어느 날 나는 그것이 무엇인지 알아냈다.

우리가 워릭에 있는 어느 집에서 열린 파티에 갔을 때 일이었다. 비가 내리고 있었지만 그녀는 깜빡 잊고 렌터카의 지붕을 열어놓았다. 그런데 그녀는 자기가 그러지 않았다고 딱 잡아뗐다. 그 모습을 보자 갑자기 생각나는 것이 있었다. 데이지의 집에서 그녀를 처음 만났을 때는 미처 떠오르지 않았던 사건이었다.

그녀가 처음으로 참가하게 된 중요한 골프 대회에서 벌어진 소동으로서 거의 신문에까지 날 뻔했던 사건이었다. 준결승 때 좋지 않은 위치에 있는 공을 그녀가 슬쩍 옮겨 놓았다는 것이었다. 그 사건은 거의 스캔들 수준으로 비화했다가 갑자기 유야무야되고 말았다. 캐디가 진술을 번복했고 유일한 증인이었던 남자가 자신이 잘못 본 것 같다고 인정한 것이다. 하지만 그 사건과 이름은 여전히 내 기억 속에 남아 있었다.

조던 베이커는 현명하고 약삭빠른 남자는 거의 본능적으로 멀리했다. 조금이라도 규범에 어긋나는 일은 불가하다고 여겨지는 곳에서 오히려 안도감을 느끼기 때문임을 나는 이제는 안다. 그녀는 구제불능일 정도로 부정직하다. 그녀는 자신이 불리한 입장에 서는 것을 결코 참아내지 못한다. 나는 그녀가 어렸을 때부터 부정직함이라는 속임수와 거래를 텄던 것으로 생각한다. 그녀는 세상을 향하여 차갑고 오만한 미소를 보내면서도 그녀의 강인하고 발랄한 육체를 충족시키기 위해 그런 태도를 지니게 된 것이다.

하지만 그런 건 내게는 하등 중요하지 않다. 여자의 부정직함이란 별로 심하게 비난할 것이 못 된다. 당시 나는 아주 잠시 동안 유감으로 생각하긴 했지만 곧 잊어버렸다. 우리가 자동차 운전에 대해 흥미로운 대화를 나눈 것은 바로 그 워릭에서 있었던 파티에서였다. 그녀가 노동자로 보이는 사람들 곁으로 너무 바짝 차를 모는 바람에 자동차 바퀴의 펜더가 그중 한 명의 옷 단추를 가볍게 건드린 사건이 발단이 되어 시작된 대화였다.

내가 그녀를 비난했다.

"운전이 형편없군. 좀 더 조심하거나 아니면 아예 운전을 그만두는 게 낫겠어."

"조심하고 있어요."

"아니, 그렇지 않아."

"그러면 다른 사람들이 조심하겠죠, 뭘." 그녀가 가볍게 말했다.

"아니, 그게 무슨 뜻이요?"

"그 사람들이 비켜 갈 거 아니냐는 말이에요." 그녀는 박박 우겨댔다. "둘 다 조심하지 않을 때만 사고가 나는 거예요."

"만일 당신처럼 부주의한 사람을 만나면 어쩔 거요?"

"그러지 않기를 바라야지요. 난 부주의한 사람을 끔찍이도 싫어해요. 내가 당신을 좋아하는 건 그 때문이에요."

햇볕에 긴장한 그녀의 잿빛 눈은 앞쪽을 똑바로 바라보고 있었다. 하지만 그녀는 유유히 우리의 관계를 변화시켰고 나는 한순간 내가 그녀를 사랑한다고 생각했다. 하지만 나는 생각이 더딘 사람이었고 욕망에 제동을 거는 내적인 규칙으로 가득 찬 사람이었다. 나는 우선 아직 해결하지 못하고 얽혀 있는 고향에서의 연애 사건에서 완전히 빠져나오는 것이 급선무라는 것을 알고 있었다. 나는 일주일에 한 번씩 '사랑하는 닉으로부터'라고 서명한 편지를 보냈다. 하지만 그 아가씨에 대해 생각나는 거라고는 그녀가 테니스를 칠 때 윗입술에 마치 콧수염처럼 땀방울이 맺힌다는 사실뿐이었다. 하지만 진정으로 자유로워지기 위해서는 그 정도의 관계라도 확실하게 끊어버려야 할 것만 같았다.

사람들은 누구나 자신이 기본적으로 중요한 덕목 중의 하나 정도는 갖추고 있지 않을까 생각하기 마련이다. 내게도 그런 게 있다. 나는 내가 알고 있는 얼마 안 되는 정직한 사람 중의 한 명이다.

제3장

제4장

　일요일 아침, 교회 종소리가 해변 마을에 울려 퍼지는 동안, 세상 사람들과 그들 아내들이 개츠비의 저택으로 돌아와 그의 집 잔디에서 즐거운 모습으로 반짝이고 있었다.

　"그 사람은 밀주업자래요."

　개츠비가 준비해 놓은 칵테일과 꽃들 사이를 오가며 젊은 부인들이 말했다 한 부인이 계속 말했다.

　"그 사람이 폰 힌덴부르크(독일 정치가이자 군인. 제1차 세계 대전 중 독일군 원수로 참전-옮긴이 주)와 친척이라는 사실을 알아낸 사람을 언젠가 죽였대요. 여보, 거기 장미 좀 건네줘요. 그리고 저기 있는 크리스털 잔에 마지막 한 방울까지 따라줘요."

　언젠가 나는 기차 시간표 공백에다 그해 여름 개츠비의 저택에 드나들던 사람들의 이름을 적어 놓은 적이 있다. 맨 위에 '이 시간표는 1922년 7월 5일까지 유효함'이라고 적혀 있는 낡은 시간표로서 접힌 부분이 너덜너덜했다. 하지만 흐릿해진 이름들을 아직 알아볼 수 있다. 개츠비의 환대를 받고도 그에 대해서는 아무것도 아는 바가 없다고 묘한 이야기를 하는 사람들에 대해 이런저런 일반적인 이야기를 늘어놓기보다는 그 이름들을 열거하는 것이 그들에 대해 훨씬 더 확실한 인상을 줄 수 있을 것이다.

이스트에그로부터는 체스터 베커 부부와 리치 부부, 예일 대학교에서 나와 알고 지냈던 번슨이라는 남자, 지난여름 메인주에서 익사한 웹스터 시베트 박사가 왔다. 혼빔 부부와 윌리 볼테어 부부, 항상 구석에 자기들끼리 모여 있다가 누군가 가까이 오면 마치 염소처럼 코를 벌렁거리던 블랙벅 집안사람들도 문중 전체가 몰려왔다. 또한 아이스메이 부부, 크리스티 부부도 있었으며 어느 겨울 오후 별다른 이유 없이 머리털이 솜처럼 하얗게 되었다는 에드거 비버도 있었다.

내 기억으로는 클래런스 엔다이브도 이스트에그로부터 왔다. 그는 하얀 짧은 바지를 입고 왔는데 정원에서 에티라는 부랑자와 싸움을 벌였다. 롱아일랜드의 좀 더 멀리 떨어진 곳에

서는 치들 부부, O.R.P. 슈레이더 부부, 조지아주의 스톤월 잭
슨 에이브럼스 부부, 피시가드 부부, 리플리 스넬 부부가 왔다.
스넬은 교도소로 들어가기 사흘 전에 왔는데 얼마 전 너무 술
에 취해 자갈길에 자빠져 있다가 율리시스 스웨트 부인의 자동
차가 그만 그의 손 위를 지나가고 말았다. 댄시 부부도 왔고 예
순이 훨씬 넘은 S.B. 화이트베이트, 모리스 A. 플링크, 해머헤드
부부, 담배 수입업자인 벨루거와 그의 딸들도 왔다.

웨스트에그에서는 폴 부부, 멀레디 부부, 세실 로벅과 세빌
쉔, 주 상원의원 굴릭, '파르 엑셀랑스 필름'이라는 영화사를 장
악하고 있는 뉴턴 오키드, 에크하우스트 코언과 클라이드 코언
형제, 돈 S. 슈워츠(아들), 아서 맥카티 등이 왔는데 그들은 모두
어떤 식으로건 영화와 관련이 있는 사람들이었다. 또한 캐틀립
부부, 벰버그 부부와 얼 멀둔도―그의 형 멀둔은 나중에 아내
를 교살했다―있었다. 흥행사인 다 폰타노도 그곳에 왔고 에드
리그스와 '막술'이라는 별명의 제임스 R. 페레트, 드종 부부, 어
니스트 릴리도 왔다. 그들은 노름하러 온 것이었으며 페레트가
어슬렁거린다는 것은 그의 주머니가 깨끗하게 털린다는 것을
의미했고 그것은 그가 보유한 연합운송회사 주식이 다음 날 올
라야 한다는 것을 뜻했다.

클립스프링어라는 사람은 하도 그곳에 자주 와서 '하숙생'으로 통했다. 나는 그에게 다른 집이 있는지 의심스러웠다. 거스웨이츠, 호레잇 오도너번, 레스터 마이어, 조지 덕위드, 프랜시스 불 같은 연극계 종사자들도 왔다. 또한 뉴욕에서 온 사람들로는 크롬 부부, 켈러허 부부, 듀워 부부, 스컬리 부부, S.W. 벨처와 스머크 부부, 젊은 퀸 부부—지금은 이혼했다—가 있었고 나중에 타임스 스퀘어에서 지하철로 뛰어들어 자살한 헨리 L. 팔미토도 있었다.

베니 맥클리너핸은 언제나 네 명의 아가씨를 대동하고 왔다. 매번 다른 여자들이었지만 모두 비슷한 용모였기에 아무래도 전에 왔던 여자들 같았다. 나는 그들의 이름은 잊어버렸다. 재클린이었던 같기도 하고 콘쉬엘라나 주디 혹은 준이라는 이름이었던 것 같다. 그녀들의 성(姓)은 듣기 좋은 꽃 이름이나 달력의 월(月) 이름이었거나 아니면 미국의 엄청난 대자본가의 근엄한 성이었다. 아마 더 자세히 캐물었다면 그 자본가의 사촌쯤 된다고 고백했을지도 모른다.

이 모든 사람들 외에도 포스티나 오브라이언이 적어도 한 번은 왔던 것으로 기억나고 배데커 집안의 처녀들, 전쟁 중에 코가 날아간 브루어 청년, 올그벌스버거 씨와 그의 약혼녀 미스

하그, 아디터 피츠피터스, 전직 미국 재향군인회 회장 P. 주웨트 씨, 자신의 운전기사로 알려진 남자와 함께 온 클로디아 히프 양도 있었으며 사람들이 공작이라고 부르는 무슨 왕자인가 하는 사람도 왔는데 전에는 그 이름을 알고 있었는지 몰라도 지금은 잊어버렸다.

그해 여름, 개츠비의 집에 그 모든 사람들이 왔다.

7월 하순 어느 날 아침 9시에 개츠비의 화려한 차가 자갈길을 덜컹거리며 내 집 앞으로 올라와 3음계 멜로디의 경적을 울렸다. 내가 그의 집 파티에 두 번 참석했고 그의 수상비행기에 올라탄 적도 있었으며 그의 간곡한 초대에 응해 그의 저택 해변을 자주 이용하기는 했지만 그가 우리 집을 방문한 것은 이번이 처음이었다.

"안녕하시오, 형씨. 오늘 함께 점심을 들지 않겠소? 내 차로 함께 갑시다. 출근길에 바래다줄 테니."

그는 운전석 옆문 아래 발판에 앉아 미국인 특유의 경쾌한 동작으로 몸을 흔들고 있었다. 말하자면 예의를 정확히 차리느라 안절부절못하는 것 같은 동작이었다. 그는 잠시도 가만히 있지 않았다. 발로 그 무언가를 툭툭 건드리거나 조급한 듯 손을 오므렸다 폈다 했다.

나는 감탄의 눈길로 그의 차를 바라보았고 그는 그런 나를 바라보았다.

"어때요, 멋지지요?" 그는 마치 자동차를 좀 더 잘 보여주기 위해서인 듯 차에서 뛰어내렸다. "전에 이런 차를 본 적이 있나요?"

나는 본 적이 있었다. 누구나 한 번쯤은 보았을 것이다. 짙은 크림색에 니켈 장식이 번쩍이는 엄청나게 긴 자동차, 차 안에 모자, 음식, 공구를 넣어두는 상자들이 갖춰져 있으며 앞쪽에 바람막이 유리가 마치 미로처럼 장착되어 있어 태양이 열두 개쯤 어른거리는 것 같은 자동차 말이다. 유리가 겹겹이 둘러싸고 있는 마치 녹색 가죽 온실 같은 자동차에 올라타고 우리는 시내를 향해 출발했다.

지난달에 나는 그와 대여섯 번 정도 이야기를 나누었다. 하지만 불행히도 별로 대단한 이야기는 없었다. 그래서 어쩐지 그가 대단한 사람이리라는 처음 인상이 차츰 흐려지면서 단순히 이웃의 아주 호화로운 여관집 주인처럼 여겨지기 시작했다. 그리고 바로 그런 상태에서 예기치 않게 그와 자동차를 함께 타고 가게 된 것이다.

웨스트에그에 도착하기도 전에 개츠비는 품위를 지키려는

제4장

105

어색한 말투를 버리고 캐러멜색 양복의 무릎 부분을 아무렇게나 툭툭 치기 시작했다.

"이보시오, 형씨." 그가 느닷없이 입을 열었다. "그래, 나에 대해 어떻게 생각하오?"

나는 약간 당황해서 그의 질문을 그저 얼렁뚱땅 받아넘겼다. 그러자 그가 내 말을 끊고 말했다.

"좋아요. 내가 살아온 이야기를 좀 해드리지. 나에 대한 이런 저런 이야기 때문에 나를 오해하지 않았으면 좋겠소."

보아하니 그는 자기 집 홀 안에서 떠도는 그에 대한 황당한 비난들에 대해 알고 있는 것 같았다.

"맹세코 진실을 말해주리다." 그는 마치 신의 징벌을 막으려는 듯 갑자기 오른손을 쳐들었다.

"나는 중서부의 어느 부유한 집안 출신이오. …… 가족은 모두 죽고 없소. 미국에서 자랐지만 교육은 옥스퍼드에서 받았소. 선조들도 모두 그곳에서 교육을 받았기 때문이오. 우리 집안 전통이오."

그는 곁눈질로 나를 흘낏 바라보았다. 순간 나는 조던 베이커가 왜 그가 거짓말을 한다고 생각하는지 알 수 있었다. 그는 옥스퍼드에서 교육받았다는 말을 급히 내뱉거나 아니면 삼켜버렸다. 혹은 그 말이 목에 걸렸다고 하는 편이 옳을지도 몰랐다. 마치 그 전에 그 말 때문에 귀찮은 일을 당한 것만 같았다. 그런 의심이 들자 그가 하는 말들이 모두 산산조각났으며 어쨌든 그에게는 뭔가 불길하고 어두운 구석이 있지 않을까 하는 의구심이 들었다.

"중서부 어느 지역입니까?" 내가 심드렁하게 물었다.

"샌프란시스코요."

"그렇군요."

"가족들은 모두 죽고 나는 거액의 재산을 물려받았소."

갑작스러운 가족의 죽음에 대한 기억이 아직 그에게 떠돌고 있는 듯 그의 목소리가 숙연해졌다. 한순간 혹시 그가 나를 놀리는 거나 아닌가 하는 생각이 들었지만 그를 흘깃 바라보고는 생각이 바뀌었다.

"그 뒤로 마치 젊은 왕자처럼 살았소. 유럽의 모든 수도에서…… 파리, 베니스, 로마……. 주로 루비를 비롯한 보석들을 수집하고 사냥도 하고 취미로 그림도 그리며 살았소. 오래전에 있었던 슬픈 일은 잊으려 애쓰며 말이오."

나는 웃음이 터져 나오는 것을 간신히 참았다. 너무나 너덜너덜한 상투적인 표현이어서 머리에 터번을 두른 '캐릭터'가

털구멍마다 톱밥을 줄줄 흘리며 불로뉴 숲에서 호랑이를 쫓고 있는 이미지 외에는 떠오르는 것이 없었다.

"이어서 전쟁이 터졌소. 큰 구원의 손길이 내린 거요. 나는 죽으려고 온갖 애를 다 썼지만 내 목숨은 무슨 마법에 걸린 것 같았소. 전쟁이 터졌을 때 나는 중위 계급을 받아들였소. 프랑스의 아르곤 숲 전투 때였소. 나는 내 휘하의 기관총 부대 잔류병들을 이끌고 적진 깊숙이 전진했소. 그 결과 미처 전진하지 못하고 있던 아군 보병부대와 우리들 사이에는 1킬로미터 정도 간격이 있게 되었소. 우리는 그곳에 이틀 밤낮을 머물러 있었소. 루이스식 기관총 16정을 가진 130명의 병사였소. 마침내 보병들이 도착했을 때 그들은 적군 시체 더미 속에서 독일군 3개 사단의 휘장을 발견했소. 나는 소령으로 진급했고 연합군 정부들은 저마다 내게 훈장을 달아주었소. 심지어 아드리아해에 있는 저 작은 나라 몬테네그로에서까지 훈장을 달아주었소."

작은 나라 몬테네그로! 그는 그 단어를 힘주어 발음하면서 고개를 끄덕이며 미소를 지었다. 마치 몬테네그로의 수난사를 다 알고 있으며 그 나라 백성들의 용감한 투쟁에 공감한다는 듯한 미소였다. 또한 몬테네그로의 따뜻한 작은 가슴으로부터 이런 감사의 표시를 받아낼 수 있게 만든 일련의 국내 사정을 휜히 알고 있다는 듯한 미소였다. 나의 불신의 의혹은 이제 매혹 속으로 가라앉고 말았다. 마치 열두 권의 잡지를 급히 훑어보면서 느끼는 매혹과 같았다.

그는 주머니에 손을 넣더니 리본에 매달린 금속 조각을 내 손바닥에 떨어뜨렸다.

"그게 몬테네그로에서 받은 훈장이요."

놀랍게도 그 물건은 진짜로 보였다. 그 물건에는 '다닐로 훈장Orderi di Danilo'이라는 글자가 적혀 있었고 가장자리에는 몬테네그로 니콜라스 국왕이라는 글자가 둥그렇게 새겨져 있었다.

"한번 뒤집어봐요."

뒷면에는 '제이 개츠비 소령의 무공을 기리며'라는 글귀가 새겨져 있었다.

"여기 내가 늘 지니고 있는 물건이 또 하나 있어요. 옥스퍼드 시절의 기념품이오. 트리니티 단과대학 앞에서 찍은 거요. ······ 내 옆에 있는 남자가 지금은 돈카스터 백작이요."

블레이저 운동복을 입은 대여섯 명의 젊은이가 둥그렇게 반원형으로 서 있는 사진이었다. 사진 뒤쪽으로는 일군의 첨탑들이 보였다. 지금보다 약간 젊어 보이는 개츠비가 사진 속에 있었다. 크리켓 배트를 손에 들고…….

그렇다면 모든 것이 사실이었다. 내 눈에는 베니스의 운하에 있는 그의 궁전에서 번쩍 빛을 발하는 호랑이 가죽이 보였다. 천천히 루비 상자를 열고 그 진홍빛으로 반짝이는 보석을 바라보며 상심을 달래고 있는 그의 모습이 보였다.

"오늘 어려운 부탁을 하나 하려 하오." 그가 흡족한 표정으로 기념물들을 주머니에 넣으며 말했다. "그러자면 나에 대해 미리 알아두었으면 좋겠다는 생각에서 옛일을 말해준 겁니다. 나를 하찮은 인간으로 생각하지 않기를 바랐던 거요. 형씨도 알다시피 나는 지난 슬픈 일들을 잊으려고 여기저기 떠돌아다녔기에 주변에는 늘 낯선 사람들뿐이오." 그는 잠시 머뭇거렸다. "오늘 오후에 이야기해주겠소."

"점심 때 말입니까?"

"아니, 그때 말고 오후에. 난 우연히 당신이 베이커 양과 차를 마실 약속이 있다는 걸 알게 되었어요."

"당신이 베이커 양을 사랑한다 이거로군요?"

"아니, 형씨, 그게 아니야. 베이커 양이 친절하게도 이 문제에 대해 당신과 상의해주겠다고 말했어요."

'이 문제'라는 게 무엇인지 나는 짐작조차 할 수 없었다. 하지만 흥미를 느꼈다기보다는 좀 귀찮게 여겨졌다. 나는 제이 개츠비에 관한 이야기를 하자고 조던에게 차를 마시자고 한 것이 아니었다. 그의 부탁이 지극히 터무니없는 것이리라는 확신이 들자 사람들이 득실거리는 그의 잔디밭에 발을 들여놓은 것이 잠시나마 후회되었다.

그는 더 이상 아무 말도 하지 않았다. 뉴욕시에 가까워지자 그는 점점 더 반듯해졌다. 우리는 붉은 띠를 두른 대양 횡단 선박들의 모습이 언뜻언뜻 보이는 포트루스벨트를 지났고 어두침침한 가운데 사람들이 붐비는 선술집들이 늘어선 슬럼가 자갈길을 빠르게 지났다. 이어서 '재의 계곡'이 길 양쪽으로 펼쳐졌다. 지나는 길에 윌슨 부인이 헐떡거리며 주유 펌프를 힘차게 잡아당기고 있는 모습이 보였다.

우리는 자동차 흙받이를 날개처럼 펼친 채 신나게 질주했다. 우리가 고가 철도 기둥 사이를 돌 때였다. 귀에 익은 오토바이 소리가 뒤에서 들리더니 미칠 듯 흥분한 경찰관 한 명이 자동차 옆으로 따라붙었다.

"알았소, 형씨!" 개츠비가 외쳤다. 그는 자동차 속력을 늦추었다. 그는 지갑에서 하얀 카드를 하나 꺼내더니 경찰관 눈앞에서 흔들었다.

"알겠습니다." 경찰관이 거수경례를 하며 말했다. "개츠비 씨, 다음부터는 알아 모시겠습니다. 실례했습니다."

"그게 뭐였습니까?" 내가 물었다. "옥스퍼드 사진?"

"한 번인가 경찰서장에게 호의를 베풀었더니 매년 크리스마스카드를 보내오더군요."

거대한 다리 위에서는 햇빛이 대들보들 사이로 움직이는 차들 위에서 끊임없이 어른거렸고 강 건너로는 하얀 각설탕 같은 도시가 솟아 있었다. 오염되지 않은 돈으로 세워지기를 바랐던 건물들이었다. 퀸스보로 다리 위에서 바라보는 뉴욕은 언제나 처음 보는 도시 같았다. 그 도시는 언제나 이 세상 온갖 신비와 아름다움을 향한 거친 약속을 간직하고 있는 것 같았다.

시신 한 구가 꽃으로 장식한 영구차에 실려 옆으로 지나갔다. 블라인드를 내린 두 대의 차량과 고인의 지인들을 태운 좀 더 밝은 분위기의 차량이 뒤따르고 있었다. 남동부 유럽인 특유의 짧은 입술을 한 지인들이 슬픈 눈으로 우리를 내다보았다. 그들이 이처럼 우울한 휴일에 개츠비의 화려한 차를 볼 수 있게 되었다니 잘된 일이라고 나는 생각했다. 우리가 블랙웰 아일랜드를 지나갈 때 리무진 한 대가 우리를 추월했다. 백인이 운전을 하고 있었고 최신 유행 옷으로 차려입은 흑인 남자

두 명과 여자 한 명이 타고 있었다. 마치 경쟁이라도 하듯 우리를 향해 오만하게 눈동자를 굴리는 그들의 모습을 보자 나는 큰 소리로 웃음을 터뜨렸다.

'이제 이 다리를 건넜으니 무슨 일이든 일어날 수 있을 거야.' 나는 생각했다. '무슨 일이든……'

심지어 개츠비 같은 존재조차도 특별히 놀랄 만한 일은 아니리라.

시끌벅적한 정오였다. 나는 선풍기 장치가 잘 되어 있는 42번가의 어느 지하 레스토랑으로 들어갔다. 개츠비와 점심 약속을 해놓은 장소였다. 밝은 햇살 속에 있다가 안으로 들어가니 앞이 잘 보이지 않아 나는 눈을 껌벅거렸다. 나는 대기실에서 그 누군가와 이야기를 나누고 있는 그의 모습을 겨우 알아보았다.

"캐러웨이 씨, 이쪽은 내 친구 울프심 씨입니다."

작은 체구에 코가 납작한 유대인이 큼직한 머리를 쳐들고 나를 바라보았다. 양쪽 콧구멍에 코털이 무성하게 자라고 있었다. 얼마간 시간이 지난 뒤에야 어둠 가운데서 그의 작은 두 눈을 식별할 수 있었다.

"…… 그래서 그를 한번 쳐다보았지." 울프심 씨가 내 손을 열심히 흔들며 말했다. "그런 뒤 내가 어떻게 했을 것 같나?"

"무슨 말씀이신지?" 내가 정중하게 되물었다.

하지만 그는 내게 말을 건넨 것이 아니었다. 그는 내 손을 놓더니 그 표현이 풍부한 코를 개츠비에게 바싹 디밀었다.

"캐츠포에게 돈을 건네며 이렇게 말했지. '좋아, 캐츠포. 놈이 입을 다물기 전에는 한 푼도 주지 마'라고. 그러자 놈이 즉석에서 입을 다물더군……."

미처 그가 말을 끝내기도 전에 개츠비가 우리 두 사람의 팔을 잡고 레스토랑 안으로 들어가자 울프심은 하려던 말을 꿀꺽 삼키고 마치 최면술에라도 빠진 듯 멍한 표정을 지었다.

"하이볼을 드릴까요?" 수석 웨이터가 물었다.

"멋진 레스토랑이로군." 울프심 씨가 천장에 그려진 장로교 스타일의 요정들을 바라보며 말했다. "하지만 나는 길 건너편 레스토랑이 더 좋아."

"그래, 하이볼을 갖다줘." 개츠비가 웨이터에게 대답한 후 울프심에게 말했다. "거긴 너무 더워요."

"덥고 좁은 건 사실이지. 하지만 추억이 많이 깃든 곳이야."

"어디를 말하는 겁니까?" 내가 물었다.

"올드 메트로폴 호텔 말이오." 개츠비가 대답했다.

그러자 울프심이 생각에라도 잠긴 듯 침울하게 말했다.

"죽거나 가버린 얼굴들로 가득한 곳이야. 영원히 가버린 친구들 말이야."

나는 죽은 것과 영원히 가버린 것의 차이를 알 수 없었지만 잠자코 있었다. 울프심이 계속 말했다.

"놈들이 로지 로즌설을 향해 총격을 가하던 날을 내가 살아 있는 한 절대 잊을 수 없어. 우리는 모두 여섯 명이 테이블에 앉아 있었어. 로지는 우리와 함께 밤새 먹고 마셨어. 새벽이 다 되었을 때 웨이터가 야릇한 표정을 지으며 우리에게 다가오더군. 누군가가 밖에서 그를 기다린다는 거야. 로지가 '좋아'라고 말하면서 의자에서 일어나기에 내가 그를 다시 끌어 앉혔어.

내가 말했지. '로지, 그 자식들이 정 자네를 보고 싶다면 안으로 들어오라고 해. 하지만 한 발자국도 밖으로 나가면 절대로 안 돼. 알겠나?' 새벽 4시였으니까 블라인드를 올리면 밖이 훤했을 거야."

"그 사람이 나갔나요?" 내가 순진하게 물었다.

"물론이지." 울프심의 코가 분개한 듯 나를 향해 번들거렸다. "그가 문 쪽으로 걸어가며 이렇게 말했어. '웨이터에게 내 커피를 그대로 놔두라고 해!' 그런 후 그가 보도로 걸어 나가자 놈들이 그의 배에 총알을 세 방 먹이고는 차를 몰고 도망가버렸어."

"그들 중 네 명이 전기의자에서 사형을 당했지요." 내가 기억을 더듬으며 말했다.

"베커까지 포함하면 다섯이야." 그의 코가 흥미 있는 듯 나를 향해 벌름거렸다. "사업 거래선을 찾고 있는 모양이로군."

나는 화들짝 놀랐다. 개츠비가 내 대신 대답해주었다.

"아니, 아니! 이 친구는 그 사람이 아니에요!"

"아니야?" 울프심은 실망한 것 같았다.

"이 사람은 그냥 친구입니다. 그 이야기는 나중에 하자고 했잖아요."

"미안하네." 울프심이 말했다. "내가 사람을 잘못 봤군."

육즙이 줄줄 흐르는 잘게 썬 고기가 나오자 울프심은 올드 메트로폴에 얽힌 애절한 사연은 잊은 듯 게걸스럽게 음식을 먹기 시작했다. 그는 식사를 하면서도 주변을 열심히 살폈으며 뒤쪽까지 살펴본 뒤에야 한 바퀴 살피는 일을 끝냈다. 내가 없었다면 탁자 아래까지 살펴보았을 성싶다.

"이봐요, 형씨," 개츠비가 내 쪽으로 몸을 기울이며 말했다. "오전에 차 안에서 베이커 양에 대한 이야기로 기분이 상하지나 않았는지 모르겠소."

그의 얼굴에 다시 미소가 떠올랐지만 이번에는 나도 그 미소에 저항하며 대답했다.

"나는 수수께끼 같은 건 좋아하지 않소. 당신이 뭘 원하는지 왜 툭 터놓고 말하지 않는 겁니까? 왜 굳이 베이커 양을 통하려는 겁니까?"

"아니, 뭐 특별히 비밀이랄 게 있는 건 아니요." 그는 나를 달래듯 말했다. "아시다시피 베이커 양은 뛰어난 운동선수입니다. 부당한 일은 절대로 하지 않을 겁니다."

그는 갑자기 시계를 보더니 울프심과 나를 테이블에 남겨놓은 채 급히 밖으로 나갔다.

"전화를 할 일이 있나 보군." 울프심이 눈으로 개츠비의 뒷모습을 좇으며 말했다. "좋은 친구야. 그렇지 않소? 잘생긴 데다 아주 신사란 말씀이야."

"맞는 말씀입니다."

"오그스퍼드 맨이야." 그는 옥스퍼드를 오그스퍼드라고 발음했다.

"아, 네."

"영국에 있는 오그스퍼드 대학을 다녔다고. 당신 오그스퍼드 대학이라고 알아?"

"네, 들은 적이 있습니다."

"세상에서 제일 유명한 대학 중 하나라고."

"개츠비를 아신 지 오래되셨습니까?" 내가 물었다.

"몇 년 됐지." 그가 흐뭇한 표정으로 대답했다. "전쟁 후에 만났어. 만나길 정말 잘했지. 한 시간 정도 이야기를 나누어보니 아주 교양 있는 사람이라는 걸 알겠더군. '집으로 데려가서 어머니와 누이에게 소개해주고 싶은 사람이야'라고 생각했어." 그는 잠시 말을 멈추더니 다시 말했다. "당신, 내 커프스단추를 보고 있군 그래."

나는 단추를 보고 있지 않았다. 하지만 그가 그 말을 하는 바람에 단추를 쳐다보게 되었다. 상아로 만든 이상하게도 친근감이 드는 단추였다.

"사람 어금니로 만든 최상품이지." 그가 알려주었다.

"그래요!" 나는 그 단추를 자세히 살펴보았다. "아주 기발한 발상이네요."

"그렇지?" 그는 코트 안의 소매를 들어올렸다. "개츠비는 여자들에게 아주 조심스러워. 친구 여편네는 쳐다보지도 않는다고."

그가 본능적으로 신뢰하고 있는 사내가 다시 자리에 와서 앉자 울프심 씨는 커피를 홀짝 들이키고는 자리에서 일어났다.

"점심 잘 먹었네. 너무 오래 앉아 있으면 당신들 젊은이들이 귀찮아할 거야. 난 그만 가보겠네."

"서두르실 필요 없어요, 마이어." 개츠비가 성의 없이 말했다.

울프심 씨가 일종의 축복이라도 내리듯 손을 들어 올리며 위엄 있게 말했다.

"고맙네만 나는 자네들과 세대가 달라. 자네들끼리 앉아서 스포츠나 아가씨들에 대해 이야기를 나누게. 뭐, 그런저런 이야기들 있잖아."

그는 무슨 이야기인지는 알아서 상상하라는 듯 다시 한번 손을 흔들며 작별 인사를 했다.

"나는 이제 쉰 살이야. 자네들을 더 이상 귀찮게 하고 싶지 않아."

악수를 나누며 보니 그의 비극적인 코가 떨리고 있었다. 나는 내가 혹시 그의 기분을 상하게 만든 말을 한 것이나 아닌지 염려스러웠다.

"저 사람은 아주 가끔 감상적이 될 때가 있어요." 개츠비가 설명했다. "오늘이 바로 그런 날이지. 뉴욕 인근에서 아주 독특한 캐릭터예요. …… 아예 브로드웨이에 사는 셈이지."

"도대체 뭐 하는 사람이지요? 배우인가요?"

"아뇨."

"그럼 치과 의사?"

"마이어 울프심이? 아니, 도박사요." 개츠비는 잠시 망설이는 듯하더니 냉정하게 덧붙였다. "1919년에 메이저리그 월드시리즈를 조작했던 사람이지요."

"월드시리즈를 조작해요?"

생각만으로도 머리가 아찔했다. 물론 나는 1919년의 월드시리즈가 조작되었다는 이야기를 들은 적이 있었다. 하지만 나는 그저 우연히 발생한 일이거나 불가피한 일들이 얽혀서 빚어진 결과라고만 생각하고 있었다. 한 인간이 5,000만 명의 믿음을 갖고 장난을 칠 수 있다는 생각은 꿈에도 하지 못했다. 그것도 금고를 폭파시키는 강도처럼 일사불란하게⋯⋯.

잠시 후 내가 물었다.

"어떻게 그런 일이 일어날 수 있지요?"

"뭐, 기회를 잡은 거지요."

"어떻게 감옥에 가지 않았지요?"

"형씨, 저 사람은 잡아넣지 못해요. 머리가 귀신같이 돌아가는 사람이거든."

내가 계산을 하겠다고 고집했다. 웨이터가 거스름돈을 가져왔을 때 사람들이 붐비는 방 저편에 톰 뷰캐넌이 앉아 있는 모습이 보였다.

내가 개츠비에게 말했다.

"잠깐 나를 따라와요. 소개해줄 사람이 있어요."

우리 모습을 보자 톰이 자리에서 벌떡 일어나더니 우리들을 향해 몇 발자국 걸어왔다.

"대체 어디 있었어?" 그가 반가운 목소리로 내게 말했다. "자네가 연락도 하지 않는다고 데이지가 화가 나 있어."

"이쪽은 개츠비 씨, 그리고 이쪽은 뷰캐넌 씨."

그들은 짧게 악수했다. 개츠비의 얼굴에 긴장하고 당황한 표정이 역력했다.

톰이 내게 재차 다그쳐 물었다.

"그래, 그동안 어디 있었던 거야? 그리고 어쩐 일로 이렇게 멀리까지 점심 식사를 하러 온 거야?"

"개츠비 씨와 식사를 했어."

나는 개츠비를 향해 고개를 돌렸다. 하지만 그는 이미 그곳에 없었다.

…… 1917년 10월 어느 날이었어요…….

바로 그날 오후 조던 베이커가 플라자 호텔 커피숍의 딱딱한 의자에 꼿꼿이 앉아 내게 이야기를 하고 있었다.

…… 나는 보도와 잔디밭을 번갈아 이리저리 걷고 있었어요. 잔디밭을 걷는 게 더 기분이 좋았어요. 바닥에 고무를 댄 영국산 신발을 신고 있어서 부드러운 잔디에 착착 달라붙었거든요. 새로 산 체크무늬 스커트를 입고 있었는데 바람에 약간 살랑거렸어요. 바람이 불 때마다 모든 집들 앞에 걸려 있는 붉고 하얗고 푸른 깃발들이 팽팽하게 펼쳐지면서 마치 불만스럽다는 듯 쯧쯧 혀를 차는 것 같은 소리를 냈어요.

깃발과 잔디밭들 모두 데이지네 것이 가장 컸어요. 데이지는 열여덟 살이었어요. 나보다 두 살이 더 많았지요. 루이빌에서 제일 인기가 좋은 아가씨였어요. 그녀는 흰옷을 입고 작고 하얀 로드스터 자동차를 타고 다녔어요. 데이지의 집에서는 하루 종일 전화벨이 울렸고 테일러 캠프에서 온 장교들이 그날 밤 단 한 시간만이라도 그녀를 독차지할 수 없을까 안달이었어요.

그날 아침 그녀의 집 맞은편에서 보니 보도 옆에 그녀의 자동차가 서 있었어요. 그런데 차 안에 그녀와 함께 한 번도 본 적이 없는 어느 중위가 앉아 있는 게 아니겠어요. 서로에게 너무 푹 빠져 있어서 내가 지척까지 다가갔는데도 나를 알아보지 못했어요.

"어머, 조던!" 그녀가 놀란 듯 소리쳤어요. "이리 좀 와볼래."

그녀가 내게 말을 걸어서 나는 기분이 우쭐했어요. 나보다 나이가 많은 여자들 중에서 그녀를 제일 좋아했거든요. 그녀가 내게 붕대 만들러 적십자사에 가는 길이냐고 물었어요. 그렇다고 했지요. 그랬더니 그날 자기는 갈 수 없다고 전해달라는 게 아니겠어요? 그녀가 말을 하는 동안 장교가 그녀를 쳐다보고 있었어요. 젊은 여자라면 한번쯤 받아보고 싶은 그런 눈길이었어요. 하도 로맨틱해 보였기에 지금도 그때 장면이 기억나요. 그 장교 이름이 바로 제이 개츠비였어요. 그 뒤로 4년간 그 사람을 본 적이 없었고……, 그를 롱아일랜드에서 만났을 때도 그 사람인지 알아보지 못했어요.

그게 1917년의 일이었어요. 이듬해에 내게도 남자 친구가 몇 명 생겼고 골프 대회에도 참가하기 시작했어요. 그 때문에 데이지를 자주 만나지 못했지요. 그녀는 누군가와 어울릴 때면 꼭 자기보다 약간 연상인 남자들과만 어울렸어요. 그런데 이상한 소문이 돌기 시작했어요. 어느 겨울날 밤 그녀가 뉴욕으로 가려고 가방을 챙기다가 어머니에게 들켰다는 거예요. 해외에 파견되는 장교에게 작별 인사를 하러 가려던 거라고 했어요. 어머니에게 들키는 바람에 가지 못하자 그녀는 몇 주일 동안 식구들과 한마디 말도 하지 않았대요. 그런 일이 있은 뒤 그녀는 더 이상 군인들과는 사귀지 않았고 평발이거나 눈이 나빠서 군대에 가지 못한 남자들과만 어울렸어요.

이듬해 가을이 되자 그녀는 활기를 되찾았어요. 전처럼 명랑해진 거예요. 세계 대전이 일시적으로 정전 상태로 들어갔을 때 그녀는 사교계에 데뷔했고 다음 해 2월에 뉴올리언스 출신의 남자와 약혼했다는 소문이 돌았어요. 6월에 그녀는 시카고 출신의 톰 뷰캐넌과 결혼했어요. 루이빌에서는 결코 본 적이 없는 화려한 결혼식이었어요. 신랑은 네 대의 객차에 손님들을 싣고 와서는 멀바크 호텔 한 층 전체를 통째로 빌렸어요. 결혼식 전날 그는 35만 달러짜리 진주 목걸이를 선물했어요.

나는 신부 들러리였어요. 결혼식 전날 밤 피로연이 열리기 30분 전에 나는 신부 방에 들어가봤어요. 그녀는 꽃장식을 한 드레스를 입은 채 6월 밤처럼 아름다운 모습으로 누워 있었어요. 그런데 글쎄…… 코가 새빨개지도록 취해 있는 게 아니겠어요. 한 손에는 백포도주 병을 들고 다른 한 손에는 편지를 들고 있었어요.

"축하해줘." 그녀가 중얼거렸어요. "술을 한 번도 마셔본 적이 없는데 이렇게 맛이 좋을 줄은 몰랐어."

"언니, 도대체 무슨 일이야?"

나는 겁이 더럭 났어요. 그렇게 취한 여자 모습은 본 적이 없었거든요.

"자, 여기 있어." 그녀는 침대에 누운 채 휴지통을 뒤지더니 진주 목걸이를 꺼냈어요. "이걸 아래층으로 가지고 가서 누구건 임자가 될 사람에게 돌려줘. 그리고 '데이지의 마음이 변했대요'라고 전해줘. '데이지 마음이 변했어요'라고 말이야."

그녀가 울음을 터뜨렸어요. …… 울고 또 울었어요…… 나는 밖으로 뛰어나가 데이지 어머니의 가정부를 데려왔어요. 우리는 문을 잠그고 찬물을 채운 욕조에 데이지를 담갔어요. 그녀는 한사코 편지를 놓으려 하지 않았어요. 편지를 갖고 욕조 속에 들어갔고 물에 젖은 편지를 꽉 짜서 마치 젖은 공처럼 만들었어요. 마침내 그 편지가 눈송이처럼 조각조각 흩어지고 나서야 그것을 비누 그릇에 버릴 수 있었어요.

하지만 그녀는 단 한마디도 다른 말이 없었어요. 우리는 그녀에게 암모니아 냄새를 맡게 하고 이마에 얼음찜질을 해준 뒤 다시 드레스를 입혔어요. 30분 뒤 우리가 그 방에서 나왔을 때 그녀 목에는 진주 목걸이가 걸려 있었어요. 해프닝은 그걸로 끝이 난 거지요. 다음 날 5시에 그녀는 태연하게 톰 뷰캐넌과 결혼식을 올렸고 남태평양으로 석 달간의 신혼여행을 떠났어요.

그들이 신혼여행에서 돌아왔을 때 샌타바버라에서 그들을 만났어요. 나는 남편에게 그렇게 반해 있는 여자는 처음 봤어요. 그가 방에서 단 1분 만이라도 밖으로 나가 있으면 "우리 그이 어디 갔어?"라고 말하며 불안하게 방 안을 둘러보았어요. 그리고 톰이 다시 문 앞에 모습을 보일 때까지 얼이 빠진 채로 있었어요. 그녀는 톰의 머리를 무릎에 올려놓은 채 모래사장에 앉아 한 시간 이상이나 그의 눈가를 쓰다듬으면서 더없이 행복한 표정으로 앉아 있곤 했어요. 그들이 함께 있는 모습은 무척이나 감동적이었어요. …… 보고 있자면 저절로 황홀한 미소가 떠올랐어요. 그때가 8월이었어요. 내가 샌타바버라를 떠난 지 1주일 후, 톰이 몰던 차가 벤투라가(街)에서 왜건과 충돌해 그의 차 앞바퀴가 빠지는 사고가 있었어요. 같이 타고 있던 여자의 팔이 부러지는 바람에 신문에도 났어요. 그 여자는 샌타바버라 호텔의 객실 청소부였어요.

이듬해 4월 데이지는 딸을 낳았고 그들은 1년 동안 프랑스로 여행을 했어요. 어느 해 봄에 칸에서 그들을 만났고 다음에

도빌에서도 만났어요. 그런 후 그들은 당신도 알다시피 시카고로 돌아와 정착했어요. 역시 당신이 알다시피 데이지는 시카고에서 인기가 좋았어요. 그들은 부유하고 거친 젊은이들과 어울려 다녔지만 그녀에 대한 평판은 아주 좋았어요. 아마 술을 입에 대지 않은 덕분일 거예요. 술꾼들 틈에서 술을 마시지 않으면 아주 유리한 입장이 되거든요. 입조심도 할 수 있고 게다가 무슨 작은 실수를 하더라도 다른 사람들이 알아보지 못하거나 별로 개의치 않게 만들 틈을 낼 수 있잖아요. 데이지는 절대로 연애 같은 건 하지 않았을 거예요. 하지만 그녀의 목소리에는 분명 뭔가가 담겨 있어요.

그런데 6주 전에 그녀가 몇 년 만에 처음으로 개츠비라는 이름을 들은 거예요. 내가 당신에게 웨스트에그에 사는 개츠비란 사람을 아느냐고 물었을 때. 기억나지요? 당신이 집으로 돌아간 뒤 그녀가 내 방으로 찾아와 나를 깨우더니 물었어요. "개츠비라니, 어느 개츠비를 말하는 거야?" 나는 반쯤 잠에 취한 채 이러저러한 사람이라고 말해주었어요. 그랬더니 그녀가 이상한 목소리로 자기가 알던 남자임에 틀림없다고 말하는 거예요. 나는 그제야 개츠비를 데이지의 하얀 자동차 안에 있던 장교와 연결시킬 수 있었어요…….

우리가 플라자 호텔을 떠난 지 30분이 되어서야 조던 베이커는 이야기를 마쳤다. 우리는 사륜마차를 타고 센트럴파크 안을 지나고 있었다. 해는 영화 스타들이 살고 있는 50번가의 아파트들 뒤로 이미 넘어가 있었고 아이들의 낭랑한 목소리가 마치 풀밭의 귀뚜라미 소리처럼 무더운 황혼을 뚫고 울려 퍼졌다.

나는야 아라비아의 족장.
그대의 사랑은 나의 것.
밤에 당신이 잠들었을 때
나는 그대의 텐트 속으로 기어들어가리⋯⋯.

"정말 기묘한 우연이로군요." 내가 말했다.
"아니, 우연이 아니에요."
"우연이 아니라니요?"
"개츠비가 그 집을 산 건 데이지가 만(灣) 건너편에 살고 있기 때문이었어요."

그렇다면 6월의 그 밤에 그가 그토록 간절히 바라보았던 것은 별들만이 아닌 셈이었다. 개츠비가 갑자기 아무 목적도 없는 호화로움의 자궁 속 존재로부터 살아 있는 생생한 생명체로 내게 그 모습을 드러냈다.

조던이 말을 이었다.

"그는 혹시 당신이 어느 날 오후 데이지를 당신 집에 초대하고 자기를 불러낼 수 있는지 알고 싶어 해요."

그토록 소박한 부탁에 나는 몸이 떨릴 지경이었다. 그는 5년이나 기다린 끝에 저택을 구입해서 불나방처럼 날아드는 뜨내기들에게 별빛을 나눠준 것이다. 정작 자신은 어느 날 오후 낯선 정원으로 건너갈 수 있게 되기를 바라면서…….

"그렇게 간단한 걸 부탁하기 위해 내게 이 이야기를 다 해줘야 했나요?"

"그는 두려워하고 있어요. 너무 오래 기다렸거든요. 당신 기분이 상할까봐 걱정도 하고 있어요. 그렇지만 당신도 알다시피 그에게는 집요한 구석이 있어요."

갑자기 뭔가 불안한 마음이 들었다.

"왜 그 사람이 그녀와 만나게 해달라고 당신에게 부탁을 하지 않는 건가요?"

"그 사람은 데이지에게 자기 집을 보여주고 싶어 해요." 그녀가 설명해주었다. "당신 집이 바로 이웃에 있잖아요."

"아, 그렇군요!"

제4장

129

"언젠가 그녀가 자기 집에서 열리는 파티에 나타나기를 기다렸던 것 같아요." 조던이 계속했다. "하지만 그녀는 한 번도 오지 않았어요. 그래서 그는 사람들에게 그냥 지나가는 투로 그녀를 아느냐고 물어보았어요. 그런데 내가 안다고 대답한 첫 번째 사람이었어요. 파티에서 나를 혼자 부른 날 있지요? 그날 알게 된 거예요. 그 사람이 얼마나 공들여 일을 꾸몄는지 몰라요. 물론 나는 뉴욕에서 셋이 점심을 함께 하자고 곧바로 제안했지요. 그랬더니 불같이 화를 내더군요. 그가 말했어요.

'나는 사리에 어긋나는 짓은 하기 싫소. 바로 옆집에서 만나고 싶소.'

당신이 톰과 각별한 사이라고 그 사람에게 말하니까 그는 모든 계획을 포기하려고 했어요. 그 사람은 톰에 대해 별로 아는 게 없어요. 혹시 데이지의 이름이라도 눈에 띌까 해서 시카고 신문을 몇 해 동안 읽긴 했지만 말이에요."

이제 날이 어두워졌다. 우리가 타고 있는 마차가 작은 다리 아래로 들어섰을 때 나는 내 팔을 그녀의 황금빛 어깨에 두르고 내 쪽으로 끌어당기며 저녁을 함께 들지 않겠느냐고 물었다. 순식간에 데이지니 개츠비니 하는 이름은 내 머릿속에서 사라졌다. 그 대신 순수하고 강인하며 약간은 속 좁은 여자, 세상을 냉소적으로 보는 여자, 내 둥근 팔에 기분 좋게 몸을 기대고 있는 이 여자가 내 마음을 온통 차지했다. 짜릿한 흥분과 함께 내 귀에 경구 한마디가 들려오는 것 같았다.

세상에는 쫓기는 자와 쫓는 자, 바쁜 자와 지친 자만 존재한다.

"데이지도 자기 삶 속에 그 무언가가 있어야 해요." 조던이 내게 속삭였다.

"그녀가 개츠비를 보고 싶어 할까?"

"그녀는 아직 아무것도 몰라요. 개츠비는 그녀가 아는 것을 원치 않아요. 당신은 그냥 당신 집에 차를 마시러 오라고 그녀를 초대하기만 하면 돼요."

우리는 장벽처럼 늘어서 있는 어두운 나무들 사이를 지났다. 곧이어 59번가 정면이 나타났다. 59번가의 섬세하고 창백한 불빛이 공원 안쪽을 비추었다. 개츠비나 톰 뷰캐넌과 달리 내게는 어두운 처마 밑이나 현란한 간판을 따라 떠다니는 육체 없는 여자가 있는 것이 아니었다. 나는 옆에 앉은 여자를 두 팔로 더욱 단단하게 감으며 내게로 끌어당겼다. 그녀의 창백한 입술,

경멸기 가득한 그 입술에 미소가 떠오르자 이번에는 그녀를 내 얼굴 쪽으로 더욱 가까이 끌어당겼다.

제5장

그날 밤 웨스트에그의 내 집으로 돌아오면서 나는 잠시나마 내 집에 불이라도 난 것이 아닌지 겁이 더럭 났었다. 새벽 2시인데도 반도의 한 모퉁이 전체가 불길에 휩싸여 있었다. 관목 숲 위의 그 불은 비현실적인 느낌을 주었으며 길가의 전선에서도 가는 빛이 길게 번쩍이게 만들었다. 모퉁이를 돌아가자 나는 그것이 개츠비 저택의 불빛이라는 것을 알 수 있었다. 그의 집은 꼭대기부터 지하실까지 온통 다 불이 밝혀져 있었다.

처음에는 파티가 열리고 있나 보다 생각했다. 시끌벅적한 파티를 벌이던 사람들이 숨바꼭질 놀이를 하기 위해 집을 온통 활짝 열어젖힌 줄 알았다. 하지만 집 안에서는 아무 소리도 들리지 않았다. 오로지 나무를 흔들어대던 바람이 전깃줄을 건드려 마치 집 안 전체가 윙크를 하듯 불빛이 꺼졌다 켜졌다 깜빡거리고 있을 뿐이었다. 타고 온 택시가 부르릉 소리를 내며 멀어지자 개츠비가 잔디를 건너 나를 향해 걸어오고 있는 모습이 보였다.

"만국 박람회장 같군요." 내가 말했다.

"그래요?" 그는 멍하니 자기 집 쪽으로 눈길을 향했다. "방들을 좀 둘러보고 있었습니다. 형씨, 내 차를 타고 코니아일랜드에 가지 않겠소?"

"너무 늦었어요."

"그럼 풀장에 뛰어드는 건 어떨까요? 이번 여름에는 한 번도 이용해보지 않았거든."

"나는 잠을 좀 자야겠어요."

"그렇군요."

그는 조바심을 억누르고 나를 바라보며 기다렸다.

"베이커 양과 이야기를 나누었습니다." 잠시 후 내가 말했다. "내일 데이지에게 전화를 걸어 차 마시러 오라고 초대할 작정입니다."

"아, 잘됐군요." 그가 무심한 듯 대답했다. "형씨에게 폐를 끼치고 싶지는 않았는데……."

"언제가 좋겠습니까?"

"댁은 언제가 좋습니까?" 그가 재빨리 되받아쳤다. "정말로 폐를 끼치기는 싫소."

"모레 정도면 어떻겠습니까?"

그는 잠시 생각에 잠기더니 마지 못하는 듯 말했다.

"잔디를 깎아야겠어요."

우리는 동시에 잔디를 내려다보았다. 덥수룩한 우리 집 잔디와 짙은 색의 잘 가꿔진 그의 집 잔디의 경계선이 아주 또렷이 보였다. 나는 그가 우리 집 잔디를 말하는 것이나 아닌지 의심스러웠다.

"작은 일 한 가지 의논할 게 있는데……." 그가 망설이면서 애매하게 말했다.

"그럼 아예 며칠 뒤로 미룰까요?" 내가 물었다.

"아니, 그게 아니라…… 최소한……." 그는 서두만 꺼내놓고 우물쭈물했다. "그러니까, 형씨, 그러니까…… 형씨, 별로 돈을 많이 벌지 못하지요?"

"별로 못 법니다."

그는 내 말에 안심이 된 듯 보다 확신을 갖고 말했다.

"실례일지 모르지만 그러리라고 생각했습니다. 아는지 모르겠지만 나는 부업으로 조그만 사업을 하고 있어요. 그래서 생각해봤는데, 당신 수입이 신통치 않다면…… 형씨, 채권 판매 일을 하고 있지요?"

"노력 중입니다."

"그렇다면 이 일에 구미가 당길 거요. 시간을 별로 들이지 않고도 꽤 많은 돈을 벌 수 있어요. 약간 비밀에 붙여야 하는 일이 생기기도 하지만……."

만일 다른 상황에서였다면 이 대화는 내 인생에서 커다란 위기가 될 수도 있었음을 나는 지금은 잘 안다. 하지만 그의 제안이 내가 그에게 해준 일에 대한 서툰 보답임이 명백했기에 나는 두말 않고 그 자리에서 거절했다.

"지금 하는 일만으로도 벅찹니다." 내가 말했다. "고맙긴 하지만 더 이상 다른 일에 신경 쓸 수가 없습니다."

"울프심과 연관되는 일이 아닌데요." 그는 점심 식사 때 언급되었던 '사업 거래선'이라는 단어 때문에 내가 몸을 사린다고 생각한 것이 분명했다. 나는 그 때문이 아니라고 분명하게 말했다. 그는 내가 그 일에 대해 뭔가 다시 이야기를 꺼내기를 기다리는 것 같았지만 나는 다른 생각에 잠겨 아무런 반응도 보이지 않았다. 그는 하는 수 없이 다시 자신의 집으로 돌아갔다.

그날 저녁 나는 마음이 가볍고 행복했다. 현관을 통해 집 안으로 들어가면서 나는 마치 깊은 잠 속으로 들어가는 것 같았다. 나는 개츠비가 코니아일랜드에 갔는지 아닌지, 여전히 요란스럽게 불을 밝혀 놓은 그의 집 방들을 몇 시간 동안 둘러보았는지 아닌지 알지 못한다.

　다음 날 아침, 나는 사무실에서 데이지에게 전화를 걸어 차를 마시러 오라고 우리 집에 초대했다.

　"톰은 데리고 오지 마." 내가 주의를 주었다.

　"뭐라고요?"

　"톰은 데리고 오지 말라고."

　"'톰'이 누군데요?" 그녀가 순진한 어투로 물었다.

　약속한 날은 비가 억수로 내렸다. 11시가 되자 잔디 깎는 사람이 비옷 차림으로 내 집 문을 두드렸다. 그는 개츠비 씨가 잔디를 깎으라며 우리 집으로 자기를 보냈다고 말했다. 그를 보자 나는 핀란드인 가정부에게 오늘 다시 와달라고 말한다는 것을 깜빡했다는 사실이 생각났다. 나는 웨스트에그 마을로 차를 몰고 가서 비에 젖은 회반죽 집들이 몰려 있는 골목에서 그녀를 찾아냈다. 그런 후 나는 몇 개의 컵과 레몬과 꽃들을 샀다.

　꽃은 살 필요가 없었다. 2시쯤 수많은 화분들과 함께 아예 개츠비의 화원이 옮겨오다시피 했던 것이다. 한 시간 정도 후 현관문이 벌컥 열리더니 흰 플란넬 양복에 은색 셔츠를 입고 황금색 넥타이를 맨 개츠비가 허겁지겁 들어왔다. 창백한 낯빛에 눈 밑에 거무스레한 반점이 생긴 것으로 보아 잠을 자지 못한 것이 분명했다.

"준비가 다 됐나요?" 그가 황급히 물었다.

"잔디를 말하는 겁니까? 아주 깨끗합니다."

"무슨 잔디?" 그가 영문 모르겠다는 듯 물었다. "아, 저 정원의 잔디 말이군요." 그는 창문을 통해 시선을 밖으로 돌렸지만 표정으로 보아 그 무언가를 보고 있는 것 같지 않았다.

"괜찮아 보이는군요." 그가 애매하게 말했다. "신문을 보니 4시쯤 비가 그칠 거라고 하더군요. 준비가 다 됐나요? 그러니까…… 차를 마실 때 필요한 것들 같은 거……."

나는 그를 부엌으로 데려갔다. 그는 핀란드 여자를 좀 못마땅한 듯 쳐다보았다. 우리는 식품점에서 배달되어 온 열두 개의 레몬 케이크를 함께 자세히 살펴보았다.

"이 정도면 되겠지요?" 내가 물었다.

"물론이지요. 암, 물론이다마다! 아주 훌륭해요!" 그리고 말 끝에 "형씨"라고 공허하게 덧붙였다.

비가 3시 반쯤 축축한 안개로 바뀌었다. 안개 사이로 이따금 가느다란 빗방울들이 이슬방울처럼 흘러내렸다. 개츠비는 멍한 눈으로 경제학책 복사본을 들여다보기도 했고 핀란드인 가정부가 부엌 바닥을 울리며 걷는 소리에 놀라기도 했으며 이따금 흐려진 창 쪽으로 시선을 돌리기도 했다. 마치 눈에 보이지는 않지만 뭔가 놀라운 일이 밖에서 벌어지고 있는 것 같은 시선이었다. 이윽고 그가 갑자기 자리에서 일어나더니 미심쩍은 목소리로 집으로 가봐야겠다고 말했다.

"아니, 왜 그러십니까?"

"아무도 차를 마시러 오지 않잖아요. 너무 늦었어요." 그는 마치 다른 약속이라도 있는 듯 시계를 들여다보며 말했다. "하루 종일 기다릴 수는 없잖아요."

"원, 무슨 바보 같은 소리를! 아직 4시 2분 전인데."

그는 마치 내가 억지로 주저앉힌 듯 비참한 표정으로 자리에 앉았다. 바로 그때 자동차 한 대가 내 집으로 향하는 좁은 길로 들어서는 소리가 들렸다. 우리는 동시에 벌떡 일어났다. 나는 약간 들뜬 기분으로 마당으로 나갔다.

물방울이 떨어지고 있는 헐벗은 라일락 나무 아래로 큼직한 오픈 카 한 대가 길을 따라 다가오고 있었다. 차가 멈추었다. 라벤더색 삼각모자 아래 옆으로 살짝 고개를 숙인 데이지의 얼굴이 밝고 황홀한 미소를 띤 채 나를 바라보고 있었다.

"오빠, 정말 여기 사는 거예요?"

빗속에서 들리는 상쾌한 잔물결 같은 그녀의 목소리는 마치 세상에 활력을 주는 강장제 같았다. 나는 뭐라고 대답할 말을 잊은 채 오르내리는 그녀의 목소리 가락을 잠시 귀로 따라가고 있었다. 푸른 물감으로 죽 그어 내린 것처럼 젖은 머리카락 한 가닥이 그녀의 뺨으로 흘러내리고 있었다. 자동차에서 내리는 것을 도와주려고 잡은 그녀의 손은 빗물에 젖어 반짝 빛을 발했다.

"오빠, 나를 사랑하나 봐." 그녀가 내 귀에 대고 속삭였다. "아니면, 왜 나를 혼자 오라고 했어요?"

"래크렌트 성의 비밀이지(18~19세기 영국 소설가 마리아 에지워스의 소설. 작품 결말에 가서야 성의 소유자가 밝혀진다.-옮긴이 주). 운전기사에게 한 시간 정도 어디 있다 오라고 해."

"퍼디, 한 시간 있다가 와요." 그녀가 운전기사에게 말했다.

우리는 안으로 들어갔다. 그런데 놀랍게도 거실에는 아무도 없었다.

"어, 이거 이상하네." 내가 외쳤다.

"뭐가 이상하다는 거예요?"

그때 가벼우면서도 정중하게 현관문을 두드리는 소리가 들렸고 그녀가 고개를 돌렸다. 내가 밖으로 나가 문을 열었다. 마치 송장처럼 창백한 얼굴의 개츠비가 그곳에 서 있었다. 그는 두 손을 마치 무거운 물건처럼 코트 주머니에 깊숙이 찌른 채 비극적인 표정으로 내 눈을 바라보며 물웅덩이 속에 서 있었다.

그는 두 손을 여전히 코트 주머니에 찌른 채 내 곁을 지나 복도로 걸어 들어가더니 갑자기 전기에라도 감전된 듯 홱 몸을 돌려 거실 안으로 사라져버렸다. 그 모습은 전혀 우습지도 않았고 이상하지도 않았다. 나는 내 심장이 거세게 뛰는 것을 느끼며 점점 거세지는 빗줄기가 안으로 들이치는 것을 막으려고 문을 닫았다.

약 30초 동안 아무 소리도 들리지 않았다. 이윽고 거실에서 목이 메는 듯한 중얼거림, 짧은 웃음소리 같은 것이 들렸고 이어서 어딘지 꾸민 것 같은 데이지의 맑은 목소리가 들렸다.

"다시 만나서 정말 너무 기뻐요."

그리고 침묵. 끔찍하게 이어진 견딜 수 없는 침묵. 복도에서는 아무 할 일이 없었기에 나는 안으로 들어갔다.

개츠비는 여전히 주머니에 손을 찔러 넣은 채 벽난로 장식

제5장

141

에 몸을 기대고 있었다. 짐짓 아무렇지도 않다는 듯한, 심지어 좀 따분하다는 듯한 표정이고 자세였다. 그가 고개를 너무 젖힌 나머지 그의 머리가 고장 난 벽시계에 닿았다. 그는 그런 자세로 약간 겁을 먹은 채, 하지만 우아하게 의자 끝에 앉아 있는 데이지를 혼란스러운 눈길로 내려다보고 있었다.

"우린 전에 만난 적이 있지요." 개츠비가 중얼거렸다. 그는 순간적으로 나를 흘낏 바라보았다. 마치 웃으려다 실패한 것처럼 그의 입이 벌어져 있었다. 그 순간 다행히도 벽에 걸려 있던 시계가 그의 머리에 밀려 위험하게 옆으로 기울었다. 그는 떨리는 손으로 시계를 잡고 똑바로 세워놓았다. 그런 후 그는 뻣뻣하게 소파에 앉아 팔꿈치를 팔걸이에 올려놓고 손으로 턱을 고였다.

"시계를 건드려 미안해요." 그가 내게 말했다. 이제 오히려 내 얼굴이 뻘겋게 달아올랐다. 머릿속에 수천 가지 말들이 떠돌았지만 아무 말도 입 밖에 낼 수 없었다.

"뭐, 낡은 시계인데요." 나는 바보처럼 말했다.

한순간 우리 모두 마치 그 시계가 바닥에 떨어져 산산조각이라도 난 것처럼 생각하는 듯했다.

"우리 몇 년 동안 만나지 못했지요." 데이지가 말했다. 가능한 한 아무렇지도 않다는 티를 내기 위해 애쓰는 목소리였다.

"11월이면 5년이 되지요."

개츠비가 하도 기계적으로 대답하는 바람에 우리는 최소한 약 1분 동안 또다시 침묵에 빠졌다. 나는 어색한 분위기를 깨기 위해 부엌에 함께 가서 차 준비하는 것을 도와달라고 거의 필사적으로 제안을 했다. 그들은 내 말을 듣고 몸을 일으키려 했다. 하지만 그 순간 저 악마 같은 핀란드인 가정부가 차가 담긴 쟁반을 갖고 들어오는 바람에 그 시도마저 산산조각났다.

어수선한 분위기에서 반갑게 컵과 케이크를 맞아들이는 가운데 자연스럽게 물리적 예절이 그런대로 갖춰졌다. 구석으로 물러난 개츠비는 데이지와 내가 이야기를 나누는 동안 우리들 모습을 긴장되고 비참한 눈길로 번갈아 바라보았다. 하지만 둘이 그렇게 침묵을 지키라고 이 자리를 주선한 것은 결코 아니었다. 나는 기회를 틈타 그들에게 양해를 구한 다음 자리에서 일어났다.

"어디 가려고요?" 개츠비가 화들짝 놀라며 물었다.

"곧 돌아올게요."

"아니, 그 전에 당신에게 할 이야기가 있어요."

그는 나를 따라 부엌으로 들어와서 문을 닫고는 "오, 맙소사!"라고 소리 죽여 말했다.

"왜 그래요?"

"이건 정말 잘못한 거예요." 그가 고개를 가로저으며 말했다. "정말 끔찍한 실수예요! 끔찍한 실수!"

"당신이 당황하고 있는 것뿐입니다. 그게 다예요." 다행히 나는 이렇게 덧붙일 수 있었다. "데이지도 당황하고 있어요."

"그녀가 당황하고 있다고요?" 그는 믿을 수 없다는 듯 내 말을 되풀이했다.

"당신만큼 당황하고 있어요."

"쉿, 그렇게 큰 소리로 말하지 말아요."

"아니, 어린애처럼 왜 이래요." 나는 짐짓 짜증이라도 내듯 말했다. "게다가 이 무슨 결례입니까? 데이지를 저렇게 혼자 내버려두다니."

그는 내 입이라도 막을 듯 손을 들더니 마치 비난이라도 하듯 나를 쳐다보았다. 결코 잊기 어려운 눈길이었다. 그는 조심스럽게 문을 열더니 다시 거실로 돌아갔다.

나는 뒤쪽 길로 걸어 나왔다. 개츠비가 30분 전에 안절부절못하고 그랬던 것처럼 나도 집을 한 바퀴 돌아보았다. 나는 커다란 잎이 비를 막아주고 있는 울퉁불퉁한 거목 쪽으로 걸어갔다. 다시 비가 쏟아지고 있었고 개츠비의 정원사가 잘 다듬어 놓긴 했지만 엉성하기 그지없는 잔디밭 여기저기에 작은 진흙 구덩이와 선사 시대 늪 같은 것이 생겨나 있었다. 나무 밑에서는 개츠비의 거대한 저택 외에는 아무것도 보이지 않았다. 나는 마치 칸트가 거대한 첨탑을 바라보듯 30분가량 그 저택을 바라보았다.

그 저택은 어떤 양조업자가 광적인 시대의 유행에 따라 10년 전에 지은 집이었다. 그 양조업자가, 만일 이웃에 있는 작은 오두막집의 주인들이 지붕을 모두 짚으로 덮는다면 5년 동안의 세금을 모두 대신 내주겠다고 했다는 이야기가 전해온다. 주민들이 그의 제안을 거절했기에 버젓한 가문을 하나 세우겠다는 그의 야심은 좌절되었을 것이다. 그는 곧이어 몰락했다. 그의 자식들은 문 앞에서 검은 조화(弔花)를 치우기도 전에 그 집을 팔아버렸다. 미국인들은 자진해서 농노가 되려고 애를 쓴 적도 있지만 대개는 소작농으로라도 남아 있으려는 간절한 욕망을 지니고 있었던 것이다.

30분 정도 지나자 다시 해가 나기 시작했다. 식료품상의 자동차가 그 집 하인들의 저녁거리를 싣고 차도를 따라 달려오고 있었다. 나는 개츠비가 한 숟갈도 들지 않으리라고 확신했다.

가정부 한 명이 저택 위층의 창문들을 열기 시작했다. 그녀는 창문마다 번갈아 모습을 보이더니 한가운데 커다란 창에 몸을 기울이고 정원을 향해 점잖게 침을 내뱉었다.

이제 돌아갈 시간이었다. 비가 내릴 때는 빗소리가 마치 감정의 기복에 따라 높아지기도 하고 낮아지기도 하는 두 사람의 목소리 같았다. 하지만 비가 그치고 다시 조용해지자 집 안 전체도 따라서 조용해진 것 같았다.

나는 안으로 들어갔다. 난로를 뒤집어엎지만 않았을 뿐 나는 가능한 한 온갖 시끄러운 소리를 다 냈다. 하지만 그들이 그 소리를 들은 것 같지는 않았다.

그들은 긴 소파 양 끝에 떨어져 앉아 있었다. 마치 누군가가 질문을 던졌고 그 질문이 아직 허공에 떠 있는 듯 서로 마주보고 있었다. 조금 전에 당황했던 흔적은 어디에도 없었다. 데이지의 얼굴은 눈물로 얼룩져 있었다. 내가 방으로 들어가자 그녀는 벌떡 일어나더니 거울 앞에 서서 손수건으로 눈물 자국을 지웠다. 그런데 정말 놀라울 만큼 변한 것은 바로 개츠비였다. 그는 문자 그대로 빛을 발하고 있었다. 환희를 드러내는 말이나 몸짓은 없었지만 갓 태어난 행복이 그로부터 뿜어져 나와 작은 방을 온통 채우고 있었다.

"오, 형씨, 어서 오시오." 그는 마치 몇 년 만에 처음 만나는 사람인 듯 내게 인사했다. 나는 그가 악수라도 청할 것만 같은 느낌이었다.

"비가 그쳤어요."

"아, 그래요?"

내 말을 듣고서야 그는 방 안에 반짝이는 방울 같은 햇살이 비쳐 들고 있음을 깨달은 것 같았다. 그는 마치 기상 캐스터나 되는 것처럼, 혹은 이 되돌아온 햇살의 후원자라도 되는 것처럼 미소를 지었다. 그는 이 기쁜 소식을 데이지에게 전해주었다.

"어떻게 생각해요? 비가 그쳤다는군."

"정말 기뻐요, 제이." 그녀의 그 목소리, 뼈저리게 아프면서 슬픈 아름다움으로 가득 찬 그녀의 목소리는 오로지 예기치 않던 그녀의 기쁨만을 전해주고 있었다.

"댁과 데이지를 우리 집에 초대하고 싶소." 개츠비가 말했다. "그녀에게 집을 구경시켜주고 싶어요."

"나도 함께 말입니까?"

"형씨, 물론이요."

데이지가 세수를 하려고 위층으로 올라가 있는 동안—나는 화장실의 수건이 더럽다는 사실이 너무 부끄러웠지만 이미 때는 늦은 터였다―개츠비와 나는 잔디밭에서 기다렸다.

"내 집 멋있지요? 그렇지요?" 그가 내게 물었다. "저 햇빛을 받고 있는 정면을 좀 봐요."

나는 그 집이 굉장하다고 맞장구를 쳐주었다.

"그래요." 그의 눈길은 아치형 문과 네모난 탑 등 집 전체 여기저기를 향하고 있었다. "저 집을 사들일 돈을 버는 데 꼬박 3년이나 걸렸소."

"재산을 상속받았다면서요?"

"아, 물론 그렇지요." 그는 기계적으로 말했다. "하지만 대공황 때 다 잃고 말았소. 전쟁으로 인한 공황 말이오."

지금 생각하면 그는 자신이 무슨 말을 하는지 거의 의식하지 못하고 있는 것 같았다. 내가 무슨 일을 하고 있느냐고 묻자 그가 이렇게 대답했던 것이다.

"그건 당신이 알 필요 없지."

그는 그 말을 입 밖에 내고서야 자신이 잘못 대답했음을 깨닫고는 다시 대답했다.

"아, 지금까지 여러 가지 일을 해왔소. 약국 사업도 하고 석유 사업도 했지. 하지만 지금은 둘 다 그만두었소."

그런 후 그는 나를 주의깊게 바라보았다.

"내가 지난밤에 제안한 일에 대해 다시 생각해봤나요?"

내가 미처 뭐라고 대답하기도 전에 데이지가 집에서 나왔다. 그녀의 드레스에 두 줄로 늘어서 달려 있는 황동 단추들이 햇빛을 받아 반짝였다.

"제이, 저 어마어마한 저택에 살아요?" 그녀가 개츠비의 집을 가리키며 큰 소리로 말했다.

"마음에 드오?"

"너무 멋져요. 하지만 저렇게 큰 집에 어떻게 혼자 살아요?"

"늘 밤낮으로 재미있는 사람들이 넘친다오. 흥미 있는 일을 하는 사람들이지. 말하자면 유명 인사들 말이오."

우리는 해협을 따라 지름길로 가는 대신 도로 쪽으로 내려가 큼직한 뒷문으로 들어갔다. 데이지는 감탄사를 연발하며 하늘을 향해 우뚝 솟은 중세 봉건 시대의 성 같은 저택을 찬양했다. 그녀는 정원에 대해, 노란 수선화의 진한 향기와 산사나무와 자두 꽃봉오리의 옅은 향기에 대해, 삼색제비꽃들의 가냘픈 황금빛 향기에 대해 감탄을 발했다. 그런데 이상한 일이었다. 우리가 대리석 계단에 도달했는데도 화려한 드레스 자락이 문을 스치며 드나드는 모습을 볼 수 없었으며 나무 위에서 지저귀는 새소리 외에는 아무 소리도 들리지 않았다.

그리고 우리가 안으로 들어가 마리 앙투아네트식의 음악실과 왕정복고 시대풍의 살롱을 어슬렁거리는 동안에도, 마치 손님들이 우리가 완전히 지나갈 때까지 숨을 죽이고 있으라는 명령을 받고 소파와 테이블 뒤에 숨어 있다는 느낌이 들었다. 개츠비가 머턴대학(옥스퍼드 대학 내 단과대학의 하나—옮긴이 주) 도서관 문을 닫는 순간 나는 올빼미 눈을 한 사나이의 유령 같은 웃음소리를 분명히 들은 것 같았다.

우리는 위층으로 올라갔다. 우리는 장밋빛과 라벤더 빛깔 비단이 깔려 있고 싱싱한 꽃들이 꽂혀 있는 고풍의 침실들을 지났으며 의상실들과 당구장들, 움푹 들어간 욕조가 있는 욕실을 지나갔다. 그리고 머리가 헝클어진 사내가 파자마 바람에 방바닥에서 열심히 운동하고 있는 방으로 불쑥 들어가기도 했다. 그는 '하숙생' 클립스프링어였다. 나는 그날 아침 그가 해변을 정신없이 헤매는 모습을 보았었다.

마침내 우리는 개츠비의 방으로 들어갔다. 침실과 욕실, 애덤(18세기 스코틀랜드의 건축가—옮긴이 주) 스타일의 서재로 이루어진 독립된 방이었다. 우리는 그곳에 앉아 개츠비가 벽 찬장에서 꺼내온 샤르트뢰즈 주(酒)를 한잔 씩 마셨다.

그는 한시도 데이지에게서 눈길을 떼지 않았다. 내게는 마치 그가 그녀의 사랑스러운 눈이 보이는 반응에 따라 자기 집의 모든 것을 재평가하고 있는 것만 같았다. 또한 그 자신이 직접 자신의 소유물들을 멍한 모습으로 바라보기도 했다. 마치 놀라운 그녀의 현존(現存) 앞에서 다른 모든 것들은 실제로 존재하지 않는 것처럼 여기는 것 같았다. 그는 한 번인가 계단에서 굴러 떨어질 뻔한 적도 있었다.

그의 침실은 순금 화장 도구가 놓여 있는 화장대만 제외한다면 이 저택에서 가장 소박했다. 데이지가 반가운 표정으로 빗을 집어 머리를 빗기 시작하자 개츠비는 자리에 앉아 눈을 가리고 웃기 시작했다.

"형씨, 정말 너무 귀엽지 않소?" 그가 명랑하게 말했다. "나는 아무리 해도…… 안 된단 말씀이야."

그는 분명히 두 단계를 지나 세 번째 단계로 접어들고 있었다. 당황하는 단계와 터무니없이 기쁜 단계를 지나 이제 그는 그녀라는 존재 앞에서 경이에 사로잡혀 있었다. 그는 그토록 오랫동안 그 생각에만 사로잡혀 있었다. 그는 끝 간 데까지 그것을 꿈꾸었고 이를 악물고 기다렸다. 말하자면 상상하기 어려울 정도의 긴장 상태에 놓여 있었던 것이다. 이제 그는 그 반작용으로 마치 너무 세게 감아놓은 시계처럼 허물어지고 있었다.

잠시 후 그는 정신을 차리고 우리에게 큼직한 옷장 두 개를 열어 보여주었다. 그 옷장들에는 엄청난 수의 양복들과 드레싱 가운들, 넥타이들, 셔츠들이 벽돌 한 다스를 포개놓은 높이로 쌓여 있었다.

　"영국에 옷을 사서 보내주는 친구를 한 명 두고 있어요. 봄가을 계절이 바뀔 때마다 그 사람이 골라서 보내줍니다."

　그는 셔츠 더미를 끄집어내더니 한 장, 한 장씩 우리들 앞에 던졌다. 얇은 린넨 셔츠, 두꺼운 실크 셔츠, 고급 플란넬 셔츠가 펄럭거리며 테이블 위에 펼쳐지면서 그 현란한 색깔들로 테이블을 뒤덮었다. 우리가 감탄하는 동안 그는 셔츠를 점점 더 많이 가져왔고 부드러운 고급 셔츠들은 점점 더 높이 쌓여 갔다. 산호빛과 초록 능금빛의, 라벤더색과 엷은 오렌지색의 줄무늬, 소용돌이무늬, 바둑판무늬가 아롱져 있는 그 셔츠들에는 인디언블루 색으로 그의 이름 첫 글자가 새겨져 있었다. 갑자기 데이지가 셔츠 속으로 얼굴을 묻더니 격하게 울음을 터뜨렸다.

　"너무 아름다운 셔츠들이에요" 그녀는 흐느끼며 말했지만 그녀의 목소리는 겹겹이 쌓인 셔츠 더미에 묻혀버렸다.

　"이제껏 이렇게 아름다운 셔츠를 보지 못했다는 게 너무나 서러워요."

집을 구경한 다음에 우리는 저택의 대지와 수영장, 수상비행기와 한여름 꽃밭을 둘러볼 예정이었다. 그러나 저택 창밖으로 다시 비가 내리기 시작하자 우리는 롱아일랜드 해협의 파도치는 수면을 바라보며 나란히 서 있었다.

"안개만 없었다면 만(灣) 저편의 당신 집이 보였을 거요." 개츠비가 데이지에게 말했다. "부두 끝에 늘 밤새도록 초록색 불이 켜져 있더군."

데이지가 느닷없이 그의 팔짱을 꼈지만 그는 자신이 방금 한 말에 정신이 팔려 있는 것 같았다. 아마 그 불빛이 지니고 있는 어마어마한 의미가 이제 영원히 사라졌다는 생각이 그의 머리에 떠올랐는지도 몰랐다. 그와 데이지를 갈라놓고 있던 엄청난 거리에 비해 그 불빛은 그녀와 아주 가까이에, 거의 손이 닿을 수 있는 거리에 있는 것으로 여겨졌을 것이다. 달과 별들처럼 가까운 사이로 보였을 것이다. 하지만 그것은 이제 다시 부두에 켜져 있는 초록색 불빛에 불과할 뿐이었다. 그를 홀리게 만들었던 물건들 중 하나가 줄어든 셈이었다.

나는 어스름 속에서 방 안을 거닐며 온갖 다양한 물건들을 살펴보았다. 그의 책상 위쪽 벽에 걸려 있는 요트 복장의 나이 지긋한 남자 사진이 내 눈길을 끌었다.

"누구 사진입니까?"

"저 사람이요? 댄 코디 씨요, 형씨."

어디선가 어렴풋이 들어본 이름 같았다.

"지금은 고인이 되었소. 몇 년 전만 해도 가장 가까운 사람이었지."

책상 위에는 마찬가지로 요트 복장을 하고 있는 개츠비의 조그만 사진이 걸려 있었다. 개츠비는 도전적인 자세로 몸을 뒤로 젖히고 있었는데 어림짐작으로 열여덟 살쯤 된 것 같았다.

개츠비의 사진을 보며 데이지가 외쳤다.

"너무 멋져요. 저 퐁파두르 스타일 머리 좀 보세요! 이런 머리를 했었다고 말한 적이 없잖아요. 요트 얘기도 안 했고요!"

"여길 좀 봐요." 개츠비가 황급히 말했다. "여기 신문 기사 스크랩들이 있어. …… 당신에 관한 것들이야."

그들은 나란히 서서 스크랩을 살펴보았다. 나는 그에게 루비들을 좀 보여달라고 말하려 했다. 순간 전화벨이 울렸고 개츠비는 수화기를 들었다.

"그래…… 아니, 지금은 말할 수 없어…… 이봐, 지금은 곤란하다니까…… 작은 도시라고 말했잖아…… 그 친구가 어딘지 알 거야…… 아니, 디트로이트를 작은 도시라고 생각한다면 그 친구는 정말 아무짝에도 쓸모없는 놈이야……."

그는 전화를 끊었다.

"어서 이리 와봐요!" 데이지가 창가에서 소리쳤다.

여전히 비가 내리고 있었다. 하지만 어둠이 갈라져 틈새를 보인 서쪽 하늘에는 거품 같은 구름이 분홍빛과 황금빛 물결처럼 바다 위에서 굽이치고 있었다.

"저걸 좀 봐요." 그녀가 개츠비에게 속삭였다. 그녀의 속삭임이 이어졌다. "저 분홍빛 구름을 하나 갖고 와서 당신을 그 위에 태우고 싶어요. 그런 다음 빙글빙글 돌리고 싶어요."

그때 나는 집으로 가려 했다. 하지만 그들은 내 말을 귓등으로도 듣지 않았다. 아마 내가 있는 것이 그들에게 단둘이 있다는 느낌을 더욱 충족시키는 것 같았다.

"이렇게 하는 게 어때?" 개츠비가 말했다. "클립스프링어에게 피아노를 쳐달라고 합시다."

그는 방 밖으로 나가면서 "유잉!"이라고 큰 소리로 외쳤다. 잠시 후 그는 당황한 모습의 약간 야윈 청년을 데리고 방으로 돌아왔다. 청년은 숱이 적은 금발에 뿔테 안경을 쓰고 있었다. 그는 좀 전과는 달리 목 부분이 터진 스포츠 셔츠와 흐릿한 빛깔의 면바지를 단정하게 차려입고 운동화를 신은 모습이었다.

제5장

155

"운동에 방해가 되지나 않았나요?" 데이지가 상냥하게 물었다.

"잠을 자고 있었습니다." 당황한 클립스프링어가 큰 목소리로 외치듯 말했다. "그러니까, 잠들었다가 일어나서……."

"이 친구는 피아노를 잘 쳐요." 개츠비가 그의 말을 끊으며 말했다. "그렇지, 유잉?"

"잘 못 칩니다. 그러니까…… 피아노를 친다고 할 수도 없을 정도입니다. 게다가 연습도 안 해서……."

"자, 아래층으로 내려가지." 개츠비가 다시 그의 말을 잘랐다. 개츠비가 스위치를 올렸다. 온 집 안에 불이 환하게 켜지면서 어두컴컴한 창문들이 사라졌다.

음악실에 들어서자 개츠비는 피아노 옆에 딱 하나 놓여 있는 램프에 불을 붙였다. 그는 떨리는 손으로 데이지의 담배에 성냥불을 붙여주고는 멀찌감치 떨어져 있는 의자에 데이지와 함께 앉았다. 홀에서 들어오는 불빛이 바닥에 반사해서 어른거릴 뿐 불빛이라고는 전혀 없는 곳이었다.

클립스프링어는 「사랑의 둥지」 연주를 마치고 피아노 의자에서 등을 돌려 슬픈 표정으로 어둠 속의 개츠비를 찾았다.

"보시다시피 연습을 전혀 못 했습니다. 못 친다고 말씀드렸잖아요. 연습을 안 해서……."

"거, 말이 너무 많군. 어서 계속해!" 개츠비가 명령했다.

아침에도
저녁에도
우리는 즐겁지 않은가…….

밖에는 바람이 세차게 불고 있었고 해협을 따라 희미하게 천
둥소리가 울렸다. 이제 웨스트에그는 온통 훤하게 불빛이 밝혀
져 있었다. 사람들을 실은 전동 기차가 빗속을 뚫고 뉴욕으로
부터 집으로 돌진하고 있었다. 사람들 깊은 곳에서 변화가 일
어나는 때였고, 대기 중에 흥분이 감돌기 시작하는 때였다.

한 가지는 확실하고
다른 건 잘 몰라.
부자는 더 부자가 되고
가난한 사람에게는 아이가 생긴다네.
그러는 동안
그러는 사이에…….

작별 인사를 하려고 개츠비에게 건너가니 그의 얼굴에 다시 당혹스러운 표정이 나타나 있었다. 지금 자신이 누리고 있는 행복의 질에 대해 어렴풋이 의구심이 든 것 같았다. 5년에 가까운 세월! 심지어 바로 그날 저녁에도 데이지가 자신이 꿈꾸었던 것에 훨씬 못 미치는 존재로 전락하는 순간이 있었음이 분명하다. 하지만 그것은 결코 그녀의 잘못이 아니었다. 그의 환상이 그토록 거대하고 생생했기 때문이다. 그 환상은 그녀를, 그리고 모든 것들을 초월하는 것이었다. 그는 창조적 열정으로 그 환상에 자신의 몸을 던졌으며 내내 그 환상을 부풀렸고 그의 길 앞에 떠도는 온갖 가벼운 깃털들로 그 환상을 장식했던 것이다. 한 사내가 자신의 유령 같은 마음에 쌓아놓은 정열과 순수함에 필적할 만한 것은 아무것도 없다.

그를 바라보자니 그가 이제 어느 정도 적응이 되었음을 분명히 알 수 있었다. 그는 그녀의 손을 잡고 있었다. 그녀가 그의 귀에 뭐라고 속삭이자 그는 격정을 이길 수 없는 듯 그녀를 향해 몸을 돌렸다. 나는 그 무엇보다 그녀의 물결처럼 파도치는 그 목소리, 뜨거운 열정을 담은 그 목소리가 그를 사로잡았다고 생각한다. 그 목소리는 꿈속에서조차 듣기 어려운 불사의 노래였던 것이다.

그들은 내 존재를 잊고 있었다. 하지만 데이지가 나를 흘낏 올려다보고 손을 내밀었다. 개츠비는 나라는 존재를 전혀 의식 하지 못하는 것 같았다. 나는 다시 한번 그들을 바라보았고 그들은 아련한 눈길, 하지만 강렬한 생명에 사로잡힌 눈길로 나를 뒤돌아보았다. 나는 방에서 나와 대리석 계단을 내려가 빗속으로 걸어갔다. 나는 그들 둘이 함께 있게 내버려두었다.

제6장

그 무렵 어느 날 아침 야심적인 젊은 기자 한 명이 뉴욕으로부터 개츠비의 저택으로 찾아왔다. 그는 개츠비에게 무슨 할 말이 없느냐고 물었다.

"뭐에 대해 말하라는 겁니까?" 개츠비가 정중하게 물었다.

"글쎄요……, 뭐든 밝히고 싶은 게 있다면 말입니다."

이어서 5분간의 혼란스러운 대화가 오간 끝에 그 기자는 모종의 범죄 조직과 관련하여 자신이 속한 신문사 주변에서 개츠비의 이름을 듣고 찾아왔다고 밝혔다. 그는 그 조직이 무슨 조직인지 밝히기를 꺼렸고 자신이 제대로 잘 알지도 못하고 있다고 말했다. 그는 기특하게도 자신이 직접 진상을 밝혀보겠다고 휴일인데도 불구하고 이렇게 서둘러 찾아온 것이었다.

그저 아무렇게나 찔러본 것이었지만 기자의 본능은 적중했다. 개츠비에게서 환대를 받은 수백 명의 사람들에 의해 개츠비에 대한 이런저런 나쁜 소문이 이미 퍼져 있었다. 그들은 개츠비의 과거에 대한 이른바 권위 있는 소식통이 되어 여름 내내 소문을 부풀렸으며 거의 뉴스로 떠오르기 일보 직전으로 만들었다. 최근에는 주류 밀반입 파이프라인이 캐나다와 연결되어 있다는 소문이 그와 연관되어 떠돌았고 개츠비가 집에서 사는 것이 아니라 집처럼 생긴 보트에서 생활하며 그 보트를 타고 롱아일랜드 해협을 몰래 오가고 있다는 소문도 끈질기게 나돌았다. 그런데 이런 소문들을 듣고 노스다코다주 출신의 제임스 개츠가 왜 흡족한 미소를 지었는지 설명하기란 쉽지 않다.

제임스 개츠, 바로 그것이 그의 진짜 이름, 최소한 법률상의 이름이었다. 그는 열일곱 살에 이름을 개츠비로 바꾸었으며, 바로 그때가 지금의 그의 삶이 시작된 순간이었다. 그리고 그 순간은 바로 댄 코디의 요트가 슈피리어 호수의 가장 은밀한 습지에 닻을 내리는 것을 그가 목격한 순간이었다.

그날 제임스 개츠는 찢어진 초록색 셔츠에 면바지를 입고 호숫가를 빈둥거리고 있었다. 그런데 그가 노 젓는 보트를 빌려서 투올로미호로 다가가 코디에게 30분 후면 거센 바람이 불어와 요트를 박살낼 것이라고 알려주었을 때, 그는 이미 제이 개츠비가 되어 있었다.

나는 그때 그가 이미 오랫동안 그 이름을 준비해 놓았으리라고 생각한다. 그의 부모는 무능하고 보잘것없는 농사꾼이었다. 그의 상상력은 그들을 결코 부모로 받아들일 수 없었다. 웨스트에그의 제이 개츠비란 인물은 실로 자신에 대한 플라톤적인 관념에서 솟아난 인물이었다. 그는 하느님의 아들이었으니, '하느님의 아들'이라는 표현은 바로 그런 경우를 의미했다.—그 말에 의미가 있다면 말이다—그는 '그의 아버지의 일'(「누가복음」 2장 49절 참조. '내가 내 아버지의 일에 관계하여야 될 줄을 알지 못하셨나이까 하시니'-옮긴이 주), 즉 광대하며 세속적이고 저급한 아름다움을 섬기는 일에 종사해야만 하게 되었던 것이다. 그리하여 그는 열일곱 살 청년이 창조해낼 만한 제이 개츠비라는 인물을 만들어내고는 끝까지 자신의 관념에 충실한 삶을 살았던 것이다.

그는 1년이 넘도록 슈피리어 호수의 남쪽 호숫가에서 조개를 캐거나 연어잡이와 기타 그의 숙식을 해결해줄 만한 다른 일들을 하며 지냈다. 단단한 갈색의 그의 육체는 힘든 일과 휴식이 번갈아 이어지는 팽팽하게 옭매인 삶을 버텨나갔다. 그는 일찌감치 여자를 알았다. 하지만 여자들이 자신을 망칠 수 있다고 생각하고 여자들을 경멸했다. 젊은 여자들은 무지했기에 경멸했고 그렇지 않은 여자들은 자신이 당연하게 여기는 일에 대해—그는 자기도취가 강했다—히스테리 같은 반응을 보였기에 경멸했다.

하지만 그의 마음속에는 언제나 거센 폭풍이 몰아치고 있었다. 밤이면 기괴하고 환상적인 공상들이 머리를 떠나지 않았다. 시계가 세면대 위에서 째깍거리고 마루 위에 아무렇게나 벗어 던진 옷 위를 달빛이 촉촉하게 적실 때면 이루 표현할 수 없을 정도로 번쩍번쩍 빛나는 우주가 그의 머릿속에서 실타래의 실이 풀리듯 펼쳐졌다. 그는 매일 밤 졸음이 밀려와 그 생생한 장면이 망각의 품에 안길 때까지 새로운 환상들을 새롭게 만들어 덧붙였다. 얼마 동안 이러한 몽상들이 그의 상상력의 배출구 구실을 했다. 그것은 현실이 비현실일 수 있다는 아주 만족스러운 암시였으며 이 세상의 토대가 요정의 날개 위에도 안전하게 세워질 수 있다는 약속이었다.

미래의 영광을 향한 본능에 의해 그는 몇 달 전에 남부 미네소타 주에 있는 루터교 재단에 속하는 작은 세인트 올라프 대학에 입학했었다. 하지만 그는 2주 만에 학교를 그만두었다. 그의 운명의 북소리에, 아니 운명 그 자체에 학교가 잔인할 정도로 무심한 것에 실망한 그는 학비 조달을 위해 시작한 학교 내 잡역부 일도 때려치우고 더 이상 학교에 가지 않았다. 그가 다시 슈피리어 호수로 돌아가서 뭔가 할 일을 찾던 중이던 바로 그날 그 순간, 댄 코디의 요트가 호숫가 얕은 곳에 닻을 내리고 있었던 것이다.

그때 코디의 나이는 쉰 살이었다. 그는 네바다주의 은광과 유콘강, 1875년 이후의 광산 물결이 만들어낸 인물이었다. 그는 몬태나에서 구리 사업을 하면서 어마어마한 백만장자가 되었다. 엄청난 부호가 되면서 몸은 여전히 건장했으면서도 그의 기질은 나약해지기 시작했다. 이를 눈치챈 수많은 여자들이 그에게서 돈을 뜯어내려는 시도를 했다. 엘라 케이라는 여기자가 그의 심약함을 이용해 마담 맹트농(프랑스 루이 16세의 두 번째 부인-옮긴이 주) 역할을 하더니 그를 요트에 태워 바다로 보낸 별로 유쾌하지 않은 작은 사건은 1902년도의 과장된 신문 기사로 인해 널리 알려진 바 있다. 그는 쾌적한 해안을 따라 5년 동안 여행을 한 끝에 마침내 리틀 걸 만에서 제임스 개츠의 운명으로서 그 모습을 드러낸 것이다.

자신의 노에 몸을 기댄 채 난간이 둘러쳐진 갑판을 올려다보고 있는 개츠비에게 그 요트는 이 세상 모든 아름다움과 영광의 상징 바로 그것이었다. 나는 그가 코디에게 미소를 지었으리라고 생각한다. 그는 아마 자기가 미소를 지으면 사람들이 좋아한다는 사실을 이미 알고 있었을 것이다. 어쨌든 코디는 그에게 몇 가지 질문을 던졌다. ―그 질문에 대답하는 중에 개츠는 자신의 이름을 새로 지었다―그리고 이 청년이 매우 영리하며 대단히 야심만만하다는 사실을 알아차렸다. 며칠 후 코디는 그를 덜루스로 데려가서 푸른색 윗도리 한 벌, 흰 면바지 여섯 벌, 요트 모자를 사주었다. 그리고 투올로미호가 서인도 제도와 북아프리카의 바버리 해안을 향해 떠날 때 개츠비도 함께 떠났다.

개츠비는 딱히 꼭 집어 말하기 어려운 개인적 능력으로 고용된 셈이었다. 코디와 함께 있을 때면 그는 집사이기도 했으며 항해사 겸 선장이 되기도 했고 비서이면서 심지어 경호원 노릇도 했다. 술 취하지 않은 맑은 정신일 때 댄 코디는 자신이 술에 취하면 어떤 분별없는 짓을 저지를 것인지 잘 알고 있었다. 코디는 점점 더 개츠비를 신뢰함으로써 그런 우발적인 일에 대처하려 했다. 두 사람 간에 그런 관계가 지속되는 동안 요트는 북미 대륙 주변을 세 번이나 돌았다. 어느 날 밤 엘라 케이가 보스턴에서 요트에 올라탔고 일주일 후에 댄 코디가 불운하게 사망하는 일이 벌어지지 않았다면 평생 그런 관계가 계속되었을지도 모른다.

개츠비의 침실에 걸려 있던 코디의 사진이 지금도 기억난다. 사진 속의 그는 희끗희끗한 머리에 혈색이 좋았으며 강인하면서도 어딘가 공허해 보이는 표정이었다. 그는 미국사의 한 페이지에서 개척지 갈보 집과 술집의 야만적인 폭력을 동부 해안으로 다시 끌어들인 난봉꾼 개척자였다. 개츠비가 거의 술을 마시지 않는 데는 그가 간접적인 영향을 미쳤다. 흥청망청 파티가 벌어지는 동안 여자들이 개츠비의 머리에 술을 들이붓는 적도 가끔 있었다. 하지만 그는 술을 멀리하는 습관에 이미 길들어 있었다.

코디는 그의 앞으로 2만 5,000달러를 물려주었다. 하지만 그는 그 돈을 수중에 넣지 못했다. 그는 자신에게 불리하기만 한 법적 장치를 결코 이해할 수 없었다. 결국 수백 만 달러의 유산은 엘라 케이의 손으로 고스란히 넘어갔다. 하지만 그는 아주 적절한 교육을 남달리 받은 셈이었다. 희미한 윤곽에 불과했던 제이 개츠비라는 존재가 구체적인 실체로 가득 채워진 한 사내로 변신했다.

그가 내게 그런 이야기를 해준 것은 훨씬 뒤의 일이다. 하지만 나는 조금도 사실이 아닌 그의 선조들에 대한 뜬구름 같은 첫 소문들을 불식시키기 위해 지금 이 이야기를 적는다. 게다가 그는 도대체 그의 말을 모두 믿어야 할지 아니면 몽땅 다 믿지 말아야 할지 내가 혼란 상태에 빠졌을 때 그 이야기를 내게 해주었다. 따라서 개츠비가, 이를테면, 잠시 숨을 고르고 있는 동안에 내게 주어진 짧은 휴식기를 이용해 나는 그에 관한 일련의 오해들을 없애려 하고 있는 셈이다.

그의 연애 사건과 관련해서도 내게는 휴식기가 주어졌다. 벌써 몇 주 동안 나는 그를 보지 못했고 전화에서 그의 목소리를 들은 적도 없었다. 나는 조던과 쏘다니거나 노쇠한 그녀의 숙모의 마음에 들려고 애쓰면서 거의 뉴욕에서 지내다시피 했다. 하지만 어느 일요일 오후 마침내 그의 집으로 건너가게 되었다. 그런데 그곳에 있은 지 채 2분도 되지 않았을 때였다. 누군가 술이나 한잔하자며 톰 뷰캐넌을 데리고 들어섰다. 나는 당연히 놀랐다. 하지만 정작 놀라운 일은 전에는 결코 그런 일이 없었다는 사실 바로 그것이었다.

일행은 셋이었으며 말을 타고 왔다. 톰과 슬론이라는 남자와 갈색 승마복을 입은 미녀였다. 그녀는 전에도 이곳에 온 적이

제6장

167

있는 여자였다.

"만나 뵙게 되어 반갑습니다." 개츠비가 현관에 서서 말했다. "이렇게 찾아주시다니 기쁩니다."

마치 그들이 그에게 대단한 관심이라도 보이는 듯이!

"앉으시지요. 궐련을 피우시겠습니까. 아니면 시가를?" 그는 방 안을 바삐 돌아다니며 열심히 벨을 눌렀다. "곧 마실 것을 준비하겠습니다."

그는 톰이 그 자리에 있다는 사실에 깊이 감동하고 있었다. 하지만 그들이 단지 그 무언가 마시기 위해 이곳에 왔다는 사실을 막연히 깨닫고 그들에게 뭔가 대접하기 전까지는 어쨌든 불안했을 것이다. 슬론은 아무것도 마시지 않겠다고 했다. 레모네이드를 드릴까요? 아뇨, 괜찮습니다. 샴페인이라도? 아뇨, 그냥 됐습니다……. 죄송합니다…….

"승마는 즐거우셨습니까?"

"이 근처 길이 아주 좋습니다."

"제 생각에는 자동차가……."

"그렇긴 하지요."

개츠비는 더 이상 참지 못하고 톰에게로 고개를 돌렸다. 그는 마치 초면인 것처럼 인사를 받아들였던 것이다.

"뷰캐넌 씨, 전에 어디선가 뵌 적이 있지요?"

"아, 그렇지요." 톰이 무뚝뚝하게, 하지만 예의를 갖추어 대답했다. 하지만 그때까지 그는 기억하지 못하고 있던 것이 분명했다. "그랬지요. 잘 기억하고 있습니다."

"2주 전이었지요."

"맞아요. 닉, 이 친구와 함께였지요."

"아내되시는 분을 제가 알고 있습니다." 개츠비가 거의 공격적으로 말을 이었다.

"그래요?"

톰이 내게로 고개를 돌렸다.

"닉, 자네 이 근처에 사나?"

"이웃이야."

"그래?"

슬론 씨는 대화에 끼지 않은 채 의자에 등을 기대고 오만한 자세로 앉아 있었다. 여자도 말이 없었다. 하지만 그녀는 하이볼 두 잔을 마시더니 예상 밖으로 상냥해졌다.

"개츠비 씨, 우리 모두 다음번 파티에 참석할게요." 그녀가 제안했다. "괜찮겠지요?"

"물론입니다. 그래 주시면 더없이 반갑겠습니다."

"좋습니다." 슬론이 별로 고마워하지 않는 투로 말했다. "자……, 이제 슬슬 집으로 가봐야 할 것 같군."

"그렇게 서두르지 마십시오." 개츠비가 간곡히 말했다. 이제 자제력을 회복한 그는 톰에 대해 더 자세히 알고 싶었다. "괜찮으시다면…… 저녁이라도 드시고 가시는 게 어떨까요? 뉴욕에서 다른 사람들이 왔다면 이렇게 놀라지는 않았을 겁니다."

"저희들과 함께 저녁을 들러 가시는 건 어때요? 두 분 모두 말이에요." 여자가 열을 내서 말했다. 나를 포함해서 하는 말이었다.

슬론이 몸을 일으켰다.

"갑시다." 그가 말했다. 하지만 그녀에게만 하는 말이었다.

"진심이에요." 그녀가 고집을 부렸다. "함께 가주셨으면 좋겠어요. 방들도 넉넉해요."

개츠비가 내 생각은 어떠냐는 듯 나를 바라보았다. 그는 가고 싶어 했다. 그는 슬론이 결코 함께 가고 싶어 하지 않는다는 것을 눈치채지 못하고 있었다.

"죄송하지만 갈 수 없습니다." 내가 말했다.

"그럼, 당신이라도 오세요." 그녀가 개츠비에게 집중해서 재촉하듯 말했다.

슬론이 그녀의 귀에 대고 뭐라고 속삭였다.

"지금 출발하면 늦지 않을 거예요." 그녀가 큰 소리로 다시 주장했다.

"제게는 말이 없습니다." 개츠비가 말했다. "군에 있을 때 말을 타곤 했지만 말을 구입한 적은 없습니다. 차를 타고 뒤따라 가겠습니다. 그럼 잠시만 실례합니다."

개츠비를 제외한 나머지 사람들은 현관으로 걸어 나갔다. 현관에서 슬론과 여자가 옆에서 열심히 뭔가 이야기를 나누었다.

"맙소사! 저 친구 정말 따라오려나 보지." 톰이 말했다. "그녀가 자기를 원치 않는다는 걸 모르는 모양이지?"

"직접 원한다고 말했잖은가."

"그녀가 여는 큰 파티이긴 해도, 오는 사람 중에 저 친구가 아는 사람은 아무도 없을 텐데." 그가 눈살을 찌푸렸다. "도대체 어디서 데이지를 만난 거지? 제길, 내 생각이 구닥다리인지는 모르지만 요즘은 여자들이 너무 쏘다닌단 말이야. 영 마음에 안 들어. 별 이상한 놈들을 다 만나고 다닌다니까."

슬론과 여자가 갑자기 계단을 내려가더니 말에 올랐다.

"자, 어서 와." 슬론이 톰에게 말했다. "이러다 늦겠어. 어서 가야 해."

이어서 그가 내게 말했다.

"그 사람에게 기다릴 수 없었다고 전해주시겠소?"

톰과 나는 악수를 나누었고 나머지와는 냉랭하게 고개를 끄덕여 인사했다. 그들이 빠르게 말을 몰아 차도를 따라 8월의 무성한 숲 아래로 사라지고 나서야 개츠비가 모자와 얇은 외투를 손에 들고 현관에 모습을 드러냈다.

다음 주 토요일 밤에 톰이 데이지와 함께 개츠비 저택의 파티에 나타난 것으로 보아 그는 데이지가 혼자 여기저기 돌아다닌다는 사실에 당황했음이 틀림없었다. 그의 출현으로 인해 그날 저녁 파티는 이상하게 숨이 막히는 분위기였던 것 같다. 그날의 파티는 그해 여름 개츠비의 저택에서 열렸던 여느 파티들보다 한결 또렷하게 내 기억에 남아 있다. 그곳에는 같은 사람들, 아니 최소한 비슷한 부류의 사람들이 있었고 똑같은 샴페인이 흘러넘쳤으며 똑같이 다양한 종류의 소동이 벌어졌다. 하지만 나는 이전과는 전혀 다른 불쾌감이랄까 뭔가 거슬리는 기운이 그곳에 감돌고 있음을 느낄 수 있었다. 혹은 아마도 내가 그곳에 익숙해져서 웨스트에그를 그 자체의 기준과 명사(名士)들을 갖춘 하나의 완벽한 세계로 받아들이고 있었는지도 모른다. 웨스트에그에는 자신이 그런 식으로 존재한다는 것에 대한 아무런 자의식이 없었고 그 때문에 나는 그것을 그 어느 것과도 비견할 수 없는 완벽한 세계로 받아들이고 있었는지도 모른다. 그런데 그날 나는 그곳을 데이지의 눈을 통해 다시 바라보기 시작했다. 온 힘을 다 기울여 겨우 적응한 것들을 새로운 눈을 통해 바라본다는 것은 언제나 슬픈 일이다.

그들은 황혼녘에 도착했다. 우리가 그야말로 번쩍거리는 수많은 사람들 사이를 어슬렁거리는 동안 데이지의 목소리는 마치 온갖 기교를 부리듯 그녀의 목구멍에서 살랑거렸다.

"이런 광경을 보니 흥분돼요." 그녀가 내게 속삭였다. "오빠, 오늘 저녁 내게 키스하고 싶어지면 말만 하세요. 기꺼이 키스해줄게요. 내 이름만 대면 돼요. 아니면 그린카드를 내밀거나. 지금 줄게요. 자, 그린카드……."

그녀의 농담이 끝나기 전에 개츠비가 말했다.

"좀 둘러보세요."

데이지가 대답했다.

"돌아보고 있어요. 정말 굉장해요."

"이름만 듣던 사람들 얼굴을 볼 수 있을 겁니다." 개츠비가 말했다.

톰이 거만한 눈길로 사람들을 훑어보았다.

"우리는 별로 돌아다니는 편이 아니요." 그가 말했다. "실제로 이곳에는 아는 사람이 하나도 없는 것 같군."

"아마 저 숙녀는 아실 것 같은데요."

개츠비는 흰자두나무 밑에 앉아 있는 여자를 가리켰다. 거의 인간이라고 할 수 없을 정도로 찬란하게 눈이 부신 한 떨기 난초 같은 여자였다. 지금껏 거의 유령처럼 존재하던 은막 스타를 실제로 보게 되었을 때 갖기 마련인 야릇한 비현실감을 느끼며 톰과 데이지는 그 여자를 바라보았다.

"아름다워요." 데이지가 말했다.

"그녀에게 몸을 기울이고 있는 사람이 영화감독입니다."

개츠비는 그들을 이 그룹에서 저 그룹으로 데리고 다니며 격식을 갖추어 소개했다.

"뷰캐넌 부인……, 이쪽은 뷰캐넌 씨……." 그는 잠시 망설인 뒤 덧붙였다. "폴로 선수입니다."

"아니, 아니, 난 아닙니다." 톰이 재빨리 부인했다.

하지만 톰이 그날 저녁 내내 계속 '폴로 선수'로 남아 있던 것을 보면 그 말이 개츠비의 마음에 들었던 것이 분명했다.

"이렇게 유명한 사람들을 많이 만나본 건 처음이에요." 데이지가 외쳤다. "저 사람이 마음에 들어요. 저 사람 이름이 뭐예요? 코가 좀 푸르스름한 남자 말이에요."

개츠비가 그의 이름을 알려주며 그저 평범한 제작자라고 덧붙였다.

"어쨌든 저 사람이 좋아요."

"나는 이제 그만 폴로 선수가 아니었으면 좋겠군." 톰이 유쾌하게 말했다. "그저 어디 잊힌 존재로 숨어서 이 유명한 사람들을 바라보기만 했으면 좋겠어."

데이지와 개츠비는 춤을 추었다. 그가 우아하게 보수적으로 폭스트롯을 밟는 것을 보고 내가 놀랐던 것이 기억난다. 그때까지 그가 춤을 추는 모습을 한 번도 본 적이 없었던 것이다. 춤을 춘 뒤 그들은 내 집 쪽으로 산책을 하더니 내 집 계단에 반 시간가량 앉아 있었고 나는 그녀의 청에 의해 망을 보며 정원에 머물러 있었다.

"불이 나거나 홍수가 날지도 모르잖아요." 그녀가 설명했다. "아니면 하느님께서 무슨 행동을 취하실지도……."

우리가 함께 식탁에 앉았을 때야 잊힌 존재로 숨어 있던 톰이 나타났다.

그가 말했다.

"저곳에 있는 사람들과 식사를 해도 괜찮겠지? 한 친구가 재미있는 이야기를 쏟아놓고 있거든."

"그렇게 해요." 데이지가 상냥하게 대답했다. "주소를 적어두고 싶으면 여기 작은 황금 연필이 있어요……."

그녀는 잠시 후 주위를 둘러보았다. 그러고는 내게 어느 여자를 가리키며 그 여자가 평범하긴 해도 얼굴은 예쁘다고 말했다. 나는 그녀의 말을 듣고 그녀가 개츠비와 단둘이 있었던 반시간을 빼놓고는 별로 재미있는 시간을 보내지 못했다는 것을 알 수 있었다.

우리가 앉은 테이블에는 유난히 술 취한 사람들이 많았다. 나의 실수였다. 개츠비는 전화를 받으러 갔고 나는 겨우 2주일 전에 처음으로 자리를 함께 했던 사람들과 합류했던 것이다. 그때는 즐거웠던 것들이 지금 분위기에서는 퇴폐적으로만 느껴졌다.

"괜찮습니까, 베데커 양?"

질문을 받은 여자는 내 어깨에 기대려 했지만 뜻대로 되지 않았다. 그녀는 자리에서 일어나며 눈을 크게 떴다.

"뭐라고요?"

데이지에게 내일 근처 골프 클럽에서 골프를 치자고 졸라대던 덩치 큰 부인이 나른한 눈으로 베데커를 편들고 나왔다.

"아, 이제 괜찮아요. 칵테일 대여섯 잔만 들어가면 늘 저렇게 소리를 지르기 시작하니까요. 술은 이제 그만 저리 치우란 말이야."

"치웠단 말이에요." 비난받은 아가씨가 공허하게 말했다.

"소리 지르는 걸 들었다니까. 그래서 여기 계신 시베트 의사 선생님에게 '선생님, 도움이 필요한 사람이 있어요'라고 말했다고."

"고마워하고 있을 거예요." 아가씨의 친구가 고마워하는 기색 없이 말했다. "하지만 선생님이 저 애 머리를 풀장에 집어넣는 바람에 옷이 다 젖었잖아요."

"풀장에 머리를 처박는 건 정말 싫어. 뉴저지에서는 나를 물에 빠뜨릴 뻔했어." 베데커 양이 중얼거렸다.

"그러니까 술 좀 작작 마셔야지." 시베트 박사가 대꾸했다.

"애고 똥 묻은 개가!" 베데커 양이 소리쳤다. "저 손 떨리는 것 좀 봐! 절대로 선생님께 수술을 받지 않을 거예요."

그런 식이었다. 그날 밤 거의 마지막으로 기억나는 것은 내가 데이지와 함께 영화감독과 그의 은막 스타를 바라보며 서 있었던 사실이다. 그들은 여전히 흰자두나무 아래 있었다. 창

제6장

177

백하고 가느다란 달빛이 가로막고 있을 뿐 그들의 얼굴은 거의 맞닿아 있었다. 영화감독이 저녁 내내 조금씩 얼굴을 숙여 이제 그렇게 가까운 거리에 이르게 되었으리라는 생각이 문득 들었다. 심지어 내가 지켜보고 있는 중에도 그는 몸을 완전히 숙여 그녀의 뺨에 입을 맞추고 있었다.

"난 저 여자가 좋아요. 정말 아름다워." 데이지가 말했다.

하지만 나머지는 그녀에게 거슬렸다. 그녀에게 거슬린 것은 그들의 몸짓이 아니라 그들의 감정이었다는 것은 논란의 여지가 없다. 그녀는 웨스트에그의 이 유례를 찾을 수 없는 곳, 브로드웨이가 롱아일랜드의 어촌 마을로 통째로 옮겨 온 것 같은 이곳을 보고 오싹 소름이 돋았다. 그녀는 진부한 미사여구 속에 숨은 채 날것 그대로 생생하게 드러나 있는 욕망에, 지름길을 통해 그 주민들을 무(無)에 무로 몰고 가는 지나치게 강압적인 운명에 섬뜩했다. 그녀는 그녀가 이해할 수 없었던 바로 그 단순성 속에서 그 무언가 무서운 것을 발견했던 것이다.

나는 그들이 자동차를 기다리는 동안 그들과 함께 앞쪽 계단에 앉아 있었다. 우리가 앉아 있는 곳 앞쪽은 어두웠다. 오로지 밝은 문만이 1평방미터의 사각형 빛을 부드럽고 어두운 새벽을 향해 내보내고 있었다. 이따금 위쪽 의상실 블라인드를 배경으로 그림자가 움직였고 이어서 립스틱을 바르고 분을 두드리는 다른 그림자들에게 자리를 내주었다.

"저 개츠비라는 자, 도대체 누구야?" 톰이 갑자기 물었다. "거물 밀주업자인가?"

"그런 소리는 어디서 들었나?" 내가 물었다.

"들은 건 없어. 그냥 그런 생각이 든 거지. 자네도 알다시피 벼락부자들 중에는 밀주업자가 많지 않은가?"

"개츠비는 아니야." 내가 딱 잘라 말했다.

그는 잠시 잠자코 있었다. 차도에 깔린 자갈이 그의 발밑에서 자그락 소리를 냈다.

"어쨌든 이런 진귀한 동물들을 한데 모으느라 힘깨나 들였겠군."

잿빛 안개 같은 데이지의 털 옷깃이 미풍에 살랑거렸다.

"적어도 우리가 알고 있는 사람들보다는 재미있어요." 그녀는 힘겹게 말했다.

"당신, 그렇게 재미있어 하는 것 같지 않던데."

"왜요, 재미있었는데요."

톰은 웃으며 내 쪽으로 고개를 돌렸다.

"아까 그 아가씨가 데이지에게 찬물 샤워를 해달라고 부탁할 때 데이지 얼굴을 봤나?"

데이지는 허스키한 목소리로 음악에 맞춰 속삭이듯 노래를 부르기 시작했다. 가사 하나하나의 의미를 그토록 분명하게 드러낸 적은 결코 없었으며 앞으로도 없을 것이다. 멜로디가 높아지면 그녀는 콘트랄토 가수처럼 감미롭게 잠시 멈췄다가 다시 노래를 이어가곤 했다. 그렇게 음조가 변할 때마다 그녀의 따뜻하고 인간적인 마법이 조금씩 발산되어 대기 속으로 퍼졌다.

"많은 사람들이 초대받지 않고 왔어요." 그녀가 갑자기 말했다. "그 여자도 초대를 받지 않았어요. 그냥 막무가내로 들이닥치는데도 그 사람은 너무 예의가 발라서 거절하지 못해요."

"도대체 어떤 작자이고 무슨 일을 하는지 알고 싶을 뿐이야." 톰이 거듭 역설했다. "내게 그걸 알아낼 수 있는 방법이 있지."

"지금 말해줄 수 있어요." 데이지가 말했다. "약국을 경영하고 있대요. 아주 많은 약국을 소유하고 있고요. 혼자 힘으로 일으킨 사업이에요."

리무진이 꾸물거리며 차도 위로 굴러 왔다.

"오빠, 잘 자요." 데이지가 말했다.

그녀의 시선은 나를 떠나 불이 켜진 계단 꼭대기를 향했다. 열린 문을 통해 그해 유행하던 「새벽 세 시」라는 아담하고 슬픈 왈츠 곡이 흘러나오고 있었다. 어쨌든 개츠비의 격식을 차리지 않은 파티에는, 그녀가 속한 세계에서는 전혀 찾아볼 수 없는 로맨틱한 가능성이 있었다. 저 위에서 들리는 노래 속에는 과연 무엇이 들어 있어 다시 돌아오라고 그녀를 부르고 있는 것일까? 이제 이 어둑어둑하고 헤아릴 수 없는 시간에 무슨 일이 일어날 것인가? 어쩌면 믿기지 않는 손님이, 모두가 놀랄 수밖에 없는 귀한 사람이 도착할지도 모른다. 아니면 눈부시게 아름다운 아가씨가 나타나 그 마술적인 만남의 순간 단 한 번의 신선한 눈길로 일편단심 헌신적인 사랑에 빠져 있던 5년의 세월을 말끔히 씻어줄지도 모른다.

나는 그날 밤 늦게까지 남아 있었다. 개츠비가 자기가 자유로워질 때까지 기다려달라고 했던 것이다. 나는 그때까지 수영하던 패거리들이 상쾌한 기분으로 들떠서 해변에서 올라오고 이어서 게스트룸의 불이 모두 꺼질 때까지 정원에서 어슬렁거리고 있었다. 이윽고 개츠비가 계단을 내려왔다. 거무스름하게 탄 그의 피부가 이상하게 그의 얼굴에 팽팽하게 달라붙어 있는 것 같았고 반짝이는 그의 눈은 피곤해 보였다.

"데이지는 마음에 안 드나 봐요." 그가 느닷없이 말했다.

"무슨 소리를. 아주 좋아하던데요."

제6장

181

"아니, 좋아하지 않았소." 그가 우겼다. "별로 즐기지 않았어."

그는 잠시 침묵했다. 나는 그가 극도로 의기소침해 있다고 짐작했다.

"그녀가 멀게 느껴졌어요. 이해시키기가 어려웠단 말이오."

"춤을 말하는 겁니까?"

"춤?" 그는 마치 자신이 추었던 춤을 멀리 팽개치듯 손가락을 한 번 튕겼다. "이봐요, 형씨, 춤은 중요하지 않아요."

그가 원하는 것은 단 한 가지뿐이었다. 데이지가 톰에게 가서 "난 당신을 결코 사랑하지 않아요"라고 말하는 것, 바로 그것이었다. 그 선언으로 지난 4년의 세월을 말끔히 지워버리면 그들은 보다 현실적인 방법들을 모색할 수 있을 것이었다. 그중 하나는 그녀가 자유의 몸이 된 후에 둘이 루이빌로 돌아가 그녀의 집에서 결혼식을 올리는 것이었다.—마치 5년 전으로 되돌아간 것처럼.

"그런데 그녀는 이해하지 못하고 있소." 그가 말했다. "전에는 이해할 수 있었는데. 우린 몇 시간이나 앉아서……."

그는 갑자기 말을 멈추고 과일 껍질과 버려진 애정의 징표들, 짓이겨진 꽃들이 어지러이 널려 있는 쓸쓸한 길을 서성이기 시작했다.

내가 불쑥 그에게 말했다.

"나라면 그녀에게 너무 많은 것을 요구하지 않을 겁니다. 과거를 되풀이할 수는 없습니다."

"과거를 되풀이할 수 없다고?" 그가 믿을 수 없다는 듯 외쳤다. "아니, 그럴 수 있소!"

그는 마치 과거가 그의 집 어느 그늘진 곳 그의 손이 닿지 않는 곳에 숨어 있기라도 한 듯 거칠게 주변을 둘러보았다.

그가 다시 입을 열었다.

"나는 모든 것을 전과 똑같이 되돌려 놓을 거요. 그녀도 알게 될걸." 그는 단호하게 고개를 끄덕이며 말했다.

그는 자신의 과거에 대해 많은 것을 이야기했다. 나는 그가 데이지를 사랑하게 만든 그 무엇, 그 자신에 대한 그 어떤 관념을 다시 회복하기를 그가 원하고 있는 것은 아닌가 하는 생각이 들었다. 그로부터 그의 삶은 혼란스러워졌고 무질서해졌지만 만일 다시 한번 그 출발점으로 돌아가 천천히 그것을 다시 되풀이할 수 있다면 그것이 무엇인지 발견할 수 있으리라······.

······ 5년 전 어느 가을날 밤 그들은 나뭇잎이 떨어지는 거리를 함께 걷고 있었다. 그들은 한 그루의 나무도 없고 인도가 달

제6장

183

빛으로 하얗게 물들어 있는 곳에 이르렀다. 그들은 그곳에 멈춰 서서 서로를 바라보았다. 서늘한 밤이었다. 계절이 바뀔 때 오는 신비로운 흥분을 간직하고 있는 밤이었다. 집 안에 켜져 있는 조용한 불빛들이 어둠을 향해 콧노래를 부르고 있었고 별들 사이에는 동요와 소동이 일고 있었다. 개츠비는 보도블록이 실제로 사다리가 되어 나무들 위 쪽 그 어딘가 비밀스러운 장소로 올라가는 것을 곁눈으로 보았다. 만일 혼자 올라간다면 그는 그곳에 오를 수 있었으리라. 그리고 그곳에 오르면 그는 생명의 젖꼭지를 빨고 그 무엇에도 비길 수 없는 경이로운 젖을 벌컥벌컥 들이킬 수 있었으리라.

데이지의 하얀 얼굴이 그의 얼굴에 가까워질수록 그의 심장은 더욱 빨리 고동쳤다. 그는 자신이 이 소녀에게 입을 맞춘다면, 말로 표현할 수 없는 자신의 비전을 그녀의 불멸의 숨결과 영원히 결합시킨다면 자신의 심장이 마치 신의 심장처럼 영원히 뛰지 않게 되리라는 것을 알고 있었다. 그래서 그는 별들에게 부딪쳐 나는 소리굽쇠 소리에 귀를 기울이며 잠시 동안 기다렸다. 그의 입술이 닿자 그녀는 그에게 꽃처럼 활짝 피어났고 영적인 것의 육화가 완성되었다……

그가 해준 말들, 심지어 그의 섬뜩할 정도로 감상적인 말들을 통해서 내게 생각나는 것이 한 가지 있었다.―포착하기 어려운 리듬, 오래전에 어디에선가 들었지만 이제는 잃어버린 말의 파편 같은 것. 잠시 어떤 구절이 내 입에서 모습을 드러낼 것 같았고 입술들이 마치 벙어리 입처럼 벌어졌다. 마치 놀란 숨을 내뱉는 것보다 더 힘들게 그 말을 내뱉으려는 듯이⋯⋯. 하지만 내 입술은 결국 아무 소리도 내지 않았다. 그리고 거의 떠오르려 했던 그 구절은 영원히 전할 수 없게 되었다.

제7장

어느 토요일 밤, 그의 저택에 불이 켜지지 않았을 때부터 개츠비를 향한 나의 호기심이 절정에 달했다. 트리말키오(고대 로마의 풍자 작가 페트로니우스의 『사티리콘』에 등장하는 인물. 성대한 파티를 자주 여는 것으로 유명함-옮긴이 주)로서의 그의 경력은 시작할 때와 마찬가지로 슬그머니 막을 내렸다. 나는 자동차들이 기대에 차서 그의 집 차도로 들어선 뒤 잠시 기다리다가 부루퉁해서 떠나버리곤 한다는 사실을 서서히 알게 되었다. 혹시 그가 병이라도 난 것이나 아닌지 알아보려고 나는 그의 집으로 건너가 보았다. 험상궂은 얼굴의 낯선 집사가 문에서 의심스러운 눈초리로 나를 빠끔히 내다보았다.

"혹시 개츠비 씨가 어디 편찮은가요?"

"아니올시다." 그는 잠시 말을 멈춘 뒤 마지못하다는 투로 '선생님'이라는 호칭을 덧붙였다.

"요즘 통 만나지를 못해 걱정이 돼서요. 캐러웨이라는 사람이 찾아왔다고 전해주겠습니까?"

"누구요?" 그가 무례하게 물었다.

"캐러웨이요."

"캐러웨이라. 좋습니다. 그렇게 전하지요."

그는 느닷없이 문을 쾅 닫았다.

우리 집의 핀란드 출신 가정부 말로는 개츠비가 일주일 전에 그 집의 모든 하인을 해고하고 대여섯 명의 하인들을 새로 고용했다는 것이었다. 새로 온 하인들은 웨스트에그로 직접 가서 상인들에게 매수당하는 일 없이 전화로 적당히 필수품들을 주문한다고 가정부가 말했다. 식료품 배달 소년은 부엌이 마치 돼지우리 같았다고 말했으며 새로 온 사람들이 결코 하인 같지 않다는 것이 마을의 여론이었다.

다음 날 개츠비가 내게 전화를 했다.

"떠나려는 겁니까?" 내가 물었다.

"아니오, 형씨."

"일꾼들을 모두 해고했다더군요."

제7장

187

"입이 무거운 사람들이 필요해서요. 데이지가 자주 오거든요……. 오후에."

말하자면 그녀가 불만을 보이자 그 대저택이 마치 판지로 지은 집처럼 폭삭 주저앉은 셈이 된 것이다.

"울프심이 돌봐주려던 사람들이오. 모두 형제 같은 사이요. 작은 호텔을 경영했던 적도 있고."

"아, 그렇군요."

그는 데이지의 요청으로 전화를 걸었다고 했다. 내일 그녀의 집에 점심을 들러 함께 가지 않겠느냐는 것이었다. 베이커 양도 올 것이라고 했다. 반 시간 후 데이지가 직접 전화를 걸어왔다. 내가 가겠다고 하니 안심하는 눈치였다. 무슨 일인가 있는 것이 분명했다. 하지만 나는 그들이 이런 기회를 빌려 큰 소동을 벌이리라고는 생각하지 못했다. 특히 개츠비가 정원에서 대충 암시했던 다소 참담한 그런 소동 같은 것 말이다.

다음 날은 날씨가 찌는 듯 더웠다. 여름이 막바지에 접어들고 있었지만 올 들어 가장 더운 날임이 분명했다. 내가 탄 열차가 터널을 지나 햇볕 속으로 나왔을 때 내셔널 비스킷 회사에서 들려오는 뜨거운 호각 소리만이 부글부글 끓고 있는 정오의 정적을 깨뜨릴 뿐이었다. 객실 안 밀집 시트는 금방이라도 불이 붙을 것처럼 뜨거웠다. 내 옆에 앉은 여자가 흰 블라우스 안으로 은밀하게 땀을 줄줄 흘리다가 손에 들고 있던 신문이 축축하게 젖자 외마디 비명을 지르며 절망적인 흥분 상태에 빠졌다. 그녀의 지갑이 바닥에 툭 떨어졌다.

"어머나, 내 지갑!" 그녀는 숨을 헐떡거렸다.

나는 지친 몸짓으로 허리를 굽혀 지갑을 주운 뒤 그녀에게 돌려주었다. 나는 지갑에 뜻이 없다는 것을 확실히 보여주려고 팔을 쭉 뻗어 지갑 끝을 쥐고 있었지만 그 여자를 포함해서 주변 사람들은 모두 나를 의심스럽다는 눈초리로 바라보았다.

"덥군요." 차장이 친근한 얼굴들을 향해 말했다. "어휴, 무슨 놈의 날씨가…… 더워! …… 정말 더워! 손님들도 너무 덥지요? …… 덥지요? 그렇지요?"

나의 정기 승차권이 그의 손에서 검은 얼룩을 묻힌 채 내게 다시 돌아왔다. 이 정도 더위라면 차장이 갑자기 누군가의 입술에 키스를 하건, 셔츠를 벌렁 뒤집어쓰건 아무도 상관하지 않았으리라.

뷰캐넌의 집 현관에 도착하니 개츠비는 이미 도착해 있었다. 현관에서 개츠비와 내가 기다리고 있는 동안 미풍에 실려 전화 벨 소리가 들려왔다.

제7장

189

"주인의 시체요?" 집사가 수화기에 대고 고함을 질렀다. "부인, 죄송합니다만 해드릴 수가 없는데요…… 한낮은 너무 덥다 이겁니다!"

하지만 실제로는 "네…… 네…… 알아보겠습니다"라고 그는 말하고 있었다.

그는 전화를 끊고는 약간 번질거리는 얼굴로 우리에게 와서 우리의 뻣뻣한 밀짚모자를 받아들었다.

"부인께서 응접실에서 기다리고 계십니다." 그가 쓸데없이 그 방향을 가리키며 외쳤다. 이런 더위에는 과한 몸짓 하나하나가 일상생활에 대한 모욕이었다.

차일로 잘 가려진 방은 어둡고 서늘했다. 데이지와 조던이 거대한 소파에 누워 있었다. 윙윙대는 선풍기 바람에 날리지 않도록 하얀 옷자락을 누르고 있는 그녀들의 모습은 마치 은으로 만든 우상 같았다.

"꼼짝도 못 하겠어요." 그녀들이 이구동성으로 말했다.

분을 바른 조던의 그을린 손가락이 잠시 내 손 안에 머물렀다.

"운동선수 톰 뷰캐넌 씨께서는?" 내가 물었다.

내 말이 떨어지기가 무섭게 톰의 퉁명스러운 쉰 목소리가 들렸다. 그는 전화기에 대고 뭐라고 중얼거리고 있었다. 개츠비는 주홍빛 카펫 위에 서서 황홀한 눈으로 주위를 둘러보고 있었다. 데이지는 그를 바라보며 웃었다. 감미롭고 활기찬 미소였다. 그녀의 가슴으로부터 미세한 분가루 같은 격정의 불길이 공중으로 피어올랐다.

"들리는 바로는," 조던이 속삭였다. "지금 톰의 애인이 전화를 걸어왔다더군요."

우리는 아무 말도 하지 않았다. 홀에서 나는 짜증스런 목소리가 더욱 높아졌다. "알았어, 그렇다면 내 차를 당신에게 팔지 않겠어…… 당신에게 빚진 거 아무것도 없다고…… 그 문제로 점심시간에 나를 귀찮게 한 거, 도저히 참을 수 없어!"

"수화기를 내려놓고 짐짓 저러는 거야." 데이지가 빈정대듯 말했다.

"아니야, 그렇지 않아." 내가 단언했다. "진짜 저러는 거야. 내가 우연히 알게 되었어."

톰이 문을 왈칵 열어젖히더니 잠시 그 육중한 몸으로 문을 막고 서 있다가 황급히 안으로 들어섰다.

"개츠비 씨!" 그는 혐오감을 썩 잘 감춘 채 그에게 넓고 편평한 손을 내밀었다. "만나서 반갑습니다…… 아, 닉……."

"찬 음료 좀 갖다줘요." 데이지가 큰 소리로 외쳤다.

그가 방에서 나가자 데이지는 몸을 일으키더니 개츠비에게 다가가 그의 얼굴을 끌어내려 입에 키스를 했다.

"제가 사랑한다는 거 알지요?" 그녀가 속삭였다.

"여기 숙녀가 한 분 계시다는 걸 잊고 있네." 조던이 말했다.

데이지가 의아하다는 표정으로 돌아보았다.

"너도 오빠에게 키스 해."

"이런 상스러운 여자 좀 봐요!"

"상관없어!" 데이지는 소리치더니 벽돌 난롯가에서 마치 춤을 추듯 사뿐 몸을 움직였다. 그러나 갑자기 더위가 생각났는지 그녀는 마치 죄라도 지은 것처럼 다시 소파에 앉았다. 바로 그때 보모가 예쁘게 차려입은 계집아이를 데리고 방으로 들어왔다.

"아유, 우리 보물! 엄마가 요 노란 예쁜 머리에 분가루를 묻혔네. 자, 일어나서 인사를 해야지."

개츠비와 나는 차례대로 몸을 굽혀 마지못해 내민 작은 손을 붙잡았다. 그런 후 개츠비는 놀란 눈으로 아이를 바라보았다. 이제까지 아이가 존재한다는 생각조차 하지 않았던 것 같았다.

"점심 전인데 옷을 갈아입었어요." 아이가 데이지에게 열심히 몸을 돌려 보이며 말했다.

"엄마가 너를 자랑하고 싶어서 그런 거란다." 데이지는 아이의 작고 하얀 목주름에 얼굴을 파묻었다. "너는 엄마의 꿈이란다. 정말이지 작고 귀여운 완벽한 꿈."

"맞아." 아이가 조용히 수긍했다. "조던 아줌마도 하얀 옷을 입었네."

"엄마 친구분들 마음에 드니?"

그런 후 데이지는 아이의 몸을 돌려 개츠비와 마주 보게 하더니 말했다.

"멋지지 않니?"

"아빠 어디 계세요?"

"얘는 아빠를 안 닮았어요." 데이지가 설명하듯 말했다. "나를 닮았어요. 머리도, 얼굴 모양도 똑같아요."

데이지는 다시 소파에 앉았다. 보모가 한 발 앞으로 나서더니 손을 내밀었다.

"이리 온, 패미."

"잘 가라, 우리 귀여운 것!"

훈련이 잘된 아이는 보모의 손을 잡고 내키지 않는 듯 힐끔 뒤를 돌아보며 방에서 나갔고 바로 그때 톰이 얼음을 가득 채운 넉 잔의 진 리키를 들고 나타났다.

개츠비는 자기 잔을 집어 들었다.

"정말 시원해 보입니다." 그가 눈에 띄게 긴장한 표정으로 말했다.

우리는 게걸스럽게 단숨에 들이켰다.

"어디선가 태양이 점점 뜨거워진다는 글을 읽은 적이 있어요." 톰이 부드럽게 말했다. "이러다가는 머지않아 지구가 태양 속으로 빠져버리겠어…… 아니 잠깐…… 그 반대이던가……? 태양이 매년 식어간다는 거였나?"

이어서 그가 개츠비에게 제안했다.

"밖으로 나갑시다. 집을 좀 구경시켜드리고 싶습니다."

나는 그들과 함께 베란다로 나갔다. 더위 속에 꼼짝하지 않고 있는 녹색 해협에 작은 돛단배 하나가 천천히 시원한 바다를 향해 나아가고 있었다. 개츠비의 눈이 잠시 그 배를 보더니 손을 들어 만 건너편을 가리켰다.

"저는 바로 저 건너편에 살고 있습니다."

"그렇군요."

우리는 눈을 들어 장미정원과 그 너머 뜨거운 잔디밭, 삼복더위에 잡초 더미가 아무렇게나 우거져 있는 해변을 바라보았다. 돛단배의 하얀 날개들이 저 시원한 푸른 수평선을 향해 움직이고 있었다. 그 앞쪽으로는 부채처럼 펼쳐진 대양과 수많은 축복의 섬들이 보였다.

"괜찮은 스포츠야." 톰이 고개를 끄덕이며 말했다. "저 친구와 한 시간 정도 즐겨봤으면 좋겠군."

우리는 더위를 피하기 위해 역시 어둡게 해놓은 식당에서 점심을 들며 차가운 맥주와 함께 불안하게 쾌활한 분위기를 삼켰다.

"오늘 오후에 뭐 할 거지요?" 데이지가 외쳤다. "그리고 내일은? 앞으로 30년은?"

"쓸데없는 소리 하지 마." 조던이 말했다. "가을이 와서 날이 서늘해지면 삶은 다시 시작될 텐데."

"하지만 너무 덥잖아요." 데이지가 금세 눈물이라도 흘릴 것 같은 기색으로 우겼다. "모든 게 엉망이야. 우리 모두 시내로 나가요!"

그녀의 목소리는 마치 더위를 뚫고 그것과 싸워 이겨, 그 무의미함에 형태를 부여하려는 싸움 같았다.

"마구간을 고쳐 차고로 만든다는 이야기는 들어봤습니다." 톰이 개츠비에게 하는 말이었다. "하지만 차고를 마구간으로 만든 사람은 내가 처음일 겁니다."

"누구 시내 나가고 싶은 사람 없어요?" 데이지가 집요하게 물었다. 개츠비의 눈길이 그녀 쪽을 향했다.

"오, 당신은 정말 멋져 보여요." 데이지가 외쳤다.

그들의 눈이 마주쳤다. 그들은 마치 주위에 아무도 없이 단둘만 있다는 듯 서로를 뚫어져라 바라보았다. 그녀는 힘겹게 시선을 식탁 아래로 돌렸다.

"당신은 언제나 멋져요." 그녀가 계속 중얼거렸다.

데이지는 그를 사랑한다고 말한 것이었고 톰 뷰캐넌이 그것을 알아차렸다. 그는 놀랐다. 그는 입을 약간 벌린 채 개츠비를 바라보더니 다시 데이지를 바라보았다. 마치 자신이 데이지와 오래전부터 알고 지내던 사이라는 것을 이제야 알아차린 것 같았다.

데이지는 아무것도 모르는 듯 계속 말했다.

"당신은 광고에 나오는 사람을 닮았어요. 그 사람이 누군지 당신도 알 거예요."

"좋아!" 톰이 갑자기 그녀의 말을 끊었다. "정말 시내에 가고 싶어졌어. 자, 우리 모두 시내로 가지."

그는 여전히 개츠비와 아내에게 번갈아 눈길을 주며 자리에서 일어났다. 아무도 꼼짝하지 않았다.

"어서! 다들 왜 이러는 거야? 시내로 갈 거면 당장 출발하자니까." 그가 약간 화를 내며 말했다.

그는 자제하느라 떨리는 손으로 마지막 남은 맥주를 입안에 털어 넣었다.

"지금 당장 갈 거예요? 이런 꼴로? 담배 피울 시간이라도 줘야 하는 거 아니에요?" 데이지의 목소리에 우리는 자리에서 일어났다.

"점심 먹으면서 다들 피웠잖아." 톰이 말했다.

"좀 재미있게 지낼 수 없어요?" 그녀가 그에게 간청했다. "말다툼하기에는 너무 더워요."

그는 대답하지 않았다.

"당신 마음대로 하세요." 그녀가 말했다. "조던, 이리 와봐."

그녀들은 위층으로 올라가서 외출 준비를 했다. 세 남자는 불타오르는 자갈 차도에서 뜨거운 자갈을 발로 차며 서 있었다. 서쪽 하늘에는 벌써 은빛 초승달이 걸려 있었다. 개츠비가 무슨 말인가 하려다가 마음이 바뀌었는지 입을 다물려 했다. 하지만 그전에 벌써 톰이 몸을 홱 돌려 그의 말을 기다리는 듯 개츠비의 얼굴을 바라보았다.

"저, 이곳에 마구간이 있습니까?" 개츠비가 힘겹게 물었다.

"약 500미터가량 내려간 곳에 있습니다."

제7장

197

"아, 그렇군요."

잠시 대화가 끊겼다.

"도대체 왜 시내에 나가겠다는 건지 알 수가 없단 말이야." 톰이 화라도 난 듯 말했다. "도대체 여자들 머리에 들어 있다는 게……."

"뭐 마실 거라도 가져가야 하지 않아요?" 데이지가 위층 창문을 내다보며 물었다.

"위스키를 가져올게." 톰이 대답했다.

그는 안으로 들어갔다.

개츠비가 굳은 표정으로 나를 돌아보았다.

"형씨, 이 집에서는 아무 말도 할 수가 없어요."

"데이지 목소리가 좀 경솔했어요." 내가 말했다. "뭔가가 듬뿍 담겨 있어서……."

"돈이 잔뜩 담겨 있지요." 그가 갑자기 말했다.

그렇다, 바로 그거였다. 나는 전에는 미처 깨닫지 못했다. 그녀의 목소리에는 돈이 가득 담겨 있었다. 돈 안에서 오르락내리락하는 무진장한 매력, 그 짤랑거리는 소리, 돈에서 울리는 심벌즈 노래 소리……. 하얀 궁전 높은 곳에 공주님이 살고 있었다네. 그 황금 아가씨는…….

톰이 1리터짜리 술병을 수건에 감싸 들고 안에서 나왔다. 금속 직물로 만든 꼭 끼는 작은 모자를 쓰고 팔에 가벼운 케이프를 걸친 데이지와 조던이 그 뒤를 따르고 있었다.

"제 차로 가실까요?" 개츠비가 제안했다. 그는 뜨거운 녹색 시트 가죽을 만져보았다. "그늘에 세워둘 걸 그랬군."

"일반 변속인가요?" 톰이 물었다.

"그렇습니다."

"그렇다면 댁이 내 쿠페를 몰고 가시오. 내가 당신 차를 몰고 시내로 가겠소."

개츠비는 그 제안이 불쾌했다.

"기름이 넉넉하지 않을 겁니다." 개츠비가 반박했다.

"충분해요." 톰이 거칠게 말하며 계기판을 들여다보았다. "만일 기름이 떨어지더라도 약국에 들르면 됩니다. 요즘 약국에서는 안 파는 게 없어요."

느닷없는 톰의 엉뚱한 말에 잠시 침묵이 흘렀다. 데이지는 얼굴을 찡그리고 톰을 바라보았고 개츠비의 얼굴에는 뭐라고 정의 내리기 힘든 표정이 스쳐 지나갔다. 하지만 마치 누군가가 그 표정에 대해 묘사하는 것을 들은 적이 있는 것 같아서, 분명히 낯설면서도 어렴풋이 알아볼 수 있는 표정이었다.

제7장

199

"자, 데이지," 톰이 데이지를 개츠비의 차 쪽으로 밀면서 말했다. "이 곡마단 왜건에 태워주지."

그가 차의 문을 열었다. 하지만 그녀는 그의 팔에서 빠져나왔다.

"닉 오빠하고 조던을 태우고 가요. 나는 쿠페를 타고 따라갈래요."

그녀는 개츠비 곁으로 걸어가서 손으로 그의 옷을 만졌다. 조던과 톰, 그리고 내가 개츠비의 차 앞 좌석에 앉았다. 톰은 익숙하지 않은 기어를 시험 삼아 조작해보더니 숨이 막힐 듯한 더위 속으로 쏜살같이 차를 몰았다. 뒤에 남겨진 두 사람이 보이지 않게 되자 톰이 말했다.

"봤지?"

"뭘 말인가?"

그는 날카롭게 나를 바라보았다. 조던과 내가 이미 모든 것을 알고 있었음을 깨달은 것이다.

"내가 정말 바보일 줄 아나 보지? 물론 그럴지도 모르지. 하지만 내게도 가끔은…… 투시력에 가까운 게 있거든. 어떻게 해야 할지 알려준단 말씀이야. 믿지 않을지 모르지만 과학이란 것은……."

그는 말을 멈추었다. 눈앞에 닥친 돌발 사태가 그를 덮쳤고 그를 이론의 심연 끝에서 끌어올렸다.

"내가 저 친구 뒷조사를 조금 했지." 그가 계속 말했다. "좀 더 철저히 알아보는 건데. 이럴 줄 알았다면……."

"영매(靈媒)에게라도 가봤다는 거예요?" 조던이 장난스럽게 물었다.

우리가 웃자 그는 우리를 뚫어져라 바라보았다.

"뭐야? 영매?"

"개츠비에 대해서 말이에요."

"무슨 소리를! 그런 적 없어. 그의 과거에 대해 좀 알아봤다 이거야."

"그럼 그가 옥스퍼드 출신이란 걸 알아냈겠네요." 조던이 도움이라도 주려는 듯 말했다.

"옥스퍼드 출신!" 그는 믿을 수 없다는 듯 말했다. "천만에! 말도 안 돼! 천한 놈이야!"

"그래도 그는 옥스퍼드 출신인걸요."

"뉴멕시코의 옥스퍼드겠지. 아니면, 뭐, 그 비슷한 거." 톰이 경멸스럽다는 듯 코웃음을 쳤다.

"이봐요, 톰! 당신이 그렇게 속물처럼 굴 거면 왜 그를 점심에 초대했어요?" 조던이 심술궂게 따졌다.

"데이지가 초대한 거야. 그녀는 우리가 결혼하기 전부터 그 놈을 알고 있었어. …… 젠장, 도대체 어떻게 알게 된 건지!"

우리는 맥주 기운에서 벗어나면서 모두 조금 민감해 있었고 모두 그 사실을 알고 있었기에 잠시 말없이 달렸다. 길가에 서 있는 T.J. 에클버그 의사의 흐릿한 눈길이 우리 시야에 들어왔다. 나는 개츠비가 기름이 모자랄지 모른다고 주의를 주었던 것이 생각났다.

"시내까지 충분해." 톰이 말했다.

"하지만 바로 이 근처에 주유소가 있어요." 조던이 반박했다. "이 무더위에 오도 가도 못 하고 서 있기는 싫어요."

톰이 급히 브레이크를 밟았고 우리는 윌슨의 정비소 간판 아래에서 갑자기 멈춰 섰다. 잠시 뒤 주인이 가게 안쪽으로부터 나와서 멍한 눈으로 자동차를 바라보았다.

"기름 좀 채워줘!" 톰이 거칠게 말했다. "우리가 뭐 경치라도 구경하려고 멈춘 줄 알아?"

"제가 몸이 좀 아파요. 하루 종일 앓았어요." 윌슨이 꼼짝 않은 채 말했다.

"어디가 안 좋은데?"

"지친 거지요."

"그럼 내가 직접 넣을까?" 톰이 물었다. "전화 목소리는 괜찮아 보이던데."

윌슨은 힘들여 기대어 서 있던 문설주 그늘에서 나와서는 거칠게 숨을 몰아쉬며 주유 캡을 열었다. 햇빛을 받은 그의 얼굴은 푸르죽죽했다.

"점심 식사를 방해할 생각은 없었습니다." 그가 말했다. 아까 톰에게 걸었던 전화에 대해 이야기하는 것 같았다. "하지만 정말 돈이 많이 급하거든요. 나리께서 그 헌 차를 어떻게 하실 건지 궁금해서……."

"이 차는 어때?" 톰이 물었다. "지난주에 새로 산 차인데."

"노란색이 아주 멋집니다." 윌슨이 주유 펌프 손잡이를 힘있게 누르며 말했다.

"사지 않겠소?"

"좋은 기회지요." 윌슨이 힘없이 웃었다. "하지만 사지 않겠습니다. 다른 차로 돈을 마련할 수 있을 겁니다."

"갑자기 왜 그렇게 돈이 필요한 거요?"

"이곳에 너무 오래 있었습죠. 멀리 옮기려고요. 마누라와 나는 서부로 가고 싶어 해요."

"당신 부인이 서부로 가고 싶어 한다고?" 톰이 놀라서 물었다.

"마누라는 벌써 10년 동안 그 타령이었습니다요." 그는 주유기에 잠깐 기대어 숨을 돌렸다. "이번엔 마누라가 원하건 원치 않건 가게 될 겁니다. 제가 데리고 갈 거니까요."

그때였다. 쿠페 자동차가 손을 흔들고 먼지를 일으키며 우리 곁을 쏜살같이 지나갔다.

"얼마요?" 톰이 거칠게 물었다.

"이틀 전에 모르고 있던 별 망측한 일을 알게 되었거든요." 윌슨이 대답 대신 신세타령을 했다. "그래서 멀리 떠나려는 겁니다. 그래서 차 문제로 귀찮게 해드린 거고요."

"얼마냐니까?"

"1달러 20센트입니다."

무더위에 정신이 몽롱했기에 나는 윌슨이 아직 톰을 의심하지 않고 있다는 사실을 한참이 지나서야 깨달을 수 있었다. 윌슨은 아내 머틀이 자기와는 거리가 먼 별천지에서 다른 삶을 누리고 있다는 사실을 알게 되었고 그 충격으로 병이 난 것이다. 나는 윌슨과 톰을 번갈아 바라보았다. 톰 자신도 불과 한 시간 전에 윌슨과 비슷한 발견을 한 것이다. 남자들 간에 지능 혹은 인종에는 별 차이가 없다는 사실, 결코 병자와 건강한 사람의 차이만큼 크지 않다는 사실이 불현듯 내 머리를 스치고 지나갔다. 윌슨은 병자였기에 마치 죄인처럼 보였다. 그것도 마치 불쌍한 소녀를 임신시킨 것처럼 용서할 수 없는 죄를 지은 죄인 같았다.

"차를 팔겠소." 톰이 말했다. "내일 오후까지는 보내주지."

이 지역은 햇빛이 쨍쨍한 대낮인데도 불구하고 막연히 불안해 보였다. 나는 뒤를 조심하라고 경고라도 받은 듯 고개를 뒤로 돌려보았다. 쓰레기 더미 위로 T.J. 에클버그 의사의 거대한 눈이 여전히 우리를 감시하고 있었다. 하지만 나는 그 눈 말고도 또 다른 눈이 6미터도 떨어지지 않은 곳에서 이상할 정도로 집요하게 우리를 바라보고 있다는 것을 알아차릴 수 있었다.

정비소 위층의 커튼이 옆으로 살짝 젖혀져 있었고 머틀 윌슨이 차를 내려다보고 있었다. 그녀는 너무 열중해 있던 나머지 누가 자신을 쳐다보고 있다는 것을 의식하지 못했다. 그녀의 얼굴에는 사진을 천천히 현상할 때처럼 온갖 감정이 하나씩 하나씩 잇따라 떠올랐다. 이상하게도 낯익은 표정이었다. 여자들의 얼굴에서 자주 볼 수 있는 표정이었다. 그럼에도 불구하고 머틀 윌슨의 표정은 아무런 목적도 없고 설명할 수도 없어 보였다. 나는 마침내 그녀의 눈이 톰이 아니라 조던 베이커를 향하고 있음을 알아차렸다. 부릅뜨고 있는 그 눈은 질투심과 뒤섞인 공포에 사로잡혀 있었다. 머틀은 조던을 톰의 아내라고 생각하고 있었던 것이다.

세상에 마음의 혼란만큼 더 한 혼란은 없는 법이다. 차가 달리는 동안 톰은 크나큰 낭패감에 시달리고 있었다. 한 시간 전만 하더라도 안전한 곳에 더럽혀지지 않은 채 있던 그의 아내와 정부(情婦)가 빠르게 그의 손아귀에서 빠져나가고 있었다. 아내 데이지를 쫓아가겠다는, 또한 윌슨으로부터 멀어지겠다는 두 가지 목적으로 그는 본능적으로 가속 페달을 강하게 밟았다. 우리가 시속 80킬로미터의 속도로 아스토리아를 향해 달려고가 철도의 거미줄 같은 들보에 도달했을 때 마침내 느긋하게 달리고 있는 파란색 쿠페가 눈에 들어왔다.

"50번가 근처의 큰 영화관들이 시원해요." 조던이 제안했다. "나는 사람들이 어디론가 멀리 떠나버린 여름날 오후의 뉴욕이 좋아요. 뭔가 육감적인 데가 있거든요…… 마치 농익은 과일 같다고나 할까……, 온갖 진기한 과일들이 우리 손안에 떨어지는 것 같아요."

'육감적'이라는 단어가 톰을 더 심란하게 만들었지만 그가 뭐라고 반박하기 전에 쿠페가 멈춰 서더니 데이지가 차를 옆에 세우라고 손짓을 했다.

"어디로 갈까요?" 그녀가 외쳤다.

"영화관이 어때?"

"너무 더워요." 그녀가 불평했다. "당신들이나 가요. 우리는 차로 돌아다니다가 나중에 합류할게요." 그녀는 애써 조금이라도 재치를 더 부리려는 듯 덧붙였다. "어느 길모퉁이에서 만나지요. 한꺼번에 담배 두 개비를 물고 있으면 난 줄 알아요."

"여기서 티격태격할 수 없어." 톰이 조급하게 말했다. 트럭 한 대가 우리들 뒤에서 욕지거리를 퍼붓듯 경적을 울리고 있었다. "센트럴 파크 남쪽에 있는 플라자 호텔 앞까지 나를 따라와."

그는 몇 번이나 고개를 돌려 차가 따라오고 있는지 확인했으며 길이 막혀 뒤처지면 차가 보일 때까지 속도를 늦추었다. 그들이 옆길로 재빠르게 새버려 아예 그의 삶에서 영원히 사라져 버릴까 봐 두려워하는 것 같았다.

하지만 그들은 사라지지 않았다. 그리고 우리는 별로 설명하기 쉽지 않은 절차를 밟아 모두 함께 플라자 호텔 스위트룸을 빌릴 수 있었다.

우리가 그 방으로 떼 지어 들어갈 때까지 계속 떠들썩하게

제7장

207

어떤 논쟁을 벌였는지 이제는 기억이 나지 않는다. 다만 왁자지껄 떠들어대는 동안에 속옷이 뱀처럼 다리를 휘감았고 가끔 땀방울이 등을 따라 서늘하게 흘러내렸던 육체의 기억만은 또렷이 남아 있다. 욕실을 다섯 개 빌려 냉수욕을 하자는 데이지의 애초의 제안은 '민트 칵테일을 마실 만한 장소'라는 보다 현실적인 형태로 발전했다. 우리들은 저마다 그건 '미친 생각'이라고 거듭 말했으며, 한꺼번에 말을 쏟아놓아 호텔 직원을 당황하게 만들면서 우리가 정말 재미있는 짓을 하고 있다고 생각했거나 아니면 그렇게 생각하는 척했다······.

방은 컸지만 숨 막힐 듯 답답했다. 벌써 4시가 되었는데도 열린 창문을 통해서는 센트럴 파크 관목으로부터 뜨거운 바람만 들어올 뿐이었다. 데이지는 거울 앞으로 가더니 우리에게 등을 보이고 머리를 매만졌다.

"굉장한 스위트룸이네요." 조던이 감탄한 듯 소곤거리자 모두들 웃었다.

"반대쪽 창문도 열어." 데이지가 몸을 돌리지도 않은 채 명령하듯 말했다.

"창문이 없어."

"그렇다면 전화로 도끼를 갖다 달래서······."

"그저 더위를 잊는 게 상책이야." 톰이 성급하게 말했다. "덥다고 짜증 내면 몇 배는 더 더운 법이야."

그는 위스키병을 감싸고 있던 수건을 풀고 술병을 테이블 위에 올려놓았다.

"형씨, 그녀에게 뭐랄 것 없잖소." 개츠비가 나서서 말했다. "시내로 가자고 한 건 형씨잖소."

잠시 침묵이 흘렀다. 못에 걸려 있던 전화번호부가 떨어져 바닥에 굴렀다. 조던이 마룻바닥에 대고 "미안해"라고 말했다. 하지만 이번에는 아무도 웃지 않았다.

"내가 주울게요." 내가 말했다.

"벌써 잡았소." 개츠비가 끊어진 줄을 들여다보더니 "흠!"이라고 중얼거리고는 전화번호부를 의자 위에 던졌다.

"그게 당신의 십팔번 표현인 모양이로군요?" 톰이 개츠비에게 날카롭게 말했다.

"뭐 말입니까?"

"'형씨' 운운하는 것 말이오. 도대체 어디서 주워들었소?"

"여보!" 데이지가 거울 앞에서 몸을 돌리며 말했다. "그렇게 인신공격이나 하고 있을 거면 난 여기 단 1분도 안 머물 거예요. 전화해서 민트 칵테일에 넣을 얼음이나 더 갖다달라고 하세요."

톰이 수화기를 들자마자 그것을 신호로 마치 눌려 있던 열기가 소리가 되어 폭발한 것 같았다. 우리는 아래층 볼룸에서 들려오는 멘델스존의 「결혼 행진곡」의 불길한 화음에 귀를 기울였다.

"이런 더위에 결혼을 하다니!" 조던이 우울한 목소리로 말했다.

"하긴……, 나도 6월 중순에 결혼했어." 데이지가 기억을 더듬었다. "6월의 루이빌! 누군가 기절했는데…… 여보, 누가 기절했었죠?"

"빌록시." 그가 짧게 대답했다.

"그래, 빌록시라는 남자였어요. 블록스 빌록시. 그 사람은 박스를 만드는 사람이었어요…… 정말이에요…… 테네시주 빌록시 출신이었어요."

"그 사람을 우리 집으로 실어 갔어요." 조던이 보충했다. "우리 집이 교회에서 엎어지면 코 닿을 거리에 있었거든요. 그런데 그 사람이 우리 집에 3주나 죽치고 있었어요. 아빠가 참다못해 나가라고 했지요. 그 남자가 떠난 다음 날 아빠가 돌아가셨어요." 그녀가 잠시 후 덧붙였다. "그렇다고 무슨 연관이 있는 건 아니에요."

"멤피스에서 온 빌 빌록시라는 사람을 나도 아는데." 내가 말했다.

"그 사람은 블록스 빌록시의 사촌이에요. 그 사람이 우리 집을 떠나기 전에 그 집 내력을 모두 알게 되었어요. 요즘 쓰고 있는 알루미늄 골프채도 그 사람이 준 거예요."

결혼식이 시작되면서 음악 소리가 잦아들었다. 대신 창문을 통해 박수갈채가 길게 들려왔다. 뒤이어 "그래…… 맞아…… 좋아!" 하는 고함들이 들렸고 이윽고 재즈 음악 소리와 함께 댄싱 타임이 시작되었다.

"우리는 늙어가고 있어. 우리가 젊었다면 벌떡 일어나 춤이라도 출 텐데." 데이지가 말했다.

"빌록시를 잊지 마." 조던이 경고했다. "그를 어디서 알게 된 거예요, 톰?"

"빌록시?" 톰은 정신을 가다듬으려고 안간힘을 썼다. "모르던 사람이야. 데이지의 친구였지."

"아니에요." 데이지가 부인했다. "전에는 본 적도 없어요. 그 사람은 개인 소유 자동차를 타고 왔어요."

"어쨌든 당신을 안다고 했어. 루이빌에서 자랐다던데. 아사 버드가 막판에 데리고 와서는 그가 묵을 방이 있느냐고 물었어."

조던이 빙그레 웃었다.

"그저 빈둥빈둥 고향으로 가는 중이었을 거예요. 예일 대학에서 당신 학급 학생회장이었다고 하던데요."

톰과 나는 멍하니 마주 보았다.

"빌록시가?"

"우선 예일대에는 학생회장 같은 게 없었고……." 톰이 말했다.

개츠비가 초조한 듯 발로 바닥을 짧게 툭툭 치자 톰의 눈길이 갑자기 그를 향했다.

"어쨌든, 개츠비 씨, 당신이 옥스퍼드 출신이라고 하던데."

"딱히 그런 건 아닙니다."

"아니, 옥스퍼드에 있었다고 알고 있소."

"그래요…… 있었지요."

잠시 대화가 멈췄다. 이어서 톰이 의혹에 가득 찬 목소리로 모욕적인 말을 했다.

"빌록시가 뉴헤이번에 갔을 때 당신은 옥스퍼드에 갔었겠군."

다시 침묵이 흘렀다. 웨이터가 민트즙과 얼음을 갖고 들어왔다. 하지만 그가 "감사합니다"라고 말하며 문을 조용히 닫을 때까지 아무도 침묵을 깨지 않았다. 마침내 개츠비의 엄청난 비밀이 낱낱이 드러나는 순간이었다.

"그곳에 있었다고 말했잖소." 개츠비가 말했다.

"나도 들었소. 하지만 언제였는지 알고 싶은데."

"1919년이었소. 그해에 다섯 달만 그곳에 머물렀소. 그래서 내가 옥스퍼드 출신이라고 말할 수 없었던 겁니다."

톰은 우리도 자기처럼 믿지 않는 눈치인지 확인하려는 듯 우리를 둘러보았다. 하지만 우리는 모두 개츠비를 쳐다보고 있었다.

개츠비가 말을 이었다.

"휴전 후 일부 장교들에게 그런 기회가 주어졌소. 영국, 혹은 프랑스의 아무 대학이나 갈 수 있었소."

나는 자리에서 일어나 그의 등을 가볍게 두드려주고 싶었다. 전에도 그랬듯이 그를 향한 전적인 신뢰감이 되살아난 것이다.

데이지가 일어나 살짝 미소를 지으며 테이블로 갔다.

"여보, 위스키를 따요." 그녀가 명령했다. "민트 칵테일을 만들어줄게요. 그걸 마시면 좀 정신이 들 거예요…… 어머, 이 민트 좀 봐!"

톰이 재빨리 그녀의 말을 막았다.

"잠깐만, 개츠비 씨에게 한 가지 더 물어볼 게 있어."

"어디, 계속해보십시오." 개츠비가 공손하게 말했다.

"당신, 도대체 우리 집에 무슨 분란을 일으킬 작정이오?"

마침내 그가 속마음을 시원하게 밝힌 것이다. 개츠비는 적이 만족스러웠다.

"분란을 일으키는 건 저분이 아니에요." 데이지가 절망적인 표정으로 두 사람을 번갈아 보며 말했다. "당신이 분란을 일으키고 있는 거예요. 제발 조금이라도 자제할 수 없어요?"

"자제하라고!" 톰이 믿을 수 없다는 듯 그녀의 말을 되풀이했다. "어디서 굴러 왔는지도 모르는 정체 모를 작자가 자기 마누라와 바람을 피우는데 가만히 물러나 있으라는 건가? 다른 사람들은 그럴지 몰라도 나는 절대 그럴 수 없어……. 요즘은 다들 가정생활이니, 가정이라는 제도를 우습게 안단 말이야. 그러다가는 모든 걸 다 내팽개치고 백인과 흑인이 결혼하는 꼴을 보게 될 거야."

그는 얼굴이 벌겋게 된 채 흥분 상태에서 횡설수설했다. 마치 자신이 문명의 마지막 보루를 지키고 있는 사람이라고 믿고 있는 것 같았다.

"여긴 백인밖에 없는데……." 조던이 중얼거렸다.

"내가 인기가 없다는 건 잘 알고 있어. 성대한 파티를 열지 않으니까. 친구를 사귀기 위해서는 집을 돼지우리로 만들어야 하는가 보군…… 현대 사회에서는 말이야."

다른 모든 사람들과 마찬가지로 나도 화가 났지만 그가 입을 열 때마다 웃고 싶은 충동이 치미는 것을 어쩔 수 없었다. 톰은 바람둥이에서 교육자인 척하는 사람으로 완전히 탈바꿈해 있었던 것이다.

"당신에게 말해둘 게 있어요, 형씨……." 개츠비가 입을 열었다. 하지만 데이지가 그의 의중을 알아차렸다.

"제발 그만해요." 그녀가 절망적으로 그의 말을 가로막았다. "우리 이제 모두 집으로 돌아가요. 왜 모두 집으로 돌아가지 않는 거지요?"

"그래, 좋은 생각이야." 내가 자리에서 일어났다. "자, 톰. 아무도 술을 마시고 싶어 하지 않아."

"나는 개츠비 씨의 말을 듣고 싶은데."

"당신 아내는 당신을 사랑하고 있지 않소." 개츠비가 말했다. "당신을 사랑한 적이 없소. 그녀는 나를 사랑하오."

"당신 미쳤군!" 톰이 반사적으로 소리 질렀다.

개츠비가 벌떡 일어났다. 그는 잔뜩 흥분해 있었다.

"당신을 사랑한 적이 없단 말이오. 알아듣겠소?" 그가 소리쳤다. "내가 가난했기에, 그리고 나를 기다리기에 지쳐서 당신과 결혼한 것뿐이오. 정말 끔찍한 실수를 한 거요. 하지만 그녀는 마음속으로 나 이외에 아무도 사랑하지 않았단 말이오!"

그쯤 해서 나와 조던은 슬그머니 빠져나오려고 했다. 하지만 톰과 개츠비는 우리 보고 남아 달라고 완강하게 강요했다. 이제 두 사람에게 감출 것은 아무것도 없으며 그들의 감정을 대신 겪는 것이 마치 우리들의 특권이나 되는 듯이 말이다.

"데이지, 자리에 앉아." 톰은 마치 아버지처럼 달래듯 말하려 했지만 썩 성공적이지는 못했다. "그동안 무슨 일이 있었던 거지? 전부 다 듣고 싶어."

"이미 다 말했잖소." 개츠비가 말했다. "이제 5년이 다 되어 가오. 당신만 몰랐던 거지."

톰이 데이지에게 고개를 홱 돌렸다.

"아니, 5년 동안 이 작자를 만나온 거야?"

"그런 게 아니오." 개츠비가 말했다. "우리는 만날 수 없었소. 하지만 형씨, 그동안 내내 우리는 서로 사랑하고 있었고 당신만 몰랐던 거요. 나는 당신이 그 사실을 모른다는 생각에 가끔 혼자 웃었지."

하지만 그의 눈에서 웃음기라고는 찾아볼 수 없었다.

"오호라, 그게 다인가?" 톰이 마치 성직자처럼 두툼한 손가락을 토닥거리며 의자에 등을 기댔다.

그러더니 갑자기 그가 폭발했다.

"당신 미쳤군! 5년 전에 무슨 일이 있었는지는 내가 알 바 아니야. 그때는 데이지를 몰랐으니까……. 그리고 뒷문으로 식료품을 배달한 게 아니라면 어떻게 그녀 가까이 접근할 수 있었는지도 알 바 없어. 하지만 그 나머지는 모두 새빨간 거짓말이야. 결혼할 때 데이지는 나를 사랑하고 있었고 지금도 사랑하고 있어."

"그렇지 않소." 개츠비가 고개를 저으며 말했다.

"사랑하고 있다니까! 어쩌다 가끔 바보 같은 생각에 자기가 무슨 짓을 저지르고 있는지 모르는 게 탈이긴 하지만." 그는 마치 현자라도 된 듯 고개를 끄덕였다. "게다가 나도 데이지를 사랑하고 있어. 한두 번 흥청망청 술을 마시며 바보짓을 하긴 했지만 언제나 제자리로 돌아왔지. 나는 마음속으로 항상 그녀를 사랑하고 있어."

"역겨워요." 데이지가 말했다. 그녀는 몸을 돌려 나를 바라보았다. 한 옥타브 낮아진 그녀의 목소리가 방 안을 오싹한 경멸감으로 가득 채웠다. "오빠, 우리가 왜 시카고를 떠났는지 알아요? 그 흥청망청 술자리가 어떤 건지 오빠에게 아무도 말해주지 않았다는 게 놀라울 정도예요."

개츠비가 그녀에게로 걸어가 그 옆에 섰다.

제7장

"데이지, 이제 모든 게 끝났소." 그가 열띤 목소리로 말했다. "그런 건 이제 아무 문제도 되지 않아. 저 사람에게 진실을 말하기만 하면 되오. …… 저 사람을 사랑한 적이 없다고…… 그러면 모든 게 영원히 지워지는 거요."

그녀는 망연자실한 표정으로 그를 바라보았다. "내가…… 어떻게…… 저 사람을…… 사랑할 수 있겠어요?"

"당신은 저 사람을 사랑한 적이 없소."

그녀는 망설였다. 그녀는 호소하는 듯한 눈길로 조던과 나를 바라보았다. 이제야 자신이 무슨 짓을 하고 있는지 깨달은 것 같았다. 또한 자신에게는 그 어떤 행동도 할 의도가 없었다고 말하는 것 같았다. 하지만 이미 엎질러진 물이었다. 이제는 너무 늦었다.

"저 사람을 사랑한 적이 없어요." 그녀가 눈에 띌 정도로 머뭇거리면서 말했다.

"키피올라니에서도?" 톰이 느닷없이 물었다.

"그래요."

아래층 볼룸에서 뜨거운 바람결을 타고 질식할 듯한 화음이 둔탁하게 들려오고 있었다.

"당신 신발이 젖을까 봐 펀치볼에서 당신을 안고 내려왔던 그날도?" 그의 허스키 목소리에 부드러움이 감돌았다. "데이지, 그날도?"

"제발 그만해요!" 그녀의 목소리는 여전히 차가웠다. 하지만 증오심은 사라지고 없었다. 그녀는 개츠비를 바라보았다.

"저기, 제이."

담뱃불을 붙이려는 그녀의 손이 떨리고 있었다. 그녀는 담배와 불이 붙어 있는 성냥을 카펫 위에 내동댕이쳤다.

"아, 당신은 너무 많은 걸 원해요!" 그녀가 개츠비에게 소리쳤다. "전 지금 당신을 사랑해요…… 그걸로 충분하지 않아요? 과거는 어쩔 수 없잖아요." 그녀는 절망적으로 흐느끼기 시작했다. "저 사람을 한때 사랑했단 말이에요…… 하지만 당신도 사랑했어요."

개츠비가 눈을 크게 떴다가 다시 감았다.

"나도 사랑했다고?" 그가 그녀의 말을 반복했다.

"그것도 거짓말이야." 톰이 잔혹하게 말했다. "그녀는 당신이 살아 있다는 사실조차 몰랐어. 어쨌든…… 데이지와 나 사이에는 당신이 결코 알 수 없는 일들이 많이 있지. 우리 두 사람이 영원히 잊지 못할 일들이."

그가 내뱉는 말들이 개츠비의 몸을 물어뜯는 듯했다.

"데이지와 단둘이 이야기하고 싶소. 그녀는 지금 너무 흥분해 있어서……."

"당신과 단둘이 있더라도 톰을 사랑한 적이 없었다고 말할 수는 없어요." 그녀가 비참한 목소리로 말했다. "그건 사실이 아니에요."

"물론 사실이 아니지." 톰이 동의했다.

데이지는 남편을 향해 몸을 돌렸다.

"마치 그게 당신에게 중요한 것처럼 말하는군요."

"중요하다마다. 이제부터 당신에게 더 잘해줄 작정이거든."

"당신은 아직도 이해를 못하고 있군." 개츠비가 당황한 기색으로 말했다. "더 이상 그녀에게 잘해줄 수 없을 거요."

"그래?" 톰이 눈을 크게 뜨고 웃었다. 그는 자제력을 완전히 되찾았다. "왜 그렇다는 거지?"

"데이지가 당신을 떠날 테니까."

"말도 안 되는 소리."

"하지만, 그럴 거예요." 데이지가 힘겹게 말했다.

"그녀는 나를 떠나지 않아!" 톰의 말이 갑자기 개츠비를 덮치는 것 같았다. "그녀 손에 끼워줄 반지를 어디서 도둑질해야 하는 악명 높은 사기꾼 때문에 그럴 리 없어!"

"이제 더 이상 참을 수 없어요!" 데이지가 소리쳤다. "제발 밖으로 나가요."

"도대체 당신 누구야?" 톰이 갑자기 외쳤다. "마이어 울푸심과 어울려 다니는 한패지? …… 그 정도는 알아냈어. 당신이 무슨 일을 하는지 좀 조사해 봤거든…… 내일 좀 더 자세히 알아볼 참이야."

"형씨, 좋을 대로 하시구려." 개츠비가 침착하게 말했다.

"당신의 '약국'이란 게 어떤 건지도 알아냈어." 톰은 우리를 향해 고개를 돌리고 빠르게 말했다. "이 사람과 울프심이라는 자가 이곳과 시카고 골목에 약국을 여러 개 운영하면서 뒷전으로 술을 판 거지. 그게 바로 저 친구의 묘기 중 하나야. 나는 처음 봤을 때부터 저 친구가 밀주업자라고 생각했는데 별로 틀린 게 아니었어."

"그래서 어쨌다는 거지요?" 개츠비가 점잖게 말했다. "당신 친구 월터 체이스는 자존심이 없어서 우리 사업에 끼어든 모양이로군."

"당신들은 궁지에 빠진 그 친구를 모른 척했어. 그렇지 않은가? 뉴저지 감옥에 한 달간 갇혀 있게 했잖아. 제길! 월터가 저 친구들에 대해 뭐라고 하는지 한번 들어봐야 하는 건데."

"그 친구는 완전히 알거지 신세로 우리에게 왔소. 돈을 좀 만지는 게 그렇게 반가울 수 없었던 거라 이거요, 형씨."

"그놈의 '형씨' 소리 좀 집어치우지 못해!" 톰이 소리쳤다. 개츠비는 아무 말도 없었다. "월터는 도박 금지법 위반으로 당신들을 잡아넣을 수 있었어. 하지만 울프심이 겁을 주는 바람에 입을 닥치고 있었던 거야."

개츠비의 얼굴에 별로 낯익지는 않지만 그래도 알아볼 수는 있는 표정이 되돌아왔다.

톰이 계속 천천히 말했다.

"그놈의 약국 사업이란 건 새 발의 피에 지나지 않아. 월터가 겁이 나서 이야기해주지 못한 일들을 벌이고 있는 게 분명해."

나는 데이지를 바라보았다. 그녀는 개츠비와 자기 남편을 공포에 질린 표정으로 번갈아 바라보고 있었다. 조던을 바라보니 그녀는 어느새 눈에 보이지 않는 물건을 턱 끝에 올려놓고 균형을 취하고 있었다. 나는 개츠비 쪽으로 시선을 돌렸다. 그리고…… 그의 표정을 보고 깜짝 놀랐다. 그는 마치—물론 정원에서 사람들이 쑥덕거리던 말들은 전혀 무시하고 하는 말이다—살인이라도 저지른 사람처럼 보였던 것이다. 그 순간 그의 얼굴 모습은 그렇게 야릇한 방법으로밖에는 표현할 길이 없었다.

그 표정은 순식간에 사라지고 그는 데이지에게 열심히 이야기를 시작했다. 그는 모든 것을 부인했으며 아직 나오지 않은 비난에 대해서도 자신의 이름을 열심히 변호했다. 하지만 말을 하면 할수록 그녀가 움츠러드는 바람에 그는 포기했다. 그리고 오후 해가 뉘엿뉘엿 넘어가는 동안 그의 깨어진 꿈만이 힘겹게 싸움을 이어나갔다. 그 꿈은 이제 만질 수 없게 된 것을 만지려고 애를 쓰고 있었고 방 안을 가로지르는 그 잃어버린 목소리를 잡으려고 비참하게, 하지만 결코 절망하지 않은 채 몸부림치고 있었다.

그 목소리는 다시 한번 돌아가자고 애걸하고 있었다.

"톰, 제발! 더 이상 못 참겠어요."

겁에 질린 그녀의 눈은 그녀가 지니고 있던 모든 의도와 용기가 완전히 사라지고 없음을 보여주고 있었다.

톰이 대답했다.

"당신 둘이 먼저 가지 그래. 개츠비 씨의 차로 말이야."

그녀는 놀란 눈으로 톰을 바라보았다. 하지만 톰은 아량이라도 베풀 듯 고집을 부렸다. 하지만 그의 말투에는 경멸기가 숨어 있었다.

"어서 출발해. 그가 당신을 귀찮게 하지 않을 거야. 주제넘은

제7장

223

불장난이 이제 끝났다는 걸 알았을 테니까."

둘은 아무 말도 하지 않은 채 나가버렸다. 그들은 그렇게 번쩍 사라져버림으로써 마치 유령처럼 우발적인 존재가 되었고 우리의 동정심으로부터도 멀어졌다.

잠시 후 톰이 몸을 일으키더니 따지 않은 위스키병을 수건으로 감싸기 시작했다.

"이거 조금 마실까? 조던?…… 닉?"

나는 대답하지 않았다.

"닉?" 그가 다시 물었다.

"왜?"

"좀 마실 텐가?"

"아니…… 지금 막 생각이 났는데, 오늘이 내 생일이야."

나는 서른 살이었다. 내 앞으로는 불길하고 위협적인 또 다른 십 년이라는 길이 뻗어 있었다.

우리가 쿠페에 올라타고 롱아일랜드를 향해 출발했을 때는 저녁 7시였다. 톰은 끊임없이 떠들었고 웃으며 즐거워했다. 하지만 조던과 나에게 그의 목소리는 보도에서 들리는 이질적인 소음이나 머리 위쪽 고가 철도에서 들리는 시끄러운 소리처럼 아득하게 들렸다. 인간의 공감에는 한계가 있는 법이다. 조던과 나는 그들의 비극적인 말다툼이 등 뒤의 도시 불빛과 함께 멀어져가는 것을 다행으로 여기고 있었다. 서른이라는 나이! 외로움의 십 년이 앞에 기다리고 있는 나이, 주변에 독신이 점점 줄어드는 나이, 열정이라는 서류 가방도 점점 얇아지는 나이, 머리숱도 점점 옅어지는 나이! 하지만 내 옆에는 조던이 있었다. 데이지와는 달리, 잊힌 꿈을 해가 지나도록 간직하기에는 너무 똑똑한 여자…… 어두운 다리를 지날 때 그녀의 힘없는 얼굴이 나른하게 내 윗옷 어깨에 기댔다. 그녀가 나를 안심시키듯 내 손을 꼭 쥐자 서른이라는 나이가 주는 엄청난 충격도 씻은 듯 사라졌다.

그렇게 우리는 서늘해지는 황혼을 뚫고 죽음을 향하여 차를 몰았다.

사건 심리에서 주요 증인이 된 것은 재의 계곡 옆에서 카페를 운영하고 있는 젊은 그리스 청년 마이클리스였다. 그는 더위 속에서 5시까지 낮잠을 자다가 자동차 정비소를 향해 어슬렁거리며 걸어갔다. 그는 조지 윌슨이 사무실에서 앓고 있는 것을 발견했다. 윌슨의 낯빛은 그의 잿빛 머리카락처럼 창백했고 온몸을 벌벌 떨고 있는 것이 정말로 심하게 앓고 있었다. 마이클리스는 그에게 가서 좀 누워 있으라고 충고했지만 월슨은 할 일이 너무 많다며 사양했다. 이웃 청년이 그렇게 월슨을 설득하고 있을 때 그들의 머리 위쪽에서 요란한 소리가 들렸다.

월슨이 차분하게 설명했다.

"마누라를 저 위에 가둬두었다네. 모레까지 가둬둘 거야. 그런 다음 멀리 가버릴 거야."

마이클리스는 깜짝 놀랐다. 그들은 4년간 이웃이었고 월슨은 도무지 그런 말을 할 만한 위인으로 보이지 않았기 때문이었다. 대체로 그는 지쳐 있었다. 일을 하지 않을 때면 그는 입구의자에 앉아 오가는 사람이나 자동차를 멍하니 바라보고 있었다. 누군가 그에게 말이라도 걸면 그는 한결같이 호감은 가지만 색깔 없는 웃음으로 답했다. 그는 아내의 것이었지 자기 자신의 것이 아니었다.

마이클리스는 당연히 대체 무슨 일이 있었는지 알아내려 했다. 하지만 월슨은 단 한마디도 하지 않았다. 대신 그는 마이클리스에게 야릇하고 의심스러운 눈초리를 던지며 어느 날 어느 시각에 무엇을 하고 있었는지 물었다. 마이클리스는 거북해지기 시작했다. 노동자 몇 명이 그의 가게를 향해 그들 앞을 지나가자 마이클리스는 나중에 다시 와볼 생각으로 기회를 잡아 자리를 떴다. 하지만 그는 다시 와보지 못했다. 그저 잊었을 뿐 다른 이유가 있었던 것은 아니었다. 7시가 조금 지나 그가 다시 밖으로 나왔을 때 정비소 아래층에서 윌슨 부인이 고래고래 고함을 지르는 소리가 들렸다. 마이클리스에게 방금 전에 윌슨과 나누었던 대화가 생각났다.

"어디 때려봐!" 여자가 고함쳤다. "어디 메다꽂고 때려봐! 이 더러운 겁쟁이야!"

잠시 뒤 그녀는 손을 흔들고 고함을 지르면서 어둠 속으로 달려갔다. 그리고 그가 문 앞에서 발걸음을 옮기기도 전에 상황은 이미 끝나 있었다.

그 '죽음의 자동차'는—신문에서 그 차량을 그렇게 불렀다—멈추지 않았다. 그 차는 점점 짙어가는 어둠 속에서 나타나 한순간 비극적으로 흔들리더니 다음 모퉁이로 사라져버렸다. 마브로 마이클리스는 자동차 색깔도 확신할 수 없었다. 처음 심문한 경찰에게 그는 옅은 녹색이라고 진술했다. 뉴욕 쪽을 향해 달리던 다른 자동차가 100미터쯤 지나가다가 급히 정차했고 운전자가 서둘러 차를 돌려 왔다. 머틀 윌슨이 무참하게 목숨이 끊긴 채 길바닥에 널브러져 있었고 끈적끈적한 붉은 피가 먼지와 범벅이 되어 있었다.

마이클리스와 그 사내가 최초의 목격자였다. 그들이 아직도 땀에 젖어 축축한 그녀의 블라우스 자락을 찢어보니 왼쪽 가슴이 축 늘어진 물건처럼 너덜거리고 있었다. 가슴에 귀를 대고 심장 박동 소리를 들어볼 필요도 없었다. 입은 떡 벌린 채 귀퉁이가 약간 찢어져 있었다. 마치 그녀가 그토록 오래 간직하고 있던 엄청난 생명력을 포기하느라 약간 숨이 막혔다는 듯이…….

우리가 아직 현장에서 멀리 떨어져 있을 때 서너 대의 자동차와 사람들이 모여 있는 것이 보였다. 그 광경을 보고 톰이 말했다.

"자동차 사고로군! 잘됐어. 마침내 윌슨에게 작은 돈벌이가 생겼군."

그는 자동차 속력을 늦추었지만 차를 세울 생각은 전혀 없었다. 그런데 가까이 다가가서 정비소 문 앞에 말없이 긴장하고 서 있는 사람들의 모습이 보이자 그는 자신도 모르게 브레이크를 밟았다.

"한번 보고 가지. 그냥 잠깐 보고 가자고." 그가 미심쩍다는 듯 말했다.

이제 정비소 안에서 들려오는 공허하게 울부짖는 소리를 알아차릴 수 있었다. 쿠페에서 내려 문으로 향하자 "오, 맙소사! 어찌 이런 일이!" 하는 울부짖음이 신음 소리와 뒤섞여 들려왔다.

"무슨 끔찍한 사고가 난 거야." 톰이 흥분해서 말했다.

그는 발뒤꿈치를 들고 둘러선 사람들 머리 너머로 정비소 안을 들여다보았다. 정비소 안에는 머리 위에서 흔들거리는 금속 호롱 안에 노란 등불이 밝혀져 있을 뿐이었다. 그는 꿀꺽하고 침을 삼키더니 억센 팔로 난폭하게 사람들을 헤치고 앞으로 나섰다. 사람들이 뭐라고 충고의 말을 중얼거리면서 다시 둥그렇게 둘러쌌다. 한순간 내 눈에는 아무것도 보이지 않았다. 그때 새로 온 사람들이 줄을 흐트리는 바람에 조던과 나는 갑자기 안으로 떠밀려 들어갔다.

머틀 윌슨의 시신은 마치 이 무더운 밤에 추위로부터 보호하려는 듯 담요 두 장으로 싸인 채 벽 쪽 작업대 위에 놓여 있었고 톰은 우리에게 등을 돌린 채 꼼짝 않고 시신 쪽으로 몸을 굽히고 있었다.

그의 곁에는 오토바이 경찰관 한 명이 땀을 뻘뻘 흘리며 작은 수첩에 이름을 적었다가 다시 고치고 있었다. 나는 처음에는 텅 빈 정비소 안에서 시끄럽게 울려 퍼지는 그 목청 높은 신음 소리가 어디서 나는 것인지 알 수 없었다. 그런데 윌슨이 사무실 문지방에 서서 두 손으로 문설주를 붙잡은 채 몸을 앞뒤로 흔들고 있는 모습이 보였다. 누군가 그에게 낮은 목소리로 속삭이며 이따금 그의 어깨에 손을 올리려고 했다. 하지만 윌슨에게는 아무 소리도 들리지 않고 아무것도 보이지 않는 것 같았다. 그의 눈길은 흔들거리는 전등으로부터 시신이 놓인 작업대로 내려갔다가 다시 위로 향하곤 했으며 그러면서 끊임없이 높은 목청으로 무서운 소리를 질렀다.

"오, 세상에! 오, 맙소사! 오, 세상에! 오 세상에!"

마침내 톰이 갑자기 고개를 들더니 흐릿한 눈빛으로 정비소 안을 둘러보았다. 그러고는 경찰관에게 뭐라고 알아듣기 어려운 말을 중얼거렸다.

"마–아–브⋯⋯." 경찰관이 말했다. "⋯⋯ 오 ⋯⋯."

"아니, 로⋯⋯." 마이클리스가 교정해 주었다. "마–브–로."

그러자 톰이 사납게 경찰에게 말했다.

"내 말 좀 들어보라니까요!"

톰이 널찍한 손으로 경찰관의 어깨를 억세게 잡자 그제야 경찰관이 톰을 올려다보았다.

"아니, 왜 그러시오?"

"어떻게 된 일이요? …… 얘기 좀 해주시오."

"자동차에 치었소. 즉사했소."

"즉사했다……." 톰이 경찰관을 빤히 쳐다보며 되풀이했다.

"저 여자가 도로를 향해 뛰쳐나갔소. 망할 놈의 운전자는 차를 세우지도 않았소."

"차가 두 대 있었어요." 마이클리스가 말했다. "한 대는 가고 있었고 다른 한 대는 오고 있었어요. 아시겠어요?"

"어디로 가고 있었다는 거요." 경찰관이 날카롭게 물었다.

"각자 반대 방향이었어요. 그런데 저 여자가,—그의 손이 담요를 향해 올라가다가 도중에 멈추더니 다시 옆구리로 내려왔다—저 여자가 거리로 뛰쳐나갔고 뉴욕 쪽에서 오던 차가 저 여자를 들이받았어요. 시속 50~60킬로는 됐을 거예요."

"이곳 지명이 뭐요?" 경찰관이 물었다.

"뭐, 이름이란 게 있나요."

핼쑥한 얼굴에 잘 차려입은 흑인이 가까이 다가왔다.

"노란색 차였습니다. 커다란 노란색 차요. 새 차였습니다." 그가 말했다.

"사고 장면을 목격했습니까?" 경찰관이 물었다.

"아뇨. 하지만 차가 내 옆을 지나가는 건 봤어요. 시속 60킬로가 넘는 속도로 저 길을 따라 내려갔어요. 80~90킬로는 됐을 겁니다."

"이리 와요. 이름 좀 알려줘요. 자, 좀 비켜줘요. 저 양반 이름을 적어야 해요."

그들의 대화 중 몇 마디가 여전히 문간에서 흔들거리고 있는 윌슨에게 들린 것이 분명했다. 헐떡거리던 신음 소리가 그치고 갑자기 외침이 들려온 것이다.

"어떤 차였는지는 말할 필요도 없어요! 내가 다 알고 있어요!"

톰을 바라보니 그의 상의 아래 어깨 근육 뭉치가 꿈틀거리는 것이 보이는 것 같았다. 그는 윌슨에게 다가가더니 그의 팔을 꽉 잡았다.

"이봐, 정신 차려." 톰이 타이르듯, 하지만 무뚝뚝하게 말했다.

윌슨의 눈길이 톰에게로 향했다. 그는 놀라서 발끝으로 벌떡 일어섰다. 만일 그때 톰이 그를 잡아주지 않았다면 그는 그 자리에서 그대로 무너지고 말았을 것이다.

"잘 들어." 톰이 윌슨의 어깨를 약간 흔들면서 말했다. "나는 뉴욕으로부터 방금 전에 도착했어. 전에 말했던 쿠페 차를 당신에게 몰고 오던 참이라고. 내가 오늘 아침에 몰던 노란색 차는 내 것이 아니야. 알겠어? 오늘 오후에는 그 차를 보지도 못했어."

곁에 있던 흑인과 나만 그가 하는 말을 알아들을 수 있었다. 하지만 경찰관이 그들의 말투에서 뭔가 낌새를 느꼈는지 그들에게 사나운 눈길을 던졌다.

"지금 무슨 소리를 하고 있는 거요?" 그가 물었다.

"난 이 사람 친구입니다." 톰은 경찰관을 향해 고개를 돌렸지만 두 손으로는 여전히 윌슨을 꽉 붙잡고 있었다.

"이 사람이 사고를 낸 차를 안다고 합니다. …… 노란색 차랍니다."

뭔가 어슴푸레 직감이라도 떠오른 듯 경찰관은 미심쩍은 눈길로 톰을 바라보았다.

"댁의 차는 무슨 색입니까?"

"푸른색 쿠페입니다."

"우리는 지금 막 뉴욕에서 오는 길입니다." 내가 말했다.

누군가 우리 뒤를 따라오던 사람이 그 사실을 확인해주자 경찰관은 톰에게서 등을 돌리고 다른 사람에게 말을 걸었다.

"자, 이름을 정확하게 말씀해주시겠습니까."

톰은 윌슨을 마치 인형처럼 번쩍 들어서 사무실 의자에 앉힌 다음 밖으로 나왔다.

"누구 이리 와서 이 사람과 함께 있을 사람 없습니까?" 그는 위압적으로 딱 부러지게 말했다. 그는 가까이 있던 두 사람이 서로 눈치를 살피며 마지못해 사무실 안으로 들어가는 모습을 마치 감시하듯 바라보았다. 이어서 톰은 문을 닫더니 작업대로부터 눈길을 피하면서 한 단으로 된 계단을 내려왔다. 톰은 내 곁을 스쳐 지나가면서 말했다.

"이제 가자고."

톰은 남의 눈을 의식하며 위압적인 두 팔로 길을 텄고 우리는 아직 몰려 있는 군중들을 헤치고 나왔다. 우리 곁을 손에 가방을 든 의사가 허겁지겁 걸어갔다. 30분 전에 일말의 희망이라도 기대하며 부른 의사였다.

길모퉁이에서 꺾어질 때까지 톰은 차를 천천히 몰았다. 모퉁이를 지나자 그는 가속 페달에 얹고 있는 발에 힘을 주었고 그의 쿠페는 어둠 속을 질주했다. 잠시 후 나지막하게 흐느끼는 쉰 목소리가 들렸고 그의 얼굴에 눈물이 줄줄 흘러내리는 것이 보였다.

"빌어먹을 겁쟁이 자식 같으니!" 그가 울먹이며 말했다. "차를 세우지도 않다니!"

바람에 살랑거리는 어두운 나무들 사이로 뷰캐넌의 저택이 갑자기 나타났다. 톰은 현관 옆에 차를 세우고 2층을 바라보았다. 담쟁이덩굴 사이로 창문 두 개가 꽃처럼 환하게 불빛을 발하고 있었다.

"데이지가 집에 있군." 그가 말했다.

우리가 차에서 내리자 그가 나를 바라보며 얼굴을 가볍게 찡그렸다.

"닉, 웨스트에그에서 자네를 내려줄 걸 그랬군. 오늘 밤엔 할 일이 없으니까."

그는 좀 전과는 변한 태도로 엄숙하고 단호하게 말했다. 달빛이 비치는 자갈길을 걸어가는 동안 그는 간단하게 몇 마디 말로 상황을 정리했다.

"전화로 택시를 부르겠네. 기다리는 동안 자네와 조던은 부엌으로 가서 식사를 차려달라고 하게. 요기할 생각이 있다면 말일세.

그는 문을 열고 "들어오게"라고 말했다.

"아니, 괜찮아. 택시나 불러주면 고맙겠군. 밖에서 기다릴게."

조던이 내 팔을 잡았다.

"닉, 정말 들어가지 않을래요?"

"아니, 정말 괜찮아."

나는 심기가 좀 불편해서 혼자 있고 싶었다. 하지만 조던은 여전히 약간 망설이고 있었다.

"이제 겨우 9시 반이에요."

안으로 들어가느니 차라리 지옥으로 가고 싶은 기분이었다. 하루 종일 진력이 나도록 이 사람들을 보았고 갑자기 조던도 그 안에 포함이 되었다. 그녀는 내 표정에서 그 낌새를 읽은 것이 분명했다. 그녀는 홱 돌아서더니 계단을 뛰어올라 집 안으로 들어가버렸다. 나는 몇 분 동안 손으로 머리를 감싸고 앉아 있었다. 이윽고 전화로 택시를 부르는 집사의 목소리가 안에서 들렸다. 나는 천천히 차도를 따라 톰의 집에서 멀어졌다. 정문 앞에서 택시를 기다릴 심산이었다.

그런데 채 20미터 정도도 가기 전에 나를 부르는 소리가 들리더니 개츠비가 관목들 사이에서 모습을 드러냈다. 나는 꽤나 섬뜩한 기분을 느꼈음이 분명하다. 달빛을 받아 번쩍이는 그의 분홍색 양복 외에는 아무 생각도 나지 않았던 것이다.

"여기서 뭘 하고 있는 겁니까?" 내가 물었다.

"그냥 서 있었던 거요, 형씨."

어쨌든 그가 비열한 짓을 하고 있는 것 같았다. 모르긴 몰라도 그가 금세라도 그 집을 털려고 하는 것만 같았다. '울프심 일당'의 험상궂은 얼굴들이 컴컴한 관목들 뒤에서 모습을 보여도 별로 놀랍지 않았을 것이다.

잠시 후 그가 내게 물었다.

"길에서 사고 난 것 봤소?"

"봤습니다."

그가 잠시 망설이더니 다시 물었다.

"그 여자 죽었소?"

"그런 것 같소."

"그럴 줄 알았소. 데이지에게도 그럴 거라고 말했소. 충격은 한꺼번에 한 번만 받는 게 나으니까. 데이지는 꽤 잘 견디더군."

그는 오로지 데이지의 반응에만 관심이 있다는 듯 말했다.

"뒷길을 이용해 웨스트에그로 갔소." 그가 계속 말했다. "차는 차고에 넣었소. 아무도 본 사람이 없는 것 같지만 확신할 수는 없소."

당시 나는 그가 너무 혐오스러워서 그가 잘못 생각하고 있다고 말해줄 필요조차 느끼지 않았다.

"그 여자가 누구요?" 그가 물었다.

"윌슨이라는 여자요. 남편이 정비소 주인이오. 도대체 어쩌다 그렇게 된 겁니까?"

"글쎄, 내가 핸들을 꺾으려고 했는데……." 그가 말을 멈추었고 나는 홀연 사태를 짐작할 수 있었다.

"데이지가 운전했군요?"

"그렇소." 그가 잠시 망설이더니 대답했다. "하지만 물론 내가 운전했다고 할 거요. 형씨도 알다시피 뉴욕을 떠날 때 데이지가 흥분해 있었기에 운전을 하게 하면 좀 가라앉으리라 생각했던 거요…… 우리가 맞은편에서 오던 차를 지나치려는 순간 그 여자가 우리에게 뛰어들었소. 순식간에 일어난 일이었소. 하지만 그녀가 우리에게 뭔가 말을 하려던 것 같았소. 우리를 아는 사람으로 착각한 것 같았소. 데이지가 그녀를 피하려고 마주 오던 차 쪽으로 핸들을 꺾었다가 화들짝 놀라며 다시 핸들을 돌렸소. 내가 핸들을 잡는 순간 충격이 느껴지더군…… 아마 즉사했을 거요."

"몸이 갈기갈기 찢어져서……."

"형씨, 그만하시오." 그는 눈살을 찌푸렸다. "아무튼…… 데이지는 속력을 멈추지 않았소. 내가 차를 세우려 했지만 그럴 수 없었소. 내가 핸드 브레이크를 당겼소. 그러자 그녀가 내 무릎 위로 쓰러졌고 내가 차를 몰았소.

데이지는 내일이면 괜찮아질 거요. 내가 여기 있던 것은 혹시 오늘 오후에 있었던 불쾌한 일 때문에 그가 데이지를 괴롭히지나 않을까 지켜보기 위해서요. 그녀는 방으로 들어가 문을 잠그고 있소. 그가 무슨 난폭한 짓이라도 하면 불을 켰다 껐다 하기로 약속했소."

"톰은 그녀에게 손찌검하지 않을 겁니다. 그는 지금 데이지는 안중에도 없어요."

"형씨, 나는 그 자를 믿을 수가 없거든."

"얼마나 오래 기다릴 작정입니까?"

"필요하다면 밤을 새울 거요. 하여간 모두 잠이 들 때까지 기다릴 거요."

새로운 생각이 갑자기 내게 스쳐 지나갔다. 만일 데이지가 차를 몰았다는 사실을 톰이 알게 된다면? 그 사실에 뭔가가 개입되어 있다고 생각할지도 모른다……. 어쨌든 무슨 생각을 하긴 할 것이다. 나는 집을 올려다보았다. 아래층에는 두세 개 창문이 밝혀져 있었고 위층 데이지의 방에서는 분홍빛이 흘러나오고 있었다.

"잠시 기다리고 있어요. 내가 무슨 소동이라도 벌어지고 있는지 가보고 오겠어요."

나는 잔디밭 가장자리를 돌아 자갈길을 소리 내지 않고 가로질러 베란다로 통하는 계단을 살금살금 올라갔다. 거실 커튼은 젖혀져 있었고 방에는 아무도 없었다. 석 달 전, 그러니까 6월 어느 날 밤 셋이 함께 식사를 하던 현관을 가로질러 나는 작은 직사각형 불빛이 밝혀져 있는 곳으로 다가갔다. 식품 저장실 창문의 불빛인 것 같았다. 블라인드가 내려져 있었지만 창턱에서 작은 틈새를 찾을 수 있었다.

데이지와 톰이 부엌 식당 탁자 앞에 마주 보고 앉아 있었다. 그들 사이에는 프라이드치킨 한 접시와 맥주 두 병이 놓여 있었다. 톰은 건너편에 앉은 데이지에게 뭔가 열심히 설명하고 있었다. 그는 진지한 모습으로 팔을 뻗어 그녀의 손을 감싸고 있었다. 그녀는 한두 번인가 그를 바라보며 알았다는 듯 고개를 끄덕였다.

그들은 행복해 보이지 않았으며 둘 다 치킨과 맥주에는 손도 대지 않았다. 그렇다고 불행해 보이는 것도 아니었다. 그 장면에는 뭔가 자연스러운 친밀감이 분명히 감돌고 있었으며 만일 누군가 그 모습을 본다면 그들이 무언가 음모를 꾸미고 있다고 생각했을 것이다.

현관으로부터 살금살금 밖으로 나가니 어두운 길을 따라 택시가 집을 향해 다가오는 소리가 들렸다. 개츠비는 내가 떠나올 때의 그 자리에 그대로 있었다.

"그래, 조용합디까?" 그가 걱정스럽게 물었다.

"네, 아주 평온합니다. 집으로 돌아가서 눈 좀 붙이는 게 어때요." 내가 망설이며 말했다.

그는 고개를 내저었다.

"데이지가 잠자리에 들 때까지 기다리겠소. 잘 가시오, 형씨."

그는 윗도리 주머니에 손을 집어넣고는 집 쪽으로 고개를 돌려 열심히 쳐다보기 시작했다. 마치 내 존재가 그의 신성한 불침번 임무 수행에 방해가 된다고 여기는 것 같았다. 나는 그가 아무 일도 일어나지 않을 곳을 감시하며 달빛 아래 서 있도록 내버려둔 채 그곳에서 걸어 나왔다.

제7장

241

제8장

   나는 밤새도록 잠을 이루지 못했다. 해협 쪽에서 안개 경보가 끊임없이 신음 소리를 냈고 나는 기괴한 현실과 야만적이고 무서운 꿈 사이를 오락가락하는 가운데 반쯤 끙끙 앓으며 뒤척였다. 새벽 무렵 개츠비 저택의 차도로 택시 한 대가 올라가는 소리가 들렸다. 나는 즉각 침대에서 벌떡 일어나 옷을 입기 시작했다. 그에게 뭔가 말해주고 경고해줘야만 할 것 같았고 아침이 되면 이미 늦을 것 같았다.

   그의 집 잔디밭을 가로질러 가다 보니 현관문이 열려 있는 것이 보였다. 그는 홀의 테이블에 기대어 앉아 있었다. 실의에 빠져 있거나 졸고 있는 것 같았다.

   "아무 일도 없었소." 그가 맥없이 말했다. "계속 기다렸지. 새벽 4시가 되니까 그녀가 창가로 오더니 잠깐 서 있다가 불을 끄더군."

우리는 담배를 찾아 큰 방들을 두루 헤매고 다녔다. 그의 집은 그 어느 때보다도 어마어마하게 커 보였다. 우리는 큰 천막 같은 커튼들을 옆으로 젖히면서 전기 스위치를 찾으려고 엄청나게 긴 어두운 벽을 더듬거렸다. 한번인가는 유령 같은 피아노 건반 위로 넘어지기도 했다. 어느 곳에나 먼지가 잔뜩 쌓여 있었고 방마다 환기를 전혀 시키지 않은 듯 곰팡이 냄새가 코를 찔렀다. 나는 생소한 탁자 위에서 말라비틀어진 담배 두 개비가 들어 있는 담뱃갑을 발견했다. 우리는 거실의 프랑스식 창문을 활짝 열어젖힌 채 어둠 속을 향해 담배 연기를 내뿜으며 앉아 있었다.

"어디론가 떠나 있어야 합니다." 내가 말했다. "당신 차를 발견해낼 겁니다."

"지금 당장 떠나란 말이오, 형씨?"

"애틀랜틱시티에 가서 일주일 정도 지내거나, 몬트리올로 가요."

그는 그럴 생각이 없었다. 데이지가 장차 어떻게 할 것인지 알기 전에는 그녀 곁을 떠날 생각이라고는 없었다. 그는 마지막 희망 줄을 놓지 않고 있었으며 그를 흔들어 그 줄을 놓게 할 수는 없었다.

그가 댄 코비와 함께 지냈던 그 이상한 젊은 날의 이야기를 해준 것은 바로 그날 밤이었다. 그가 그 이야기를 해준 것은 '제이 개츠비'라는 인물이 톰의 냉혹한 악의 앞에서 유리처럼 산산이 부서진 때문이었으며 그 길고 은밀한 광상곡 연주가 끝이 난 때문이었다. 지금 생각해보면 그는 그 어떤 것이라도 다 털어놓을 용의가 있었던 것 같다. 하지만 그는 그 무엇보다 데이지에 대해 이야기하고 싶어 했다.

그녀는 그가 처음으로 만난 '매력적인' 여자였다. 그는 온갖 감춰진 능력을 발휘해 그런 부류의 사람들과 접촉할 기회를 가졌었다. 하지만 그와 그들 사이에는 언제나 눈에 보이지 않는 가시철조망이 가로막혀 있었다. 개츠비는 데이지를 간절히 열망했다. 그는 처음에는 테일러 캠프의 다른 장교들과 함께 그녀의 집을 방문했으며 나중에는 혼자 갔다. 그는 매혹되었다. 그렇게 멋진 집은 이제껏 본 적이 없었다. 하지만 무엇보다 그를 숨 막히게 만든 것은 바로 데이지가 그 집에 살고 있다는 사실이었다. 그리고 그를 그렇게 숨 막히게 만드는 그 집이 마치 병영이 그에게 익숙하듯 그녀에게는 익숙했다. 그 집 주변에는 농익은 신비가 감돌고 있었다. 위층에는 그 어떤 침실들보다 아름답고 시원한 침실이 있을 것 같았으며 복도마다 즐겁고 멋진 일들이 벌어지고 있는 것 같았다. 그곳에는 라벤더 속에 처박아 둔, 이미 곰팡내 나는 로맨스가 아니라 금년에 출시된 번쩍이는 자동차처럼 신선하고 숨 막힐 정도로 향기로운 로맨스가 있는 것 같았고 결코 시들지 않을 꽃 같은 무도회가 열리고 있는 것 같았다. 또한 많은 남자들이 이미 데이지를 흠모하고 있었다는 사실이 그의 가슴을 더욱 설레게 만들었다. 그럴수록 그의 눈에 그녀의 가치가 더 높아졌다. 그들이 집 주변에 어슬렁거리고 있는 것 같았으며 여전히 떨리고 있는 그들의 감정의 그림자와 메아리가 대기를 채우고 있는 것 같았다.

하지만 개츠비는 자신이 데이지의 집에 오게 된 것이 엄청난 우연 덕분이라는 사실을 잘 알고 있었다. 제이 개츠비라는 한 인물의 미래가 제아무리 찬란할 수 있다 하더라도 지금 현재의 그는 아무런 이력도 없는 무일푼의 젊은이에 불과했다. 또한 자신의 정체를 감춰주는 그의 제복조차 언제라도 그의 어깨에서 흘러내릴지 모르는 처지였다. 그는 자신이 얻을 수 있는 것을 탐욕스럽게, 또한 파렴치하게 손에 넣었다. 어느 고요한 10월 밤에 그는 데이지를 차지했던 것이다. 그에게 그녀의 손을 잡을 만한 권리조차 없었기에 그는 그녀를 차지해버렸다.

제8장

그는 스스로를 경멸했을 수도 있다. 거짓 가면을 쓴 채 그녀를 차지한 때문이었다. 그가 백만장자인 척했다는 뜻이 아니다. 그는 데이지에게 안도감을 확고하게 심어주었다. 자신이 그녀와 비슷한 계층에 속하는 인물인 것처럼 믿게 만들었으며 그녀를 충분히 책임질 수 있는 것처럼 믿게 만들었던 것이다. 사실 그에게는 그런 능력이 없었다. 그에게는 그의 뒤를 받쳐줄 안락한 가정도 없었고 매정한 정부의 변덕에 의해 이 세상 어디에선가 목숨이 날아갈 수도 있는 처지였다.

하지만 그는 자신을 경멸하지 않았고 상황도 그가 예상하던 식으로 흘러가지 않았다. 아마 그는 자신이 원하던 것만 얻고 떠나버릴 심산이었는지도 모른다. 하지만 자신이 이미 성배(聖杯)를 좇는 길에 발을 들여놓았음을 깨달았다. 그는 데이지가 특별한 여자라는 것은 알고 있었지만 그녀가 그 얼마나 특별할 정도로 '매력적인' 여자일 수 있는지는 깨닫지 못하고 있었다. 그녀는 개츠비에게 아무것도 남기지 않은 채 부유한 자신의 집 안으로, 자신의 부유하고 충만한 삶 속으로 사라져버렸다. 그는 자신이 그녀와 결혼한 듯 느꼈고 그것이 전부였다.

이틀 뒤 둘이 다시 만났을 때 개츠비는 숨이 막혔다. 어찌 보면 배신을 당한 것 같기도 했다. 그녀의 집 현관은 돈으로 구입한 호사품들로 별빛처럼 반짝였다. 그녀가 그를 향해 고개를 돌리고 그가 그녀의 호기심에 차 있는 사랑스런 입술에 입을 맞출 때 고리버들로 만든 긴 의자가 우아하게 삐걱거렸다. 그녀는 감기에 걸려 있었기에 전보다 더 허스키한 목소리를 냈으며 그 어느 때보다도 매력적이었다. 개츠비는 부(富)가 가두어 보호해주는 젊음과 신비를 뼈저리게 실감했다. 그 수많은 옷들에서 풍기는 신선함, 안전하고 자랑스럽게 은처럼 빛을 발하고 있는 데이지의 신선함, 가난한 사람들의 힘겨운 싸움과는 동떨어진 곳에서 풍기는 그 신선함을 뼈저리게 실감한 것이다.

"내가 그녀를 사랑하고 있다는 사실을 알고 내가 얼마나 놀랐는지 이루 표현할 수 없을 정도요, 형씨. 나는 한때 그녀가 나를 차버렸으면 하고 바랐던 적이 있었소. 하지만 그녀는 그러지 않았소. 그녀도 나를 사랑하고 있었기 때문이오. 그녀는 내가 유식한 사람인 줄 알고 있었소. 그녀가 모르는 세계에 대해 내가 잘 알고 있었기 때문이었지……. 그렇소, 나는 그런 상황에 처해 있었던 거요. 본래의 야망에서 벗어나 매 순간 점점 더 그녀를 깊이 사랑하게 된 것이오. 그리고 갑자기 그 아무것도 개의치 않게 되어버렸소. 내가 앞으로 하게 될 일에 대해 이야기해주면서, 보다 더 즐거운 시간을 보낼 수 있게 되었는데 도 대체 거창한 일을 한들 무슨 소용이 있었단 말이오?"

그가 해외로 파병되기 전날 밤 데이지는 오랫동안 아무 말 도 없이 그의 팔에 안겨 있었다. 추운 가을날이었고 방에는 난 로를 피워놓았기에 그녀의 뺨은 발갛게 달궈져 있었다. 이따금 그녀가 몸을 움직일 때마다 그는 팔 자세를 조금씩 바꾸었고 그녀의 반짝이는 검은 머리에 입을 맞추기도 했다. 그날 오후 그들은 마치 다음 날로 예정된 긴 이별에 대한 추억을 고이 간 직하려는 듯 오랫동안 얌전히 앉아 있었다. 그들이 서로 사랑 한 지난 한 달 중에서 그토록 서로를 가깝게 여긴 적이 없었으 며 마음속 깊이 서로 통했던 적도 없었다. 그녀의 조용한 입술 이 그의 웃옷 어깨를 스치고, 마치 그녀가 잠이라도 들어 있는 듯 그가 그녀의 손가락 끝을 살짝 만졌던 그때처럼…….

그는 전쟁에서 대단히 큰 활약을 했다. 일선에 배치되기 전 에 그는 이미 대위로 진급했고 아르곤 전투 뒤에는 소령으로 진급해 사단 기관총 부대의 지휘관이 되었다. 정전(停戰) 뒤 그 는 귀국을 위해 미친 듯 서둘렀지만 무슨 복잡한 사연이나 착 오가 있었던지 옥스퍼드로 파견되었다. 그는 불안하기 짝이 없었다. 데이지의 편지에서 뭔가 불안한 절망감 같은 것이 느껴졌던 것이다. 그녀는 그가 왜 귀국할 수 없는지 이유를 알 수 없었다. 그녀는 바깥 세계의 압력을 받고 있었다. 그녀는 그가 보고 싶었고 그의 존재를 곁에서 느끼고 싶었으며 자신이 옳다는 것을 그가 확인시켜주기를 원하고 있었다.

데이지는 젊었으며 그녀의 인위적인 세계에는 난초 향과 즐겁고 명랑한 속물적인 것들로 가득했다. 또한 삶의 슬픔과 암시를 그해의 리듬에 담아 새로운 음조로 연주하는 오케스트라 소리가 울리고 있었다. 밤새도록 색소폰이 「빌 스트리트 블루스」(W.C. 핸디가 1919년에 발표한 곡−옮긴이 주)의 절망적인 넋두리를 토해내는 동안 수백 켤레의 금은 빛 화려한 구두가 반짝이는 먼지를 일으켰다. 거무스레한 차를 마시는 시간이면 방마다 나지막하면서도 달콤한 열기가 끊임없이 진동했고 슬픈 호른 소리에 마루 위를 떠도는 장미 꽃잎처럼 여기저기 새로운 얼굴들이 떠돌았다.

계절이 바뀌면서 데이지는 이 황혼의 세계 속에서 움직이기 시작했다. 그녀는 갑자기 하루에 대여섯 명의 남자와 대여섯 번의 데이트를 했다. 그리고 새벽녘이 되어서야 이브닝드레스에 달린 구슬과 시폰 장식이 침대 옆 방바닥 시들어가는 난초 사이에서 뒤엉겨 뒹굴게 만들고는 꾸벅꾸벅 졸고는 했다. 그 사이 그녀의 내부에서는 뭔가 결정해야 한다는 아우성이 일고 있었다. 그녀는 자신의 삶이 즉각 그 어떤 형태를 갖추기를 원했다. 그리고 그 결정은 모종의 힘에 의해 이루어져야 했다. 사랑과 돈과 의심의 여지없는 현실성의 힘……, 그리고 그것이 그녀 가까이 있었다.

봄이 무르익었을 때 뷰캐넌이 출현함으로써 그 힘이 구체적인 모습으로 나타났다. 뷰캐넌이라는 인물, 그의 지위에는 건강한 무게감이 있었고 데이지는 우쭐해졌다. 데이지가 갈등을 겪은 것은 의심의 여지가 없었지만 안도감을 느꼈던 것도 분명하다. 개츠비가 옥스퍼드에 있을 때 그는 그런 편지를 받은 것이다.

이제 롱아일랜드에 새벽이 다가왔다. 우리는 집 안을 돌아다니면서 아래층의 창문들을 활짝 열어젖히고 온 집 안을 잿빛과 황금빛 햇살로 채웠다. 나무 한 그루의 그림자가 갑자기 이슬 위로 드리워지고 푸른 나뭇잎 사이로 유령 같은 새들이 지저귀기 시작했다. 바람이 거의 불지 않는 대기 중에서 뭔가 느리고 기분 좋은 움직임이 느껴져서 시원하고 좋은 날씨를 예고하고 있었다.

"나는 그녀가 그를 사랑한 적이 있으리라고 생각하지 않소."
개츠비가 창문으로부터 몸을 돌리더니 나를 도전적으로 바라보며 말했다. "형씨, 오늘 저녁 그녀가 흥분해 있었다는 사실을 잊지 마시오. 그녀를 겁먹게 하려고 그자가 그런 이야기를 꺼낸 거요. 나를 무슨 비열한 사기꾼인 것처럼 몰아세우고……. 그래서 그녀는 자기가 무슨 말을 하고 있는지조차 깨달을 수 없었던 거요."

그는 우울한 표정으로 자리에 앉았다.

"물론 아주 잠깐 그를 사랑했을 수도 있지. 신혼 초기에 말이오…… 물론 그때조차 나를 더 사랑했소. 알겠소?"

그가 불쑥 이상한 말을 했다.

"어쨌든 그건 순전히 개인적인 문제였소."

그가 판단을 내리기 어려운 무슨 어려운 문제에 몰두해 있구나, 라고 짐작하는 것 외에 그 말이 무슨 뜻인지 어찌 알 수 있었겠는가?

그는 톰과 데이지가 아직 신혼여행 중일 때 프랑스로부터 귀국했다. 그는 마지막 군 봉급을 들고 비참한 기분에 젖어, 또한 불가항력적인 힘에 이끌려 루이빌로 갔다. 그는 그곳에 일주일 머물렀다. 그는 11월 밤에 둘이 딸깍 소리를 내며 거닐던 거리를 걸었고 그녀의 하얀 자동차로 드라이브를 하던 호젓한 장소들을 다시 둘러보았다. 데이지의 집은 여전히 다른 모든 집들보다 신비했고 밝아 보였으며 비록 그녀가 떠나고 없었지만 도시 자체도 우수에 찬 아름다움을 간직하고 있었다.

그는 그곳을 떠나면서, 좀 더 열심히 찾아보았다면 그녀를 발견할 수도 있었을지도 모른다고, 그녀를 뒤에 두고 떠나는 것인지도 모른다고 생각했다. 일반실 객차는—그의 수중에는 이제 땡전 한 푼 없었다—너무 무더웠다. 그는 열린 승강구로 가서 접이식 의자를 펴고 앉았다. 정거장이 미끄러지듯 멀어졌고 낯선 건물들의 뒷모습이 스쳐 지나갔다. 마침내 기차가 들판으로 나서자 노란 전차가 한동안 경주라도 하듯 나란히 달렸다. 전차에 탄 사람들은 우연히 거리를 지나다가 데이지의 하얗고 매력적인 얼굴을 한 번쯤은 본 적이 있으리라.

철로가 커브를 그리면서 이제 태양은 점점 더 멀어졌다. 마치 점점 낮게 가라앉으며 그녀가 숨을 쉬었던 그 도시, 점점 멀어져가는 그 도시에 축복이라도 내리는 것 같았다. 그는 한 자락 공기라도 잡으려는 듯, 그녀로 인해 그에게 사랑스럽게 된 도시의 한 자락이라도 간직하려는 듯 절망적으로 손을 뻗었다. 하지만 눈물로 흐려진 그의 눈으로 잡기에는 너무 빨리 도시는 멀어지고 있었다. 그는 그 도시에서 가장 신선하고 가장 아름다운 곳을 이제 영원히 잃게 되었음을 깨달았다.

　우리가 아침 식사를 끝내고 현관문을 나섰을 때는 오전 9시였다. 밤새 날씨가 확 바뀌어 가을 기운이 완연했다. 정원사가 계단 밑으로 다가왔다. 개츠비의 예전 하인 중 유일하게 남아 있는 사람이었다.

　"주인님, 오늘 풀장의 물을 뺄까 합니다. 나뭇잎이 곧 떨어져 배수관을 막아버릴 것 같습니다."

　"오늘은 내버려두게." 개츠비가 대답하더니 나를 보고 변명하듯 말했다. "형씨도 알다시피 올해는 풀장을 한 번도 이용하지 않았거든요."

　나는 시계를 바라보며 걸음을 멈추었다.

　"기차 시간이 12분밖에 안 남았네."

　나는 시내로 나가고 싶지 않았다. 왠지 점잖은 일을 하고 있을 자격이 없는 것처럼 스스로 여겨진 때문이기도 했지만 그보다는 개츠비의 곁을 떠나고 싶지 않았기 때문이다. 나는 그 기차를 놓치고 다음 기차도 보내버린 다음에야 자리에서 일어났다.

　마침내 내가 말했다.

"전화하리다."

"그래 주시겠소, 형씨?"

"정오쯤 전화하지요."

우리는 천천히 계단을 내려갔다.

"데이지도 전화하겠지요." 그는 마치 내가 확증해주기를 기다리는 듯 걱정스러운 눈길로 나를 바라보았다.

"그럴 겁니다."

"자, 그럼 잘 가시오."

우리는 악수를 나누고 헤어졌다. 울타리에 다다르기 전에 나는 뭔가 생각이 나서 몸을 돌렸다.

"그들은 썩어빠진 무리들이에요." 나는 잔디밭을 너머로 외쳤다. "당신 한 사람이 그 빌어먹을 사람들을 모두 합한 것보다 나아요."

나는 지금까지도 그 말을 하길 잘했다고 생각한다. 그 말은 내가 그에게 던진 유일한 찬사였다. 처음부터 끝까지 그의 행동에 찬성할 만한 것이 없던 때문이었다. 그는 처음에는 고개를 정중하게 끄덕이더니 잠시 후 모든 것을 다 알겠다는 듯 밝게 미소 지었다. 마치 우리가 이 모든 일을 내내 열심히 공모해온 것 같은 느낌을 주는 미소였다. 그의 화려한 분홍색 양복 자락이 하얀 계단 사이에서 하나의 밝은 점처럼 빛나고 있는 모습을 보자 문득 석 달 전 그의 고풍스러운 집을 처음 방문하던 날 밤이 떠올랐다. 그의 집 잔디밭과 차도에는 그를 부정한 사람이라고 의심하는 얼굴들로 붐비고 있었다. 그리고 그는 자신의 그 불멸의 꿈을 감춘 채 저 계단에 서서 그들에게 작별 인사를 보내고 있었다.

나는 그가 환대해주어서 고맙고 감사했다. 나를 비롯해 다른 사람들은 모두 그에 대해 감사해하고 있었다.

"잘 있어요. 아침 잘 먹었습니다, 개츠비!" 내가 소리쳤다.

시내에서 나는 산처럼 쌓인 주식 시세표와 한동안 씨름하다가 회전의자에 앉아 깜빡 잠이 들었다. 정오가 되기 바로 직전 전화벨 소리에 깜짝 놀라 깨어보니 이마에서 땀방울이 줄줄 흘러내리고 있었다.

조던 베이커였다. 그녀는 이 시간이면 가끔 전화를 걸어오곤 했다. 호텔과 클럽과 개인 집을 전전하는 그녀였기에 행적이 불분명한 때문이었다. 평소 같으면 전화선을 통해 들려오는 그녀의 목소리는 마치 초록색 골프장의 잔디가 내 사무실 창문으로 날아 들어오듯 신선하고 상쾌했다. 하지만 그날 오전은 왠지 귀에 거슬리고 건조하게 들렸다.

"데이지의 집에서 나오는 길이에요." 그녀가 말했다. "지금 헴스테드에 있어요. 오후에 사우샘프턴으로 내려갈까 해요."

데이지의 집에서 나온 것은 잘한 일이었을 것이다. 그럼에도 불구하고 나는 왠지 화가 치밀었다. 그런데 다음에 나온 그녀의 말을 듣고 나는 굳어버렸다.

"지난밤에 내게 좀 너무했어요."

"그 상황에서 그런 게 중요한가?"

잠시 침묵이 흘렀다. 이어서 그녀의 목소리.

"어쨌든 좀 만나고 싶어요."

"나도 보고 싶소."

"사우샘프턴으로 가지 말고 오후에 시내로 나갈까요?"

"아니…… 오늘 오후에는 좀 곤란할 것 같은데."

"잘 알았어요."

"오늘 오후에는 도저히 안 되겠어. 이런저런 일이……."

우리는 그런 식으로 잠시 이야기를 나누었고 돌연 전화를 끊었다. 누가 먼저 수화기를 내려놓았는지는 모르지만 나는 별로 상관하지 않았다. 다시는 그녀와 말을 나눌 수 없게 되는 한이 있더라도 그날만은 테이블을 마주하고 앉아 이야기를 나눌 수가 없었다.

몇 분 후 나는 개츠비의 집으로 전화를 걸었다. 하지만 통화 중이었다. 네 번이나 다시 걸었지만 마찬가지였다. 마침내 화가 난 교환원이 그 전화는 디트로이트에서 걸려올 장거리 전화를 기다리고 있는 중이라고 말해주었다. 나는 기차 시간표를 꺼내 3시 30분 기차에 조그맣게 동그라미를 그렸다. 그런 후 나는 의자에 등을 기대고 생각에 잠겼다. 정오였다.

그날 오전 기차가 '재의 계곡' 앞을 지날 때 나는 일부러 반대편 좌석에 앉았다. 아마 하루 종일 호기심 많은 사람들이 서성이고 있으리라. 아이들은 먼지 속에서 검은 자국을 찾고 있을 것이고 수다스러운 사람은 그 사건에 대해 지껄이고 또 지껄이리라. 마침내 그 사람에게조차 그 사건은 비현실적인 그 무엇이 되고 그도 그에 대해 더 이상 아무 말도 않게 될 것이며 머틀 윌슨의 비극적 사건은 잊히고 말리라.

이제 조금 시간을 되돌려 우리가 지난밤 그곳을 떠난 후에 무슨 일이 있었는지에 대해 이야기해야겠다.

사람들은 머틀의 여동생 캐서린의 소재 파악에 애를 먹었다. 그날 밤 그녀는 금주 규칙을 깬 것이 분명했다. 그녀가 도착했을 때 그녀는 인사불성 상태여서 앰뷸런스가 이미 플러싱으로 떠났다는 말도 제대로 알아듣지 못했다. 사람들이 겨우 사태를 정확히 알려주자 그녀는 그 자리에서 기절해버렸다. 마치 앰뷸런스가 떠났다는 사실이 이 사건에서 가장 견디기 어려운 사실인 것처럼 말이다. 누군가 친절 반 호기심 반으로 그녀를 자기 차에 태워 언니의 시신을 따라갈 수 있게 해주었다.

자정이 훨씬 넘었을 때까지 새로운 구경꾼들이 계속 정비소 앞으로 몰려들었다. 조지 윌슨은 정비소 안에 틀어박혀 몸을 앞뒤로 흔들며 의자에 앉아 있었다. 한동안 사무실 문이 열려 있어서 정비소 안으로 오는 사람은 불가피하게 안을 들여다볼 수밖에 없었다. 마침내 몇 사람이 그건 부끄러운 짓이라고 일러주며 문을 닫았다. 마이클리스를 비롯해 몇 명의 사내가 그의 곁에 있었다. 처음에는 네댓 명쯤 되었지만 나중에는 두세 명으로 줄어들었다. 좀 더 시간이 흐른 뒤 마이클리스는 마지막 남은 남자에게 자기 가게로 가서 커피를 좀 끓여 올 테니 15분만 기다려 달라고 부탁했다. 잠시 후 마이클리스 혼자 새벽이 될 때까지 윌슨과 함께 있었다.

새벽 3시가 되자 두서없이 중얼거리던 윌슨의 혼잣말에 변화가 생겼다. 점점 더 차분해졌으며 노란색 차에 대한 이야기를 시작했다. 그는 그 노란색 차의 주인이 누구인지 알아낼 방법이 있다고 선언하듯 말했다. 그리고 두 달 전 아내가 시내에 다녀왔는데 얼굴에 상처가 나 있었으며 코가 부어 있었다고 불쑥 말했다.

그런데 마치 자기가 뱉어놓은 말에 놀란 듯 몸을 움찔하며 "오, 맙소사!"라고 신음처럼 소리 지르기 시작했다. 마이클리스는 서투르게나마 그를 달래려고 애를 썼다.

"아저씨, 결혼한 지 얼마 되셨어요? 자, 앉아서 제 말에 대답 좀 해보세요. 결혼한 지 얼마 되셨어요?"

"12년."

"자식은 없나요? 자, 아저씨, 그렇게 서성이지 말고 앉으세요. 제가 묻고 있잖아요. 자식은 없어요?"

딱딱한 딱정벌레들이 흐릿한 불빛에 계속 몸을 부딪쳤다. 마이클리스는 밖에서 자동차 지나가는 소리가 들릴 때마다 그 소리가 마치 몇 시간 전에 멈추지 않고 그냥 지나가버린 자동차 소리처럼 여겨졌다. 그는 정비소 쪽으로 가고 싶지 않았다. 시체가 놓여 있던 작업대에 피가 얼룩져 있었기 때문이었다. 그는 밖으로 나가지 않고 사무실 주변만 왔다 갔다 했다. 그래서 아침이 되었을 때는 사무실에 있는 모든 물건을 훤하게 꿰뚫어볼 수 있을 정도가 되었다. 그리고 가끔 윌슨 곁에 앉아서 그를 조금이라도 진정시키려고 애썼다.

"아저씨, 가끔 교회에 가지 않으셨어요? 아주 오래전에 발을 끊은 교회라도 말이에요. 교회에 전화를 걸까요? 목사님을 오시게 해서 아저씨와 이야기를 나누시게 하면 어떨까요?"

"아무 데도 안 나가."

"아저씨, 교회에 나가야 해요. 이런 때에 대비해서라도 말이에요. 한 번쯤은 가신 적이 있을 거예요. 교회에서 결혼식을 올렸을 것 아니에요? 아저씨, 제 말 좀 들어보세요. 교회에서 결혼하지 않으셨어요?"

"너무 오래전 일이야."

대답을 하는 바람에 윌슨의 몸 움직임의 리듬이 깨졌다. 윌슨은 잠시 가만히 있었다. 그런 후 그의 눈에 좀 전처럼 반신반의의 표정이 다시 나타났다.

"거기 책상 서랍 안을 좀 봐." 그가 책상을 가리키며 말했다.

"어느 서랍이요?"

"그거……, 그 서랍 말이야."

마이클리스는 자기 손 바로 옆의 서랍을 열었다. 가죽과 은실로 만든 작고 값비싼 개 줄 외에는 아무것도 없었다. 분명히 새것이었다.

"이거요?" 개 줄을 들어 올리며 마이클리스가 물었다.

윌슨이 눈길을 주며 고개를 끄덕였다.

"어제 저녁에 발견한 거야. 마누라가 변명을 둘러댔지만 뭔가 수상한 게 있다는 걸 내가 알고 있다고."

"부인이 이걸 샀다는 말씀인가요?"

"그걸 종이에 싸서 장롱 위에 올려놓았어."

마이클리스는 무엇이 수상하다는 것인지 이해할 수가 없었다. 그는 윌슨에게 부인이 개 줄을 산 이유를 줄줄이 늘어놓았다. 하지만 윌슨은 이미 아내에게서 똑같은 설명을 들은 것이 분명했다. 마이클리스의 말을 듣는 동안 그는 계속 "오, 맙소사!"라고 입속말로 중얼거렸던 것이다. 그를 위로하려던 마이클리스의 설명이 허공으로 증발해버렸다.

"그러고는 그놈이 마누라를 죽인 거야." 윌슨이 말했다. 그의 입이 갑자기 쩍 벌어졌다.

"누가요?"

"찾아낼 방법이 있지."

"아저씨, 제정신이 아니로군요. 너무 긴장해서 무슨 말을 하고 있는지도 모르고 계세요. 아침까지 조용히 앉아서 쉬는 게 좋겠어요."

"그놈이 마누라를 죽였어."

"아저씨, 그건 사고였어요."

월슨은 고개를 가로저었다. 그는 두 눈을 가늘게 뜨고 입을 약간 벌리더니, 마치 귀신처럼 다 알고 있다는 듯 "흠!" 소리를 냈다.

"내가 다 알고 있어." 그가 단정적으로 말했다. "나는 사람들을 믿는 사람이야. 누군가에게 해를 입히지도 않아. 하지만 내가 그 무언가 알게 되었다면 그건 확실하게 아는 거야. 그 차에 타고 있던 놈이야. 마누라가 그놈에게 말을 걸려고 뛰쳐나갔던 거고, 놈이 차를 멈추지 않은 거야."

마이클리스도 그 광경을 보았다. 하지만 거기에 무슨 특별한 의미가 있다는 생각은 전혀 들지 않았다. 그가 보기에 월슨 부인은 특별히 어떤 차를 세우기 위해 뛰쳐나갔다기보다는 남편에게서 도망가려던 것이었다.

"부인이 왜 그랬을까요?"

"속이 검은 년이니까." 월슨이 말했다. 마치 그것으로 대답이 되었다는 투였다. 그런 후 그는 "아, 아, 아……"라고 부르짖으며 다시 몸을 흔들어대기 시작했다. 마이클리스는 손에 잡고 있는 개 줄을 비틀며 서 있었다.

"아저씨, 누구 친한 사람 없어요? 제가 전화를 걸어드릴게요."

그것은 헛된 바람이었다. 윌슨에게는 친구가 한 명도 없는 것이 분명했다. 그는 마누라 한 명조차 감당하기 어려운 사람이었다. 시간이 조금 지나 방 안 밝기가 변하자 윌슨은 반가운 기색을 띠었다. 창문을 통해 푸른빛이 되살아났고 새벽이 멀지 않았음을 알 수 있었다. 5시가 되자 전등을 꺼도 될 만큼 날이 밝았다.

윌슨은 흐릿한 눈으로 재의 계곡을 바라보았다. 기기묘묘한 모양의 자그마한 잿빛 구름이 새벽 미풍에 이리저리 떠돌고 있었다.

"내가 마누라에게 말했어." 그가 오랫동안 침묵 끝에 말했다. "나를 속일 수 있을지 몰라도 하느님을 속일 수는 없다고 말했어. 나는 마누라를 창가로 데려갔어." 그는 힘겹게 자리에서 일어나더니 뒤쪽 창가로 걸어가 얼굴을 창에 대고 기대어 섰다. "내가 말했어. '네년이 한 짓을 하느님이 알고 계셔. 하나도 빼놓지 않고 전부 다. 나를 속일 수 있을지 몰라도 하느님은 속일 수 없어'라고."

그의 뒤에 서 있던 마이클리스는 그가 T.J. 에클버그 의사의 두 눈을 올려다보고 있는 것을 보고 충격을 받았다. 어둠이 점점 걷히면서 광고판의 창백하고 거대한 두 눈이 모습을 드러내고 있었다.

"하느님은 모든 걸 다 보고 계셔." 윌슨이 거듭 중얼거렸다.

"저건 광고판이에요." 마이클리스가 윌슨을 설득하려고 했다. 왜 그랬는지 모르겠지만 그는 창문에서 눈을 돌려 방 안을 둘러보았다. 하지만 윌슨은 창틀에 얼굴을 바싹 들이대고 여명을 향해 고개를 끄덕이며 오랫동안 그곳에 그렇게 서 있었다.

6시쯤 되자 마이클리스는 지칠 대로 지쳐 있었다. 밖에 자동차 멈추는 소리가 들리자 그는 반가웠다. 지난밤에 다시 오겠다고 약속하고 돌아갔던 사람 중 한 명이었다. 마이클리스는 세 사람 분 아침 식사를 장만했지만 결국 두 사람만 먹었다. 윌슨은 이제 훨씬 더 얌전해져 있었기에 마이클리스는 눈을 좀 붙이려고 집으로 갔다. 그가 네 시간 정도 잠을 자고 허겁지겁 정비소로 돌아와 보니 윌슨은 어디론가 가고 없었다.

윌슨의 행적은—그는 계속 걸어 다녔다—나중에야 밝혀졌다. 그는 처음에는 포트루스벨트로 갔다가 다시 개즈힐로 갔고 그곳에서 샌드위치를 샀지만 먹지는 않고 커피만 마셨다. 그는 지쳐 있었기에 매우 느린 걸음으로 걸었던 것이 분명했다. 정오가 될 때까지 미처 개즈힐에도 도착하지 못했던 것이다. 여기까지의 그의 행적을 알아내는 것은 별로 어렵지 않았다. 누군가 '미친 듯한 행동을 하는 사람'을 보았다는 아이들도 있었고 길옆에 서서 이상한 눈초리로 자신들을 살펴보는 남자를 보았다는 운전자들도 있었다.

그런데 이후 세 시간 동안의 그의 행적은 오리무중이었다. 경찰은 그가 마이클리스에게 "찾아낼 방법이 있어"라고 말했던 사실에 주목하고 그가 세 시간 동안 노란색 차를 찾으러 근처 정비소마다 돌아다녔으리라고 추측했다. 한편 그의 모습을 보았다는 정비소 사람이 한 명도 나타나지 않는 것으로 보아 그는 자신이 원하던 것을 찾을 수 있는 보다 쉽고 확실한 방법이나 정보를 입수했던 것 같기도 하다. 2시 30분쯤 그는 웨스트에그에 있었다. 그는 누군가에게 개츠비의 집으로 가는 길을 물었다. 그러니까 그때 그는 이미 개츠비의 이름을 알고 있었던 셈이다.

2시에 개츠비는 수영복으로 갈아입은 후 누군가 전화를 걸어오면 풀장으로 와서 전해달라고 집사에게 일러두었다. 그는 여름 동안 손님들이 즐겨 이용했던 공기 매트리스를 가지러 차고에 들렀고 운전기사가 바람 넣는 일을 도와주었다. 그는 어떤 일이 있어도 오픈카를 밖에 내보이지 말라고 지시했다. 오픈카 앞쪽 펜더를 수리할 필요가 있었기에 운전사는 이상하다고 생각했다.

개츠비는 매트리스를 어깨에 메고 풀장으로 향했다. 그가 도중에 멈춰 서서 매트리스를 옮겨 메는 것을 보고 운전기사가 도와주겠다고 말했지만 그는 괜찮다고 고개를 저으며 노랗게 단풍이 들기 시작한 나무들 사이로 사라졌다.

전화는 걸려오지 않았지만 집사는 낮잠도 자지 않고 4시까지 전화를 기다렸다. 설혹 전화가 걸려왔다 할지라도 전화를 건네줄 사람이 이미 없어질 때까지 기다린 셈이었다. 나는 개츠비가 전화가 걸려 오리라고는 믿지 않았을 것이며 더 이상 그에 대해 개의치 않았으리라는 생각이 든다. 만일 그것이 사실이라면 그는 이전의 따뜻한 세계를 자신이 이제 잃어버린 것이며 오랫동안 단 한 가지 꿈에만 젖어 지내면서 너무 비싼 값을 치렀다고 느꼈음이 분명하다. 그는 무시무시한 나뭇잎들 사이로 하늘을 올려다보며 장미꽃이란 것이 그 얼마나 기괴한 것이며 듬성듬성한 풀밭 위에 내리쪼이는 태양빛이 그 얼마나 설익은 것인가를 느끼고는 몸을 떨었을 것이다. 현실감이라고는 없는 물질적인 새로운 세계, 불쌍한 유령들이 공기처럼 꿈을 들이마시며 되는대로 여기저기 떠돌아다니는 새로운 세계……, 저 무정형의 나무들을 통해 그를 향해 미끄러져 오는 창백한 유령 같은 모습.

운전기사가—그는 울프심의 수하 중 한 명이었다—총소리를 들었다. 나중에 그는 별로 대수롭지 않게 생각했다고만 말할 수 있을 뿐이었다. 나는 역에서 곧장 개츠비의 집으로 갔다. 내가 불안한 마음으로 황급히 계단을 올라갔을 때, 그제야 사람들은 처음으로 깜짝 놀랐다. 하지만 그때는 그들이 모두 알고 있었다고 나는 굳게 믿는다. 한마디 말도 없이 운전기사와 집사, 그리고 나와 정원사 네 사람은 서둘러 풀장으로 달려갔다.

물이 보일락 말락 천천히 움직이고 있었다. 풀장 한쪽에서 맑은 물이 흘러나와 다른 쪽 배수구로 밀려간 때문이었다. 물결이라고 할 수 없는 잔잔한 잔물살에 개츠비를 태우고 있는 매트리스가 불규칙하게 풀장 아래로 움직였다. 표면에 잔물결 하나 일으키지 않을 미세한 바람만으로도 뜻밖의 짐을 얹은 채 뜻밖의 방향으로 흘러가는 매트리스의 흐름을 방해하기에 충분했다. 매트리스가 수면 위에 떠 있는 나뭇잎 더미에 닿자 천천히 회전하면서 마치 컴퍼스처럼 물 위에 가늘고 붉은 동그라미를 그렸다.

우리가 개츠비의 시신을 들고 집으로 간 뒤에 정원사가 조금 떨어진 풀밭에서 윌슨의 시체를 발견했다. 이리하여 대학살의 파국이 막을 내린 것이다.

제9장

2년이 지난 지금도 그날의 나머지 부분과 그날 밤, 그리고 다음 날을 떠올리면 오로지 경찰과 사진 기자, 신문 기자들이 끊임없이 개츠비의 집 정문을 들락날락하던 기억만 떠오를 뿐이다. 정문에 줄을 둘러치고 경찰관이 문 옆에서 호기심 있는 사람들의 출입을 막았지만 아이들은 우리 집 마당을 통해 그 안으로 들어갈 수 있다는 사실을 이내 알아냈고 풀장 주변에는 언제나 아이들이 입을 떡 벌린 채 모여 있었다. 형사인 듯 보이는 사람이 윌슨의 시체를 내려다보며 '미친 사람'이라는 표현을 자신 있게 사용했고 그의 목소리가 지닌 모종의 권위 때문에 그 표현이 다음 날 조간신문 기사의 키워드가 되었다.

신문 기사들은 대부분 악몽처럼 기괴했으며 열심히 추정에 근거한 것이었을 뿐 사실과는 거리가 멀었다. 마이클리스의 증언에 의해 윌슨이 아내를 의심했다는 사실이 밝혀지자 나는 모든 이야기들이 치정 사건에 대한 빈정거림 용으로 사용될 것이라고 생각했다. 그런데 정작 그 무언가 할 이야기가 있을 법한 캐서린은 한마디도 뻥끗하지 않았다. 대신 그녀는 놀랄 수밖에 없는 연기력을 보여주었다. 그녀는 눈썹을 단정하게 그려놓은 눈으로 단호하게 검시관을 바라보면서 자기 언니는 개츠비를 단 한 번도 본 적이 없다고, 언니는 남편과 행복하게 살았다고, 그 어떤 잘못된 행동도 한 적이 없다고 증언했다. 그녀는 스스로의 말에 취해 누군가 머틀을 의심하는 것 같은 암시만 보여도 참을 수 없다는 듯 손수건에 얼굴을 묻고 엉엉 울었다. 그 결과 윌슨은 '슬픔에 겨워 정신이 나간 사람으로' 축소되었고 사건은 아주 단순한 형태로 결론 맺어질 것 같았으며 실제로 그렇게 되었다.

하지만 이 사건에서 그 부분은 핵심과 거리가 멀고 본질이 아닌 것처럼 보였다. 나는 오로지 나 홀로 개츠비 편에 서 있음을 알았다. 이 재난 소식을 웨스트에그 마을에 전화로 알린 순간부터 그를 둘러싼 모든 추측들, 실질적인 의문들은 모두 내 몫이 되었다. 처음에는 놀랍고 당혹스러웠다. 그런데 그가 움직이거나 숨을 쉬지 않고 말도 하지 않은 채 자신의 집에 누워 있는 상황에서 몇 시간을 보내고 나니 점점 더 그 모든 것이 내가 해야만 하는 일처럼 여겨졌다. 아무도 이 사건에 관심을 보이지 않았기 때문이었다. 여기서 관심이란 한 사람이 종국에 당연히 가질 수 있는 개인적인 강렬한 흥미를 말하며 누구에게나 그런 막연한 권리가 있는 법이다.

　우리가 개츠비의 시신을 발견한 지 30분 뒤에 나는 데이지에게 전화를 걸었다. 나는 조금도 주저하지 않고 본능적으로 전화를 걸었던 것이다. 하지만 그녀와 톰은 그날 오후 일찌감치 집을 떠나 어디론가 가버린 뒤였다. 그들은 짐까지 꾸린 채 가버렸다.

　"주소를 남겨놓지 않았나요?"

　"아뇨."

　"언제 돌아온다고 말하던가요?"

　"아뇨."

　"어디로 갔는지 전혀 모른단 말입니까? 연락할 방법이 없을까요?"

　"모릅니다. 해드릴 수 있는 말씀이 없어요."

　나는 개츠비를 위해 그 누군가를 붙잡아 오고 싶었다. 나는 그가 누워 있는 방으로 가서 그를 위로하고 싶었다.

"개츠비, 당신을 위해 누구든 오게 하겠소. 걱정 말아요. 나를 믿어요. 누구든 오게 할 테니……."

마이어 울프심의 이름은 전화번호부에 없었다. 집사가 브로드웨이에 있는 그의 사무실 주소를 알려주었고 나는 건물 안내에게 전화를 걸었다. 하지만 내가 전화번호를 알았을 때는 이미 오후 5시가 한참 지난 뒤였기에 울프심의 사무실에서는 아무도 전화를 받지 않았다.

"한 번 더 연결해주시겠습니까?"

"벌써 세 번째 신호를 보냈습니다." 전화 교환원이 말했다.

"아주 중요한 일이라서요."

"죄송합니다. 아무도 없는 것 같아요."

나는 거실로 돌아왔다. 순간 이렇게 갑자기 이 방을 채우게 된 모든 공적인 사람들이 우연히 찾아온 방문객일 수도 있다는 생각이 들었다. 하지만 그들이 시트를 걷고 충격을 받은 눈길로 개츠비를 바라보고 있는 동안에도 개츠비의 항의 소리가 머릿속을 계속 맴돌았다.

'이봐요, 형씨, 나를 위해 누구든 데려와주시오. 애를 좀 써달란 말이오. 이렇게 외로운 건 견딜 수 없어요.'

누군가 내게 질문을 던지기 시작했다. 하지만 나는 질문을 무시하고 위층으로 올라가서 잠기지 않은 책상 서랍들을 뒤졌다. 그는 자신의 부모가 죽었다고 내게 분명히 밝힌 적이 없었다. 하지만 아무것도 찾을 수 없었다. 오로지 댄 코디의 사진만이 잊힌 폭력의 증거로서 벽 위에서 내려다보고 있을 뿐이었다.

다음 날 아침 나는 울프심에게 편지를 써서 집사 편에 뉴욕으로 보냈다. 개츠비의 신상에 대한 정보를 알려달라는 내용과 다음번 기차로 와달라는 내용이었다. 편지를 쓰면서 공연한 짓을 하고 있는 것 같다는 생각이 들었다. 정오가 되기 전에 데이지가 전화를 걸어올 것이며, 울프심도 신문을 보자마자 달려올 것이라고 확신하고 있었기 때문이었다. 하지만 전화도 없었고 울프심도 오지 않았다. 경찰과 사진 기자들과 신문 기자들만 더 많이 찾아왔을 뿐이다. 집사가 울프심의 답장을 갖고 돌아오자 내게는 강한 반발심이 생겼다. 나와 개츠비가 한편이 되어 그들 모두에게 맞서고 있다는 냉소적인 연대감을 느끼게 된 것이다.

친애하는 캐러웨이 씨,

이 사건은 내게 생애 가장 끔찍하게 충격적인 일의 하나

라서 도무지 사실이라고 믿을 수 없을 정도입니다. 그자
가 저지른 그 미친 짓은 우리에게 정말로 많은 것을 생각
나게 해야 마땅합니다. 그러나 나는 지금 아주 중요한 일
에 묶여 있어서 당장 갈 수 없으며 당장은 그 사건과 연
루될 수도 없습니다. 후에 만일 내가 할 수 있는 일이 조
금이라도 있으면 에드거를 통해 편지로 알려주기 바랍
니다. 이런 소식을 들으니 내가 지금 어디 있는지도 모를
정도로 정신이 없으며 완전히 쓰러져버릴 지경입니다.

당신의 벗,
마이어 울프심으로부터

이어서 그 아래 황급히 쓴 듯 아래와 같은 내용이 덧붙여 있
었다.

장례식 등에 대해서 알려주시길 바랍니다. 그의 가족에
대해서는 아는 바가 없습니다.

그날 오후 시카고로부터 장거리 전화가 걸려왔을 때 나는 마

침내 데이지가 전화를 했구나, 라고 생각했다. 하지만 수화기를 통해 가늘고 멀게 들려온 것은 남자 목소리였다.

"슬레이글입니다……."

"예?" 처음 듣는 목소리였다.

"정말 거지 같은 소식 아닙니까? 내 전보 받았습니까?"

"아뇨, 아무 전보도 받지 못했는데요."

"파크 청년이 어려운 처지에 빠졌어요." 그가 급히 말했다. "그 친구가 매장에서 채권을 건네주다가 붙잡혔습니다. 바로 5분 전에 뉴욕으로부터 채권 번호를 알려주는 회람을 받은 거지요. 어떻게 된 건지 혹시 아십니까? 이런 촌구석에서야 도통 알 수가 없어서……."

"이보세요!" 내가 숨 가쁘게 그의 말을 도중에 끊었다. "이보세요……, 나는 개츠비 씨가 아닙니다. 개츠비 씨는 죽었어요."

전화 저쪽에서 엇! 하는 비명이 들리더니 오랫동안 침묵이 흘렀다……. 이어서 뭐라고 투덜거리는 소리가 들리면서 전화가 끊겼다.

미네소타주의 한 읍으로부터 '헨리 C. 개츠'라는 서명이 적힌 전보가 날아온 것은 사흘째 되는 날이었던 것으로 생각된다. 자신이 즉시 출발할 것이며 도착할 때까지 장례식을 미뤄 달라는 간단한 내용이었다.

개츠비의 부친은 근엄한 노인이었다. 그는 망연자실 낙담해 있었다. 그는 따뜻한 9월이었는데도 싸구려 긴 외투로 몸을 감싸고 있었다. 격한 감정에 휩싸여 눈물을 계속 흘리고 있었으며 그가 손에 들고 있는 가방과 우산을 받아들자 듬성듬성한 잿빛 턱수염을 쉴 새 없이 쓸어내리는 바람에 외투를 벗기는 데 여간 애를 먹은 것이 아니었다. 금방이라도 쓰러질 것 같아서 나는 그를 음악실로 데리고 가서 의자에 앉힌 뒤 사람을 시켜 음식을 좀 가져오게 했다. 하지만 그는 음식에 손도 대지 않았고 손을 떠는 바람에 우유를 엎질렀다.

"시카고 신문에서 봤소." 그가 말했다. "온 시카고 신문에 다 났어. 즉시 떠난 거요."

"연락드릴 방법이 없었습니다."

그는 끊임없이 방 안을 둘러보았지만 아무것도 눈에 들어오지 않는 것 같았다.

"미친 작자였소." 그가 말했다. "미친 게 분명해."

"커피라도 좀 드시겠습니까?" 내가 그에게 권했다.

"아무것도 필요 없소. 이제 괜찮아요. 성함이?"

"캐러웨이입니다."

"그래, 이제는 괜찮아졌소. 지미를 어디 안치해 두었소?"

나는 그의 아들이 누워 있는 거실로 그를 데려간 후 그를 그곳에 남겨두고 나왔다. 꼬마들 몇 명이 계단으로 올라와서 홀 안을 기웃거렸다. 내가 그들에게 방금 도착한 사람이 누구인지 알려주자 그들은 아쉬운 듯 가버렸다.

얼마 뒤 개츠 씨가 문을 열고 밖으로 나왔다. 입을 약간 벌리고 있었으며 얼굴이 약간 상기되어 있었고 눈에서는 간헐적으로 눈물이 흘러나왔다. 그는 죽음을 무시무시하게 놀라운 일로 받아들일 나이는 이미 지나 있었다. 그가 처음으로 주위를 둘러보자 높고 화려한 홀과 다른 방들과 연결된 거대한 방들이 비로소 눈에 들어왔다. 그러자 그의 슬픔은 경외감에서 비롯된 자부심과 뒤섞이기 시작했다. 나는 그를 부축해서 위층 침실로 올라갔다. 그가 상의와 조끼를 벗는 동안 나는 그가 도착할 때까지 모든 장례 절차를 미루어두었다고 말했다.

"어떤 생각이신지 몰라서요, 개츠비 씨……."

"내 성은 개츠요."

"……아, 네, 개츠 씨. 저는 어르신께서 시신을 서부로 옮겨가길 원하실지도 모르신다고 생각했습니다."

그가 고개를 가로저었다.

"지미는 늘 이곳 동부를 더 좋아했소. 동부에서 자리를 잡고 출세했거든. 댁이 우리 아이 친구였소? 미스터……?"

"아주 가까웠습니다."

"댁도 알다시피 그 애는 앞날이 보장되어 있었소. 아직 젊었지만 이곳에서 대단한 두뇌들을 거느리고 있었지."

그가 감동에 젖은 듯 자신의 머리를 만졌고 나는 고개를 끄덕여 동의했다.

"그 애가 살아 있다면 큰 인물이 될 수 있었을 텐데…… 제임스 J. 힐(미네소타 출신의 철도 재벌—옮긴이 주) 같은 인물 말이오. 국가 발전에 기여했을 거요."

"맞습니다." 나는 약간 거북한 기분을 느끼며 말했다.

그는 침대에서 수놓은 침대보를 벗겨내려고 더듬거리다가 그대로 뻣뻣하게 눕더니 바로 잠이 들었다.

그날 밤 어떤 사람이 놀란 목소리로 전화를 걸어왔다. 그는 자신의 이름을 밝히기도 전에 다짜고짜 내 이름부터 물었다.

"캐러웨이입니다." 내가 대답했다.

"아, 그래요!" 그는 안심한 듯 말했다. "클립스프링어입니다." 개츠비의 집에서 '하숙생'으로 통하던 바로 그 친구였다.

나도 마음이 놓였다. 개츠비의 장례식에 참석할 친구가 한 명 늘어났다는 생각에서였다. 신문에 부고를 내서 사람들이 몰려오게 하고 싶지 않았기에 나는 몇몇 사람에게 직접 전화로 연락하던 참이었다. 하지만 연락할 사람을 찾아내기란 쉽지 않았다.

"장례식은 내일입니다." 내가 말했다. "오후 3시에 이 집에서입니다. 올 만한 사람들에게 연락을 좀 부탁해도 될까요?"

"기꺼이 그러지요." 그가 황급히 말했다. "뭐, 전할 사람이 있을 것 같지는 않지만, 그런 사람이 있다면……."

그의 말투가 어딘가 의심스러웠다. 내가 그에게 물었다.

"내일 당연히 오시겠지요?"

"아, 네, 노력은 해보겠지만…… 실은 제가 전화를 드린 건……."

"잠깐만!" 내가 그의 말을 끊었다. "확실히 오겠다고 말하는 게 어때요?"

"그런데, 실은…… 그게……, 제가 지금 사람들과 함께 그리니치에 있거든요. 내일 자기들과 함께 갔으면 해서요. 실은 내일 피크닉 비슷한 게 있을 예정입니다. 물론 빠져나오려고 최선은 다 해보겠지만⋯⋯."

나는 나도 모르게 "흥!"하는 소리를 내뱉었고 그가 그 소리를 들은 것이 분명했다. 그의 목소리가 소심하게 변했던 것이다.

"제가 전화를 드린 건 그곳에 두고 온 신발 때문입니다. 집사를 시켜서 보내주시면 너무 감사하겠습니다. 테니스 신발인데, 그 신발이 없으면 낭패거든요. 제 주소는 B.F.⋯⋯."

나는 나머지 주소도 듣기 전에 수화기를 내려놓았다.

그 전화 이후 나는 개츠비에게 좀 수치스러운 일을 저지르기도 했다. 어느 신사에게 전화를 했더니 개츠비가 겪은 일을 자업자득이라고 말한 것이다. 어쨌든 순전히 내 잘못이었다. 그는 개츠비가 준 술을 마시고 그 술 힘으로 개츠비를 아주 신랄하게 비웃던 사람이었다. 그러니 전화를 걸기 전에 한 번 더 생각해보았어야 했다.

장례식 당일 날 아침 나는 마이어 울프심을 만나려고 뉴욕으로 갔다. 그를 만나려면 달리 방법이 없을 것 같았기 때문이었다. 엘리베이터 보이가 알려준 대로 나는 '스와스키타 지주회사'라는 간판이 붙어 있는 문을 열고 안으로 들어갔다. 얼핏 보기에 안에는 아무도 없는 것 같았다. 내가 몇 번 "여보세요, 누구 없습니까?"라고 소리쳐도 한동안 아무 응답이 없더니 칸막이 뒤에서 가벼운 입씨름이 벌어지는 것 같았다. 이윽고 예쁘장한 유대인 여자가 안에서 나타나더니 검은 눈에 적의를 품고 나를 자세히 훑어보았다.

"아무도 없어요." 그녀가 말했다. "울프심 씨는 시카고에 가셨어요."

안에서 누군가 「로사리오」라는 노래를 엉망인 음정으로 흥얼거리는 것으로 보아 아무도 없다는 말은 거짓임이 분명했다.

"캐러웨이가 찾아왔다고 좀 전해주세요."

"그분을 시카고에서 모셔올 수는 없잖아요. 안 그래요?"

바로 그 순간 문 저쪽에서 "스텔라"라고 부르는 소리가 들렸다. 울프심의 목소리가 분명했다.

"책상 위에 명함을 남겨주세요." 그녀가 재빨리 말했다. "그분이 돌아오시면 전해드릴게요."

"하지만 저 안에 계시잖소."

그녀는 내 앞으로 한 발자국 다가서더니 화라도 난 듯 두 손을 엉덩이 위아래로 쓸어내리기 시작했다.

"젊은 친구들은 언제고 마음 내키는 대로 밀고 들어올 수 있다고 생각한다니까." 그녀가 꾸짖듯 말했다. "정말 지긋지긋해.

제9장

281

시카고에 있다고 하면 시카고에 있는 거지.”

나는 개츠비의 이름을 댔다.

“어머나!” 그녀는 나를 다시 한번 훑어보았다. “그러니까…… 성함이 뭐라고 하셨지요?”

그녀가 안으로 사라졌다. 잠시 후 마이어 울프심이 근엄한 모습으로 문 앞에 서서 두 손을 내밀었다. 그는 나를 사무실 안으로 데리고 들어가더니 지금은 우리 모두에게 슬픈 때라고 경건하게 말하면서 내게 시가를 권했다.

“그 친구를 처음 만나던 때가 기억나는군.” 그가 말했다. “소령으로 막 제대한 참이었지. 전쟁 때 받은 훈장을 주렁주렁 달고 있었어. 돈이 궁해서 옷을 살 형편이 못 되었기에 계속 군복을 입고 있었지. 내가 그를 처음 본 것은 43번가의 와인브레너 내기 당구장에서요. 일자리를 구하려고 들어왔다고 하더군. 꼬박 이틀을 굶었다고 했소. ‘이리 와서 나와 점심이라도 하지’라고 내가 말했소. 30분 만에 무려 4달러어치 음식을 먹어치우더군.”

“그를 취직시켜주셨습니까?”

“취직시켰냐고? 내가 그를 키웠지.”

“아, 네.”

“아무것도 없는 데서, 말하자면 시궁창에서 곧장 끌어올린 거야. 얼굴도 잘생긴 데다 신사다운 젊은이라는 것을 금세 알아보았지. 그 친구가 오그스퍼드 출신이라고 하자 잘 써먹을 수 있겠다고 생각했어. 나는 그 친구를 '재향군인회'에 가입시켰고 그 친구는 거기서 요직을 맡았어. 그 뒤 얼마 안 돼서 올버니에서 내 고객을 위해 일했지. 우리는 모든 일에서 그렇게 두터운 관계였어." 그는 구근(球根) 모양의 두 손가락을 들어올렸다. "언제나 함께였지."

나는 그들의 제휴 관계에 1919년의 월드시리즈 승부 조작 사건도 포함되어 있는지 궁금했다.

"이제 그가 죽었습니다." 잠시 후 내가 말했다. "당신이 그토록 가까운 분이니 오늘 오후에 거행될 그의 장례식에 오실 것으로 압니다."

"가고 싶소."

"그럼 오시지요."

그의 콧구멍 털이 가볍게 떨렸고 그가 고개를 흔들자 그의 눈에 눈물이 고였다.

"그럴 수 없소…… 그 일과 얽힐 수 없소." 그가 말했다.

"얽히고 말고 할 것도 없습니다. 모든 게 다 끝난 일입니다."

"사람이 일단 피살되는 일이 벌어지면 나는 어떤 식으로건 그런 일에 끼고 싶지 않소. 한발 물러서 있는 거지. 젊었을 때였다면 달랐을 거요. 만약 한 친구가 죽으면 어떤 일이 있어도 끝까지 함께 했소. 감상적이라고 생각할지 모르지만 정말 끝까지 있었소. 제아무리 힘든 일을 당하더라도……."

나는 그가 무슨 자기만의 이유 때문에 장례식에 오지 않으리라는 것을 알고 자리에서 일어났다.

"댁도 대학을 나왔소?" 그가 불쑥 물었다.

순간 나는 그가 '거래선' 이야기를 하려는 것이려니 짐작했다. 하지만 그는 고개를 끄덕이면서 악수를 청할 뿐이었다.

"죽은 뒤가 아니라 살아 있는 동안에 우정을 보여주는 법을 배웁시다." 그가 제안했다. "일단 죽은 다음에는 모든 것을 그냥 내버려두는 것이 내 원칙이오."

그의 사무실을 나왔을 때 하늘은 이미 어둑어둑해 있었고 나는 이슬비를 맞으며 웨스트에그로 돌아왔다. 집에서 옷을 갈아입은 후 이웃 개츠비의 집으로 가니 개츠 씨가 흥분해서 홀 안에서 서성이고 있었다. 아들과 아들의 재산에 대한 그의 자부심이 점점 커져 이제 내게 뭔가 보여줄 것이 생긴 것 같았다.

"지미가 내게 이 사진을 보냈지. 이걸 보게나." 그가 떨리는 손으로 지갑을 꺼내며 말했다.

개츠비의 저택을 찍은 사진으로서 가장자리에 금이 가 있었고 여러 사람의 손때가 묻어 있었다. 그는 사진 구석구석을 가리키며 내게 열심히 설명했다.

"이것 좀 보라고!" 그는 나도 감탄하고 있는지 내 눈치를 살폈다. 그가 그 사진을 남들에게 하도 자주 보여주었기에 그에게는 그 사진 속의 집이 실제의 집보다 더 현실적이었으리라고 나는 지금도 생각한다.

"지미가 보내준 거라네. 참 근사한 사진이야. 아주 잘 나왔어."

"그러네요. 최근에 아드님을 만난 적이 있으신가요?"

"두 해 전에 나를 보러 왔었지. 그때 지금 내가 살고 있는 집을 사주었어. 물론 그 애가 집을 나갔을 때 우리는 서로 갈라선 셈이었지. 하지만 이제 보니 집을 나갈 만한 이유가 있었던 걸 알겠어. 그 애는 자기 앞에 대단한 미래가 기다리고 있다는 걸 알고 있었던 거야. 성공을 거둔 뒤로는 내게 정말로 잘해줬지."

그는 그 사진을 치우는 게 내키지 않는 것 같았다. 그는 미련이 남은 듯 한동안 그 사진을 내 눈앞에 들고 있었다. 이윽고 그는 사진을 다시 지갑에 넣더니 주머니에서 '호펄롱 캐시디'라는 제목이 붙은 누더기 같은 헌 소설책을 꺼냈다.

"이걸 보게나. 그 애가 어렸을 때 갖고 있던 책이야. 자네에게 보여줄 게 있어."

그는 뒤표지를 펼치더니 내가 볼 수 있도록 책을 빙 돌렸다. 책의 뒤표지 바로 앞면에 계획표, 1906년 9월 12일이라고 적혀 있었고 다음과 같은 내용이 그 아래 쓰여 있었다.

기상 ·····································오전 6시
아령 들기, 벽 타고 오르기···오전 6시 15분 ~ 6시 30분
전기학 및 기타 공부 ······ 오전 7시 15분 ~ 8시 15분
일 ·······················오전 8시 30분 ~ 오후 4시 30분
야구 등 스포츠 ················ 오후 4시 30분 ~ 5시
웅변 연습, 지세 균형 잡기 훈련 ······ 오후 5시 ~ 6시
발명을 위한 공부 ·······················오후 7시 ~ 9시

결심

새프터스나 ***(해독 불가능)에 시간을 낭비하지 말 것
궐련이나 씹는담배를 끊을 것
매일 목욕할 것
일주일에 유익한 책이나 잡지를 한 권씩 읽을 것

위대한 개츠비

매주 5달러 3달러씩 저축할 것

부모님 말씀 잘 들을 것

"이 책을 우연히 발견했지." 노인이 말했다. "어때, 이 정도면 대단하지 않은가? 지미는 이런 녀석이야."

"네, 그러네요."

"지미는 출세하게 되어 있는 애였어. 언제나 이런저런 결심을 했거든. 그 애가 자기 계발을 위해 얼마나 노력했는지 아시오? 정말 열심이었지. 한번인가는 내가 꼭 돼지처럼 먹는다고 말하기에 때려준 적도 있어요."

그는 책을 덮기가 싫은 듯 각 항목들을 큰 소리로 읽더니 나를 열심히 바라보았다. 지금 생각하니 내가 그 항목들을 옮겨 적어 실천하기를 그가 바라고 있던 게 아니었나 싶다.

3시 조금 전에 플러싱에서 루터교 목사가 도착했고 나는 무심결에 다른 차들도 왔는지 창밖을 내다보았다. 개츠비의 부친도 밖을 내다보았다. 시간이 흐르고 하인들이 안으로 들어와 홀에서 기다리며 서 있자 그의 눈이 불안한 듯 깜빡거렸다. 그는 걱정스러운 투로 비를 탓했지만 자신이 없는 목소리였다. 목사는 몇 번이고 시계를 들여다보았다. 나는 그를 넌지시 옆으로 데려가 30분만 더 기다려달라고 부탁했다. 하지만 부질없는 짓이었다. 아무도 오지 않았다.

5시쯤 자동차 세 대로 이루어진 장례 행렬이 묘지에 도착해서 입구에 멈춰 섰다. 제법 굵은 가랑비가 내리고 있었다. 맨 앞에는 비에 젖은 무시무시한 검은색의 영구차, 그다음에는 개츠씨와 내가 탄 리무진, 이어서 하인 네댓 명과 웨스트에그에서 온 우편배달부가 탄 개츠비의 스테이션왜건이 줄을 이었다. 세 대의 차량 모두 비에 흠뻑 젖어 있었다. 우리가 문을 통해 묘지 안으로 들어가려 했을 때였다. 차가 멈추는 소리가 들리더니 누군가 질퍽질퍽한 진창의 물을 튀기면서 우리 뒤를 따라왔다. 나는 뒤를 돌아보았다. 석 달 전 어느 날 밤 개츠비의 서재에 꽂혀 있는 책들에 홀딱 매료되어 있던 올빼미 안경을 낀 남자였다.

그날 이후로 나는 그를 본 적이 없었다. 나는 그가 어떻게 장례식 날짜를 알게 되었는지 지금도 모르며 심지어 아직도 그의 이름을 모른다. 그의 두터운 안경에 빗줄기가 쏟아지자 그는 안경을 벗어서 닦고는 개츠비의 무덤을 덮고 있던 천막이 벗겨지는 것을 바라보았다.

나는 잠시나마 개츠비에 대해 생각하려 해 보았다. 하지만 그는 이미 멀리 가고 없었다. 다만 나는 데이지가 조문도 꽃도 보내지 않았다는 사실을 떠올렸을 뿐이었다. 하지만 분노는 일지 않았다. 누군가가 희미하게 "비를 맞고 있는 사자(死者)여, 축복이 있기를!"이라고 중얼거리는 소리가 들렸고 올빼미 눈의 사나이가 "아멘!"이라고 우렁차게 화답했다.

우리는 뿔뿔이 흩어진 채 비를 맞으며 황급히 자동차로 돌아갔다. 올빼미 눈의 사나이가 묘지 문 앞에서 내게 말을 걸었다.

"미처 집에는 들르지 못했습니다."

"아무도 찾아오지 않았습니다." 내가 대답했다.

"그럴 리가!" 그가 놀라서 외쳤다. "오, 맙소사! 수백 명이나 그 집에 드나들었는데!"

그는 다시 한번 안경을 벗고 안팎을 골고루 닦았다.

"불쌍한 녀석 같으니!" 그가 말했다.

내가 아직 가장 생생하게 기억하고 있는 일이 한 가지 있다. 대학입학 예비 학교에 다닐 때, 혹은 훗날 대학에 다닐 때 크리스마스를 맞아 서부로 돌아갈 때의 기억이다. 시카고를 향해 떠나는 친구들과 그보다 더 멀리 떠나는 친구들은 저녁 6시에 낡고 어두운 유니온역에 모여 벌써 휴가 분위기에 한껏 들뜬 채 서둘러 작별 인사를 나누곤 했다. 이런저런 여학교에 다니던 여학생들의 털외투도 기억나고 알던 얼굴이 보이면 차디찬 입김을 내뿜으며 뭐라고 떠들어대거나 머리 위로 손을 흔들어대던 것도 기억난다. 또한 "너 오드웨이네 갈 거니? 허시네 집에는? 슐츠네 집에는?"이라며 초대받은 일정들을 맞춰보던 것도 기억난다. 그와 함께 장갑 낀 손에 꼭 쥐고 있던 기다란 초록색 기차표도 아직 기억에 생생하다. 그리고 마지막으로 철로에 서 있던 시카고, 밀워키, 세인트폴행 칙칙한 노란색 기차들까지도 마치 크리스마스가 역 입구 트랙으로 직접 찾아온 것처럼 즐거워 보이던 것이 생각난다.

이윽고 역을 떠나 겨울밤 안으로 들어가면 진짜 눈, 우리의 눈이 우리들 옆에 펼쳐지며 창밖에서 반짝이기 시작한다. 이어서 작은 위스콘신역의 흐릿한 불빛들이 스쳐 지나가고 공기 중에는 갑자기 매서울 정도로 날카로운 찬 기운이 감돈다. 저녁 식사를 마치고 냉랭한 열차 통로를 지나오면서 우리는 깊이 숨을 들이마신다. 다시 그 공기와 하나가 되어 녹아들기 전부터 우리는 이 이상야릇한 한 시간 동안에 우리가 하나가 되었음을 완전히 깨닫게 되는 것이다.

그것이 나의 중서부 지방이다. 밀밭이나 평원, 혹은 사라진 스웨덴 출신 사람들의 정착지가 아니라 내 젊은 날의 가슴 떨리는 귀향 열차, 서리가 내린 어두운 밤의 가로등과 썰매 종소리, 불 켜진 창의 불빛에 의해 눈 위에 비치는 크리스마스 장식 화환의 그림자, 그것들이 바로 나의 중서부 지방이다. 나는 그곳의 일부이다. 그 기나긴 겨울의 느낌에 젖으며 나는 약간 엄숙해진다. 그리고 몇십 년 동안 가문의 이름이 주소를 대신하고 있는 그런 도시에서 캐러웨이가(家)의 사람으로 자랐다는 사실에 대해 약간의 자부심을 느낀다. 나는 이 이야기가 서부의 이야기였음을 이제 알고 있다. 톰과 개츠비, 데이지와 조던, 그리고 나는 모두 서부인들이었으며 우리는 모두 왠지 동부의 삶에 적응할 수 없게 만드는 그 어떤 결함을 공유하고 있었는지도 모른다.

동부가 나를 가장 흥분시켰을 때조차도, 또한 동부가 오하이오 너머의 그 지루한 도시들, 꼴사납게 부풀어 오른 듯 뻗어 있는 도시들보다—그곳은 아이들과 노인들을 제외하고는 모든 사람들에게 끊임없는 심문 같은 것이 이어지고 있는 곳이다—훨씬 우월하다는 것을 날카롭게 의식하고 있을 때조차도 동부에는 뭔가 뒤틀린 것이 있어 보였다. 특히 웨스트에그는 나의 환상적인 꿈속에서 중요한 자리를 차지하고 있다. 내게는 그곳이 엘 그레코(그리스 태생의 스페인 화가-옮긴이 주) 그림 속의 밤 풍경처럼 보인다. 음산하게 떠돌고 있는 하늘과 광택 없는 달 아래 전통적이면서도 기괴한 수백 채의 집이 웅크리고 있는 그림말이다. 그림 전경에는 야회복을 입은 네 명의 엄숙한 사내들이 하얀 이브닝드레스 차림의 술 취한 여자가 누워 있는 들것을 들고 인도를 따라 걸어가고 있다. 들것 밖으로 흔들거리는 여자의 손에서 보석들이 차갑게 반짝인다. 사내들은 진지하게 어떤 집으로 들어간다. 집을 잘못 찾았다. 하지만 아무도 그 여자의 이름을 모르고, 아무도 개의치 않는다.

개츠비가 죽은 후 동부는 그렇게 뒤틀린 모습으로 내게 자주 나타났다. 내 '시력'으로는 어떻게 교정해볼 방법이 없었다. 부서지기 쉬운 나뭇잎의 푸른 연기가 공기 중에 떠돌고 빨랫줄에 뻣뻣하게 걸려 있는 빨래들이 바람에 흩날리던 가을에 나는 고향으로 돌아가기로 결심했다.

떠나기 전에 해야만 하는 일이 한 가지 있었다. 그냥 내버려두는 것이 나을지도 모를 어색하고 불쾌한 일이었다. 그러나 나는 일을 정리하고 싶었다. 또한 저 자상하고 무심한 바다가 자질구레하게 남은 것들을 말끔히 씻어내 버리리라고 안심할 수 없었다. 나는 조던 베이커를 만나서 우리 둘 사이에서 있었던 일, 그 뒤에 내게 일어난 일에 대해 찬찬히 이야기해주었다. 그녀는 큰 의자에 거의 눕다시피 몸을 묻은 채 내 말에 귀를 기울였다.

그녀는 골프복을 입고 있었다. 나는 그녀의 약간 멋을 부리듯 치켜올린 턱, 가을 낙엽 빛깔의 머리카락, 무릎 위에 놓여 있는 손가락 없는 장갑 색깔처럼 갈색으로 그을린 그녀의 얼굴이 멋진 삽화 같다고 생각했던 것이 지금도 기억난다. 내가 이야기를 마치자 그녀는 내가 한 말에 대해서는 일언반구도 없이 다른 남자와 약혼했다고 말했다. 그녀가 고개만 까딱해도 결혼하겠다고 덤벼들 남자가 여럿 있긴 했지만 나는 그 말을 믿기 어려웠다. 하지만 나는 놀라는 척했다. 한순간 나는 혹시 내가 실수를 하고 있는 것이나 아닌지 의심했다. 나는 재빨리 그 문제에 대해 재차 생각해본 후에 그녀에게 작별 인사를 하려고 자리에서 일어났다.

"어쨌든 당신이 나를 차버렸잖아요." 조던이 갑자기 말했다. "당신이 전화에서 나를 차버렸어요. 지금이야 당신을 비난할 마음이 전혀 없지만 내게는 새로운 경험이었어요. 잠시 어리둥절했어요."

우리는 악수를 나누었다.

"아, 참 기억나요?" 그녀가 덧붙였다. "자동차 운전에 대해 우리가 주고받은 대화 말이에요."

"그럼…… 하지만 정확히는……."

"나쁜 운전자는 또 다른 나쁜 운전자를 만나기 전까지만 안전하다고 당신이 말했어요. 맞아요. 나는 또 다른 나쁜 운전자를 만났던 거예요. 안 그런가요? 참, 그런 잘못된 추측을 하다니 내가 경솔했다는 뜻이에요. 당신이 정직하고 올바른 사람이라고 생각했거든요. 당신이 그걸 은근히 자부하고 있다고 생각했어요."

"나는 서른 살이오." 내가 말했다. "스스로에게 거짓말을 하고 그것을 자랑스럽게 여길 나이는 5년 이상 지났지."

그녀는 대답하지 않았다. 화도 나고, 절반쯤은 그녀를 여전히 사랑하면서, 또한 엄청나게 자책도 하면서 나는 발길을 돌렸다.

10월 말 어느 날 오후에 나는 톰 뷰캐넌을 만났다. 그는 특유의 민첩하고 공격적인 모습으로 5번가를 따라 내 앞에서 걷고 있었다. 그의 두 손은 마치 거추장스러운 것이라도 있으면 물리쳐버리려는 듯 몸에서 떨어져 있었고 머리는 들떠 있는 눈길에 맞춰서 이리저리 날카롭게 움직이고 있었다. 내가 그를 따라잡지 않기 위해 걸음을 늦추었을 때 그가 걸음을 멈추더니 보석 가게 진열창을 들여다보며 눈살을 찌푸렸다. 갑자기 그가 나를 보았고 뒤돌아 와서 손을 내밀었다.

"왜 그래, 닉? 나와 악수하기가 싫은가?"

"맞아. 내가 자네를 어떻게 생각하는지 알 것 아닌가?"

"미쳤군. 이만저만 미친 게 아니야. 도대체 왜 그러는지 모르겠군."

"톰! 그날 저녁 윌슨에게 뭐라고 말했나?" 내가 심문하듯 물었다.

그는 한마디 말도 없이 나를 바라보았다. 나는 윌슨의 행방이 묘연했던 시간에 벌어졌던 일에 대한 나의 추측이 옳았다는 것을 알 수 있었다. 나는 등을 돌려 걸어가기 시작했다. 하지만 그가 나를 따라오더니 내 팔을 붙잡았다.

"그에게 사실대로 말해줬네." 그가 말했다. "우리가 떠날 준비를 마쳤을 때 그가 문 앞에 나타났어. 아무도 없다는 말을 전하자 그가 억지로 위층으로 올라오려고 하더군. 차 주인이 누구인지 말해주지 않으면 충분히 나를 죽일 기세였어. 집 안에

있는 동안 내내 주머니에 들어 있는 권총에 손을 대고 있었단
말이야……."

그는 말을 멈추고 도전적인 눈빛을 던졌다. 그가 말을 이었다.

"그래서 어쨌단 말인가? 그 자식은 자업자득이야. 데이지의
눈을 흐렸듯이 자네 눈도 흐리게 만들었군. 하지만 실제로는
난폭한 놈이었어. 마치 개를 덮치듯 머틀을 덮치고도 차를 멈
추지 않았다니까."

그것이 사실이 아니라는 말, 차마 내 입으로 말하기 어려운
진실을 밝히는 것 외에는 아무 말도 할 말이 없었다.

그러자 그가 말했다.

"이보게, 나라고 괴롭지 않았을 것 같은가? 내가 그 아파트
를 처분하려고 그곳에 가서 그 빌어먹을 개 비스킷 깡통이 찬
장에 놓여 있는 것을 보고 주저앉아 엉엉 아이처럼 울었어. 정
말 끔찍했다니까……."

나는 그를 용서할 수도 없었고 좋아할 수도 없었다. 하지만
그가 한 일이 그에게는 모두 완벽하게 정당화될 수 있는 행동
이라는 것을 알 수 있었다. 모든 것이 경솔했고 뒤죽박죽이었
다. 톰과 데이지 그들은 경솔하고 무책임한 사람들이었다. 그들
은 물건이건 사람이건 박살을 낸 뒤에 그들의 돈 뒤로, 혹은 그

들의 그 엄청난 경솔함 뒤로, 혹은 그들을 한데 묶어줄 수 있는 것이라면 그게 무엇이든 그 뒤로 물러나서 그들이 어지럽혀 놓은 것들을 다른 사람들 손으로 치우게 만들었던 것이니……

나는 그와 악수했다. 그러지 않는 것이 어리석어 보였다. 갑자기 내가 어린아이와 이야기를 나누고 있는 것 같다는 생각이 들었던 것이다. 그런 후 그는 보석상 안으로 들어갔다. 진주 목걸이, 혹은 단순히 커프스단추 한 쌍을 사기 위해서였으리라. 그는 나의 촌스러운 결벽증에서 영원히 벗어난 것이다.

내가 떠날 때 개츠비의 집은 여전히 비어 있었다. 그 집 잔디도 나의 집 잔디처럼 무성할 대로 무성하게 자라 있었다. 마을 택시 기사 중 한 명은 그 입구를 지날 때마다 잠시 멈춰 서서 손가락으로 안을 가리킨 뒤에야 요금을 받았다. 어쩌면 그는 사건이 있던 날 밤 데이지와 개츠비를 이스트버그까지 태우고 갔던 운전사인지도 모른다. 그리고 그 사건에 대해 나름대로 자기만의 이야기를 꾸며내고 있었는지도 모른다. 나는 그 이야기를 듣고 싶지 않아서 기차에서 내릴 때면 일부러 그를 피했다.

나는 토요일 밤은 뉴욕에서 보냈다. 그의 집에서 열렸던 그 눈부시고 황홀한 파티가 너무 생생하게 되살아나 마치 정원에서 끊임없이 들려오던 희미한 음악 소리와 웃음소리가 여전히 들리는 것 같았고 차들이 여전히 그의 정원 차도를 오르내리는 것 같았기 때문이었다. 그런데 어느 날 밤 나는 실제로 차를 보았고 차의 전조등이 계단 아래를 비추는 것을 보았다. 하지만 나는 누구인지 알아보려 하지 않았다. 아마도 지구 반대쪽에 멀리 가 있다가 파티가 끝이 났다는 것을 모르고 찾아온 마지막 손님인지도 몰랐다.

마지막 날 밤 트렁크를 꾸리고 자동차를 식료품상에 팔고 난 후 나는 그 집으로 건너가 그 집의 거대하면서도 지리멸렬한 패배를 바라보았다. 하얀 계단에는 어떤 아이가 벽돌 조각으로 써놓은 듯 음탕한 말들이 달빛에 훤히 모습을 드러내고 있었다. 나는 계단을 따라가며 구둣발로 문질러서 지워버렸다. 그런 후 나는 해변으로 어슬렁거리며 걸어 내려가 모래 위에 대자로 드러누웠다.

해변에 늘어선 대부분의 집들은 이제 닫혀 있었고 해협을 가로지르는 나룻배 한 척에서 어른거리는 어두운 불빛을 제외하고는 어떤 불빛도 보이지 않았다. 달이 점점 높이 떠올라 저 하찮은 집들이 녹아 없어져버리자 내게는 서서히 저 옛날의 롱아일랜드, 한때 네덜란드 선원들의 눈에 꽃처럼 피어났던 그 섬,

신세계의 싱그러운 초록색 가슴처럼 보였을 그 섬이 떠올랐다. 이제는 자취를 감춘 나무들, 개츠비의 집에 자리를 물려준 그 나무들이 한때는 인간의 모든 꿈들 중 마지막 가장 위대한 꿈에 맞장구를 치며 소곤거렸으리라. 덧없이 흘러가버릴 한순간 동안 인간은 이 대륙의 존재 앞에서 숨을 죽였을 것이다. 그리고 자신도 모르게 미적 관조 상태,—스스로 이해할 수도 없고 갈망하지도 않던 그런 관조 상태에 빠져, 인류 역사에서 마지막으로, 경이감(驚異感)을 느낄 수 있는 인간의 능력 자체와 비견할 만한 그 무엇과 마주하고 있었을 것이다.

나는 그렇게 그곳에 앉아 저 옛날의 미지의 세계에 대해 깊은 생각에 빠진 채 개츠비가 데이지의 부두 끝에서 초록색 불빛을 처음 찾아냈을 때 그가 느꼈을 경이감에 대해 생각해보았다. 그는 이 푸른 잔디밭을 향해 머나먼 길을 항해한 것이며 자신의 꿈이 너무 가까이 있어 거의 손에 다 넣었다고 생각했을 것이다. 그 꿈이 이미 그의 뒤에 있다는 사실, 공화국의 어두운 들판이 밤 아래 펼쳐져 있는 저 도시 너머 어두운 어떤 곳으로 물러나 있다는 사실을 그는 알지 못했던 것이다.

개츠비는 그 녹색 불빛을 믿었다. 그는 해가 가면 갈수록 우리 눈앞에서 뒤로 물러나고 있는 희열에 가득 찬 미래를 믿었다. 그것은 우리로부터 빠져나갔다. 하지만 문제될 것은 없다. 내일 우리는 좀 더 빨리 달릴 것이며 더 멀리 팔을 뻗을 테니까……. 그리고 어느 맑은 날 아침에…….

그렇게 우리는 물결을 거스르는 배처럼 끊임없이 과거로 떠밀려 가면서도 계속 앞으로 나아가고 있는 것이다.

『위대한 개츠비』를 찾아서

스콧 피츠제럴드(Francis Scott Key Fitzgerald, 1896~1940)의 『위대한 개츠비』처럼 제목 자체에 대해 많은 사람들에게 의문을 품게 만드는 소설은 거의 없을 것이다. 얼핏 지극히 통속적으로 보이는 개츠비라는 인물에게 어떻게 '위대한'이란 수식어를 붙일 수 있는가, 라는 의문이 바로 그것이다. 이 작품의 주인공 개츠비는 우리가 통상적으로 '위대한'이라는 수식어 속에 포함시킬 수 있는 인물상과는 거리가 너무 멀기 때문이다.

물론 개츠비를 뛰어난 인물로 볼 수 있을 소지는 몇 가지 있다. 그는 '이 세상 전체와 맞서고 있는, 아니 맞서고 있는 것처럼 보이는 미소'를, '상대방에게 자기는 당신을 좋아하고 당신 편이라는 착각을 강하게 심어주기에 충분한 미소'(85쪽)를 순간적으로 지을 줄 아는 인물이고, 댄 코디나 울푸심 같은 인물에게 첫눈에 강한 신뢰감을 심어준 인물이다. 또한 어린 시절의 일과표를 보면 더없이 성실한 모범적인 소년이기도 하다. 게다가 전쟁터에서 큰 공을 세운 능력 있는 인물이기도 하며, 방법이야 어찌 되었건 신분적 제약을 뛰어넘어 어마어마한 부(富)를 이룩한 인물이기도 하다.

하지만 그는 그 모든 능력을 오로지 한 여인을 향한 사랑으로 집중시킨 인물이다. 인생 전체가 오로지 데이지라는 한 속물 여성을 향한 사랑으로 채워져 있는 인물이다. 그에게는 성공 자체를 향한 야심도 없고, 인류를 위해 거창한 일을 이룩하겠다는 사명감도 없다. 게다가 그는 '제임스 개츠'라는 현실적 존재로서의 삶을 살아간 인물이 아니라 스스로 관념 속에서 창조해낸 '제이 개츠비'라는 존재로서 살아간 인물, 관념에 충실한 삶을 살았던 인물이다.

나는 그때 그가 이미 오랫동안 그 이름을 준비해놓았으리라고 생각한다. 그의 부모는 무능하고 보잘것없는 농사꾼이었다. 그의 상상력은 그들을 결코 부모로 받아들일 수 없었다. 웨스트에그의 제이 개츠비란 인물은 실로 자신에 대한 플라톤적인 관념에서 솟아난 인물이었다. 그는 하느님의 아들이었으며 '하느님의 아들'이라는 표현은 바로 그런 경우를 의미했다.—그 말에 의미가 있다면 말이다—그는 '그의 아버지의 일'(「누가복음」 2장 49절 참조. '내가 내 아버지의 일에 관계하여야 될 줄을 알지 못하셨나이까 하시니'-옮긴이 주), 즉 광대하며 세속적이고 저급한 아름다움을 섬기는 일에 종사해야만 하게 되었던 것이다. 그리하여 그는 열일곱 살 청년이 창조해낼 만한 제이 개츠비라는 인물을 만들어내고는 끝까지 자신의 관념에 충실한 삶을 살았던 것이다. (162쪽)

마찬가지로 그녀가 사랑한 데이지도 피와 살로 이루어진 현실 속의 여자라기보다는 차라리 그가 관념 속에서 창조해낸 여자이다. 그가 데이지와 사랑에 빠지는 장면을 보라. 모든 것이 환상적이며 몽환적이다.

그는 처음에는 테일러 캠프의 다른 장교들과 함께 그녀의 집을 방문했으며 나중에는 혼자 갔다. 그는 매혹되었다. 그렇게 멋진 집은 이제껏 본 적이 없었다. 하지만 무엇보다 그를 숨 막히게 만들었던 것은 바로 데이지가 그 집에 살고 있다는 사실이었다. 그리고 그를 그렇게 숨 막히게 만드는 그 집이 마치 병영이 그에게 익숙하듯 그녀에게는 익숙했다. 그 집 주변에는 농익은 신비가 감돌고 있었다. 위층에는 그 어떤 침실들보다 아름답고 시원한 침실이 있을 것 같았으며 복도마다 즐겁고 멋진 일들이 벌어지고 있는 것 같았다. 그곳에는 라벤더 속에 처박아 둔 이미 곰팡내 나는 로맨스가 아니라 금년에 출시된 번쩍이는 자동차처럼 신선하고 숨 막힐 정도로 향기로운 로맨스가 있는 것 같았고 결코 시들지 않을 꽃 같은 무도회가 열리고 있는 것 같았다. 또한 많은 남자들이 이미 데이지를 흠모하고 있었다는 사실이 그의 가슴을 더욱 설레게 만들었다. 그럴수록 그의 눈에 그녀의 가치가 더 높아졌다. 그들이 집 주변에 어슬렁거리고 있는 것 같았으며 여전히 떨리고 있는 그들의 감정의 그림자와 메아리가 대기를 채우고 있는 것 같았다. (244~245쪽)

한마디로 그는 데이지라는 실제 인물을 사랑한 것이 아니라 자신이 만들어낸 데이지의 이미지를 사랑한 것이다. 그가 사랑한 인물이 오로지 그의 상상력이 빚어낸 이미지이며 관념이라는 것은 무엇을 뜻하는가? 그것은 그가 사랑한 대상이 허상이었음을 뜻하지 않는다. 그것은 그가 사랑한 대상이 이상화된 존재로 승격했음을 뜻한다. 마치 돈키호테가 알돈사 로렌소라는 한 시골 처녀를 마음속 연인으로 삼고 둘시네아 델 토보소라고 부른 것과 비슷하다. 돈키호테가 사랑한 것이 실제의 아리따운 처녀 농부가 아니라 상상력 속에서 이상화되고 신비화된 존재였듯이 개츠비가 사랑한 데이지도 그의 상상력 속에서 한껏 이상화되고 변형된 존재이다.

그렇게 관념화되고 이상화된 이미지는 흔히 생각하듯 덧없거나 일시적이지 않다. 마음속에, 혹은 상상 속에 그 얼마나 깊이 각인되었느냐에 따라 그 생명력이 영원하기도 하다. 아무리 나이를 먹었어도 저 초등학교 시절, 혹은 아직 순진하던 중학교 시절 우리의 가슴을 뛰게 했던 여학생의 모습이 아련히 떠오르며 가끔 막연한 그리움에 젖게 되는 것은 그 때문이다. 그러나 비록 가끔 그렇게 가슴이 설레는 순간을 맞이하더라도 우리는 곧바로 다시 현실로 돌아온다. 우리는 세상을 살아가는 일상인이기 때문이다. 그런데 현실로 돌아오기를 끝끝내 거부한 인물이 있다. 바로 '위대한' 개츠비이다. 그는 죽는 순간까지 자신이 창조해낸 관념과 이미지에 충실했던 인간이며 그것을 결코 포기하지 않은 인물이다. 즉, 그는 꿈과 이상을—비록 허상이라 할지라도—결코 포기하지 않고 끝까지 간직했던 인물이다.

그는 데이지와 헤어지고 5년이 지난 후에도 애타게 다시 그녀를 만나고 싶어 한다. 아니, 그 5년의 삶 전체가 그녀를 다시 만나기 위한 준비 과정이다. 더 정확히 말한다면 물리적으로는 그녀와 결별해 있었는지 몰라도 그는 한시도 그녀에게서 떠난 적이 없다. 하지만 그가 결코 떠나지 못한 것, 그가 되찾고 싶었던 것은 실은 그녀 자신이라기보다는 바로 자신이 창조해낸 그 이미지이다. 그는 데이지를 만나 다시 과거로 되돌아가고 싶어 한다. 그러나 그가 돌아가고 싶은 곳은 과거에 그녀와 사랑을 나누었던 현실 속의 과거가 아니다. 5년 전에 그가 그토록 간절한 열망으로 구축해놓은 자신의 관념 그 자체이다. 마치 잃어버린 낙원을 향한 꿈처럼…….

나는 그가 데이지를 사랑하게 만든 그 무엇, 그 자신에 대한 그 어떤 관념을 다시 회복하기를 그가 원하고 있는 것은 아닌가 하는 생각이 들었다. 그로부터 그의 삶은 혼

란스러워졌고 무질서해졌지만 만일 다시 한번 그 출발점
으로 돌아가 천천히 그것을 다시 되풀이할 수 있다면 그
것이 무엇인지 발견할 수 있으리라……. (183쪽)

다시 말하자. 그것은 현실이 아니라 환상이다. 하지만 역설
적으로 그것이 환상이었기에 오히려 현실을 초월하며 영원할
수 있다. 그는 단순히 한 여자를 열렬히 사랑한 것이 아니라 '성
배(聖杯)를 좇는 길'(246쪽)에 발을 들여놓은 것이다.

5년에 가까운 세월! 심지어 바로 그날 저녁에도 데이지
가 자신이 꿈꾸었던 것에 훨씬 못 미치는 존재로 전락하
는 순간이 있었음이 분명하다. 하지만 그것은 결코 그녀
의 잘못이 아니었다. 그의 환상이 그토록 거대하고 생생
했기 때문이다. 그 환상은 그녀를, 그리고 모든 것들을 초
월하는 것이었다. 그는 창조적 열정으로 그 환상에 자신
의 몸을 던졌으며 내내 그 환상을 부풀렸고 그의 길 앞에
떠도는 온갖 가벼운 깃털들로 그 환상을 장식했던 것이
다. 한 사내가 자신의 유령 같은 마음에 쌓아놓은 정열과
순수함에 필적할 만한 것은 아무것도 없다. (158쪽)

그리 길지 않으면서도 복합적인 의미를 품고 있는 문장이다. 실제로 데이지와 다시 만나 사랑을 나누는 순간 개츠비는 분명 실망할 수밖에 없다. 작가는 '전락'이라는 단어를 사용한다. 현실 속의 그녀는 분명 그의 상상 속의 그녀에 비견할 수 없다. 하지만 그것은 결코 데이지의 잘못이 아니다. 그녀는 계속 데이지로 살아왔고 여전히 데이지로서 남아 있을 뿐이다. 그녀는 이상화된 존재로 살아간 것이 아니라 '전락'의 삶을 여전히 살아왔을 뿐이다. 그녀는 결코 개츠비의 환상 속의 이상화된 여인일 수 없다. 바로 그 사실에 개츠비의 비극성이 존재하고 그의 위대함이 두드러진다. 그는 데이지와 동등한 사랑을 한 것이 아니라 전혀 균형이 맞지 않는 사랑을 한 것이다.

데이지는 결국 개츠비를 버리고 톰 뷰캐넌을 택한다. 그녀가 단순히 속물이라서 숭고한 사랑을 버리고 톰이라는 힘과 재력과 사교계의 상징과 결탁한 게 아니다. 그녀가 정숙한 여자이기에 정부(情夫)를 버리고 남편을 택한 것이 아니다. 그녀는 개츠비의 진정한 사랑과 톰 뷰캐넌의 속물적인 사랑 사이에 갈등하다가 뷰캐넌을 택한 것이 아니다. 그녀는 톰 뷰캐넌을 사랑하듯이 개츠비를 사랑했을 뿐이다. 개츠비는 이상화된 여인을 사랑했지만 데이지는 현실 속의 남자를 사랑했다. 그녀에게 개

츠비와 뷰캐넌은 모두 현실 속에 존재하는 같은 차원의 인물이
다. 비교가 불가능할 정도로 차원이 다른 개츠비의 사랑과 톰
의 사랑 앞에서 그녀는 다음과 같이 말한다.

> "아, 당신은 너무 많은 걸 원해요!" 그녀가 개츠비에게 소
> 리쳤다. "전 지금 당신을 사랑해요…… 그걸로 충분하
> 지 않아요? 과거는 어쩔 수 없잖아요." 그녀는 절망적으
> 로 흐느끼기 시작했다. "저 사람을 한때 사랑했단 말이에
> 요…… 하지만 당신도 사랑했어요." (219쪽)

그녀를 향한 개츠비와 톰의 사랑은 차원도 다르고 질도 다
르다. 그러나 그녀는 결코 그 차원이 다른 두 사랑 앞에서 갈등
하지 않는다. 왜? 그녀는 개츠비에 속하지 않고 톰에게 속하는
하찮은 존재이기 때문이다. 그녀는 둘을 그저 저울에 올려놓고
무게를 잴 뿐이다. 무엇의 무게? 바로 돈이다.

> 개츠비가 굳은 표정으로 나를 돌아보았다.
> "형씨, 이 집에서는 아무 말도 할 수가 없어요."
> "데이지 목소리가 좀 경솔했어요." 내가 말했다. "뭔가가

듬뿍 담겨 있어서……."

"돈이 잔뜩 담겨 있지요." 그가 갑자기 말했다.

그렇다, 바로 그거였다. 나는 전에는 미처 깨닫지 못했다. 그녀의 목소리에는 돈이 가득 담겨 있었다. 돈 안에서 오르락내리락하는 무진장한 매력, 그 짤랑거리는 소리, 돈에서 울리는 심벌즈 노래 소리……. 하얀 궁전 높은 곳에 공주님이 살고 있었다네. 그 황금 아가씨는……. (198쪽)

따라서 개츠비가 결코 자신이 원하는 사랑을 그녀로부터 얻을 수 없는 것은 당연하다. 꿈이 크면 클수록 몸부림만 커질 뿐이다. 하지만 그는 결코 그 꿈을 버리지 않는다. 그렇기에 그는 계속 몸부림을 칠 수밖에 없다.

그 표정은 순식간에 사라지고 그는 데이지에게 열심히 이야기를 시작했다. 그는 모든 것을 부인했으며 아직 나오지 않은 비난에 대해서도 자신의 이름을 열심히 변호했다. 하지만 말을 하면 할수록 그녀가 움츠러드는 바람에 그는 포기했다. 그리고 오후 해가 뉘엿뉘엿 넘어가는 동안 그의 깨어진 꿈만이 힘겹게 싸움을 이어나갔다. 그

꿈은 이제 만질 수 없게 된 것을 만지려고 애를 쓰고 있었고 방 안을 가로지르는 그 잃어버린 목소리를 잡으려고 비참하게, 하지만 결코 절망하지 않은 채 몸부림치고 있었다. (223쪽)

  바로 그 몸부림에 개츠비의 비극성이 존재한다. 그리고 그 비극성 때문에 개츠비는 위대하다. 비극이란 무엇인가? 한마디로 말하자면 어차피 파멸에 이를 운명인 줄 알면서 그 길을 택하는 것, 그리고 결국 파멸에 이르는 것, 그것이 바로 비극이다. 개츠비가 재력을 과시하는 것은 돈으로 그녀를 유혹하기 위해서가 아니다. 만일 그렇다면 개츠비도 돈의 위력과 어느 정도 타협한 것이 된다. 하지만 개츠비가 파티를 열어 재력을 과시하는 행동은 마치 상대방의 마음에 들기 위해서 온갖 재주를 다 부리는 어린 소년의 장기자랑처럼 순수하다.
  그런 개츠비의 사랑 속에서 데이지는 이상화된 존재가 된다. 왕녀가 된다. 그런데 실제로 상대방은 왕녀가 아니다. 상대방은 그저 속된 여인일 뿐이다. 그 사랑은 결코 행복한 결말에 이를 수 없다. 자신의 순수한 사랑 앞에서 상대방은 "당신은 너무 많은 것을 원해요"라고 말하고 있으니 엇박자가 날 수밖에 없다. 그 사랑이 해피엔딩에 이르려면 상대방도 자신을 이상화해야 한다. 둘 다 환상 속에서 만나야 한다. 물론 그 사랑은 현실 속에서 좌절을 겪을 수도 있다. 그런 애절한 사랑을 나눈 두 사람은 『로미오와 줄리엣』처럼 비극적인 결말을 맞을 수도 있다. 하지만 둘 사이의 사랑만은 영원하다. 그 사랑은 현실 속에서 좌절을 겪더라도 극히 비극적이지는 않다. 최소한 지상에서 못 이룬 사랑이 저세상에서 이루어지기를 기원할 수도 있으며, 그 아름다운 사랑으로 사람들을 감동시킬 수도 있다.

그런데 개츠비와 데이지의 사랑은 읽는 이를 감동시키지 않는다. 개츠비 홀로 일방적으로 이상화한 사랑이기 때문이다. 어느 정도 강렬하게 이상화된 사랑인가 하면 상대방이 자기처럼 나를 사랑하지 않는다고 해서 좌절하거나 포기하지 않을 정도이다. 다시 인용하지만 그 사랑은 '그녀를, 그리고 모든 것들을 초월하는' 것이기 때문이다.

모든 것을 초월하는 사랑을 하다가 비극적인 최후를 맞는 개츠비가 위대한 것은 바로 그 때문이다. 그런 사랑은 이제 더 이상 현실 속에 존재할 수 없기에 위대하고, 그 사랑을 더 이상 회복할 수 없다는 것을 알면서도 끝까지 포기하지 않았기에 위대하다. 내면의 꿈과 이미지와 관념을 그 어떤 상황에서도 잃지 않았기에 위대하다. '현실이 비현실일 수 있다는 암시'에 젖어 삶을 '요정의 날개 위'(163쪽)에 세우고 살아간 인물이었기에 위대하다.

작품의 화자인 닉 캐러웨이가 개츠비와 헤어지면서 묘사하는 그의 모습은 그가 고독한 사람, 하지만 불멸의 꿈을 지닌 존재라는 것을 분명히 보여준다.

> 우리는 악수를 나누고 헤어졌다. 울타리에 다다르기 전에 나는 뭔가 생각이 나서 몸을 돌렸다.
> "그들은 썩어빠진 무리들이에요." 나는 잔디밭을 너머로 외쳤다. "당신 한 사람이 그 빌어먹을 사람들을 모두 합한 것보다 나아요."
> 나는 지금까지도 그 말을 하길 잘했다고 생각한다. 그 말은 내가 그에게 던진 유일한 찬사였다. 처음부터 끝까지 그의 행동에 찬성할 만한 것이 없던 때문이었다. 그는 처음에는 고개를 정중하게 끄덕이더니 잠시 후 모든 것을 다 알겠다는 듯 밝게 미소 지었다. 마치 우리가 이 모든 일을 내내 열심히 공모해온 것 같은 느낌을 주는 미소였다. 그의 화려한 분홍색 양복 자락이 하얀 계단 사이에서

하나의 밝은 점처럼 빛나고 있는 모습을 보자 문득 석 달 전 그의 고풍스러운 집을 처음 방문하던 날 밤이 떠올랐다. 그의 집 잔디밭과 차도에는 그를 부정한 사람이라고 의심하는 얼굴들로 붐비고 있었다. 그리고 그는 자신의 그 불멸의 꿈을 감춘 채 저 계단에 서서 그들에게 작별 인사를 보내고 있었다. (254~255쪽)

불멸의 꿈을 간직한 채 홀로 외롭게 서 있는 남자, 그가 어찌 위대하지 않을 수 있겠는가!

우리는 『위대한 개츠비』를 1920년대 이른바 '재즈 시대'의 미국의 풍속화로 읽을 수도 있고, 아메리칸 드림의 이면을 드러내는 작품으로 읽을 수도 있다. 하지만 그 모든 모습 속에는 '위대한' 개츠비의 그림자가 어른거리고 있다. 개츠비의 위대함에 압도당하거나 감동하지 못한다면 그 모든 의미는 반감될 수밖에 없다.

스콧 피츠제럴드는 1896년 미네소타주 세인트폴에서 태어났다. 그가 어린 시절 아버지인 에드워드 피츠제럴드의 가구 사업이 실패하여 가족은 뉴욕으로 이사하며 아버지는 세일즈

맨으로 일한다. 하지만 그가 열두 살 되던 1908년 가족은 다시 세인트폴로 돌아간다.

그는 중·고등학교 시절 이미 단편소설을 발표했으며 1913년 프린스턴 대학에 입학해서도 학업보다는 문학과 연극 활동에 더 많은 힘을 기울였다. 대학 신입생 시절 그는 단편, 희곡, 시 등을 발표한다. 1917년 1월 그는 보병 소위로 임관하며 이 무렵 장편소설 『낭만적 에고이스트』 집필을 시작하고 이듬해 탈고했다. 하지만 원고를 받아본 출판사로부터 출간을 거부당한다.

1919년 2월 제대한 그는 광고 회사에서 일하면서 젤더와 약혼했다. 하지만 그녀는 피츠제럴드의 미래가 불확실하다는 이유로 약혼을 파기한다. 그는 직장을 포기하고 세인트폴로 돌아와 부모의 집에 머물며 『낭만적 에고이스트』의 개작에 몰두했다. 1920년 『낭만적 에고이스트』를 개작한 첫 장편소설 『낙원의 이쪽』이 출간되고 그해 4월 젤더와 결혼했다. 이후 그는 첫 단편집 『건달 아가씨들과 철학자들』을 출간하고 1922년 두 번째 장편소설 『저주받은 아름다운 사람들』과 두 번째 단편집 『재즈 시대의 이야기들』을 발표한다.

그는 1924년 프랑스로 이주해서 『위대한 개츠비』 집필에 착

수해서 10월부터 이탈리아 등지를 여행하며 완성한 후 1925년 출간했다.

1931년 귀국한 그는 헐리우드 영화사에서 일하면서 네 번째 소설 『밤은 부드러워』를 출간하고 생계를 위해 수많은 단편을 발표했다. 1940년 그는 할리우드의 한 아파트에서 심장마비로 사망했다.

『위대한 개츠비』는 출간 즉시 언론에서 큰 주목을 받았지만, 첫해에는 2만 부만 판매되는 등 독자들의 반응은 대단하지 않았다. 피츠제럴드 자신도 1940년 세상을 떠날 때까지 자신의 작품은 실패이며 곧 잊히리라 생각했다고 한다. 그런데 그가 사망한 직후인 1942년,─아직 제2차 세계 대전 중일 때─『위대한 개츠비』는 엄청난 성공을 거둔다. 미국 출판협회에서 전쟁에 참여한 병사들에게 보급할 도서를 선정하고 그중에 『위대한 개츠비』가 포함된다. 그리고 『위대한 개츠비』는 가장 인기 있는 소설이 되어 해외 파견 병사들에게 무려 15만 5,000부가 배부됐다.

이후 『위대한 개츠비』는 미국뿐 아니라 세계 전역에서 폭발적인 인기를 얻고 세계 명작의 반열에 올랐다. 이후 지금까지 매년 50만 부 이상 팔렸으며 20세기의 가장 위대한 미국 소설 중의 하나로 꼽히기에 이른다.

『위대한 개츠비』는 영화뿐 아니라 수많은 발레, 컴퓨터 게임, 텔레비전 드라마, 연극으로 각색되어 많은 사람의 사랑을 받았지만, 우리에게 그 무엇보다 친숙한 것은 아무래도 영화 두 편이다. 그중 하나는 잭 클레이턴이 메가폰을 잡고 로버트 레드포드와 미아 패로우, 샘 워터슨이 주연한 1974년도 영화이며 가장 최근의 것으로는 바즈 루르만 감독, 레오나르도 디카프리오, 캐리 멀리건, 토비 맥과이어 주연의 2013년 작품이다. 영화를 보고 감동을 맛본 사람이라면 꼭 원작을 읽으며 비교해보기를 강력하게 권한다.

위대한 개츠비

생각하는 힘: 진형준 교수의 세계문학컬렉션 91

펴낸날	초판 1쇄 2023년 6월 14일

지은이	프랜시스 스콧 피츠제럴드
옮긴이	진형준
펴낸이	심만수
펴낸곳	(주)살림출판사
출판등록	1989년 11월 1일 제9-210호

주소	경기도 파주시 광인사길 30
전화	031-955-1350 팩스 031-624-1356
홈페이지	http://www.sallimbooks.com
이메일	book@sallimbooks.com

ISBN	978-89-522-4730-8 04800
	978-89-522-3984-6 04800 (세트)